W0409483

CONBOOK
www.laenderkrimis.de

Für Ben, Anantha und Marius

SONNTAG

Die rosa getünchten Wände des *hotels* scheinen zu schwanken. Das Gedränge. Der Druck der Leiber. Die Bude in der engen Straße platzt vor Leuten. Von drinnen und von draußen drängen alle zum Fernsehgerät, das auf dem Pepsi-Kühlschrank über den Köpfen thront. Cricket. Die Bangaluru Knight Fighters gegen die Kolkata Black Riders. Nervös rutscht er hin und her. Die Menge hinter ihm schiebt ihn fast von der Bank. Er versteift seinen Rücken. Noch mehr Druck. Mit einem Fluch fährt er herum. Niemand achtet auf ihn. Alle fixieren den Spieler im blauen Dress auf dem Feld. Der lässt den Ball zweimal mit einer Drehung aus der Hand in die Höhe springen, fängt ihn lässig auf, geht dann in Ausgangsposition zum *Bowlen.* Mit federnden langen Schritten läuft er auf das *Wickett* zu. Pradeep Bandekar, bester *Bowler* der Bangaluru Knight Fighters.

Und jetzt? Verdammt! Was macht der denn? Ein Schrei wie aus einer einzigen Kehle: *Aiiyyoo!* Übertreten! Mit einem einstimmigen Seufzer quittieren die Versammelten den Punkteverlust. Er aber springt auf, stößt gegen den metallenen Krug vor ihm. Ein Schwall Wasser schwappt über den Tisch. Betrug!

Betrug! Er hat es genau gesehen – das Zeichen. Mit der linken Hand hat Pradeep zweimal seine Nase berührt, bevor er geworfen hat. Na klar musste er den Wurf vermasseln! So war das abgemacht! Betrug! Beide Arme ausgestreckt, Handflächen nach oben, Finger gespreizt, zeigt er anklagend auf den Bildschirm. Hinter ihm schreien sie. »Hinsetzen!« – »Idiot!« Der Mann neben ihm zerrt ihn am Hemd zurück auf die Bank. »Da war nichts, Blödmann«, herrscht er ihn an. »Der Wichser hat einfach nicht genug trainiert.« Mit wutverzerrtem Gesicht setzt er sich wieder hin. Jetzt zeigen sie den Spielstand. Er beißt sich auf die Innenseiten seiner Wangen. Nein, nein das wird nichts. Niemals. Er schluckt schwer. Krakenarme würgen ihn. Seine letzte Chance. *Damn! Damn!* Genauso gut hätte er sein Geld draußen in die stinkende Abflussrinne werfen können. Er ist geliefert. Mit der Handkante schlägt er auf den Tisch und wischt die Pfütze über den Rand, sodass das Wasser hoch aufspritzt.

MONTAG

»*Allah-hu-akbar! Allah-hu-akbar!*« Fünf Uhr. Noch ist es dunkel. Der Ruf des Muezzin hallt blechern, von sphärischem Knistern untermalt, aus Lautsprechern über die schlafende Stadt Bangalore. In der Kühle dieser frühen Stunde atmet sie Lautlosigkeit und sammelt Kraft, bevor die alltägliche Welle der Explosion von Licht und Lärm über sie hereinbricht.

Das Gebet, das wie ein Schluchzen durch die geöffneten Fenster in Anjalis Traum eingedrungen ist, weckt sie auf. Sie zieht die Knie an den Körper. Etwas Schönes war geschehen. Was? Hinter ihren geschlossenen Lidern verblassen die Traumbilder zu ausgeblichenen Fotografien wie sie im Haus der Großmutter hängen, wo die Sonne ganze Familien zu wolkigen Ansammlungen gebleicht hat.

Sie setzt sich auf, wirft einen Blick hinüber zu ihrem Sohn, der am Fußende seiner Matratze schläft, eingerollt in ein Nest aus Decke und Kissen, aus dem dunkle Haarsträhnen wie Stacheln ragen. Nase an Nase mit einem plüschigen Löwen ruht dort die selbsternannte Superman-Spiderman-Shiva-Inkarnation, sechs Jahre alt – Ishaan. Anjali beugt sich vor, pustet einen

Morgengruß hinüber. Er rührt sich nicht. Mit allen zehn Fingern fährt sie sich durch die Haare, streicht sie über den Kopf nach hinten, schüttelt die schwarze Woge über ihren Rücken und mit einem aus langer Gewohnheit vertrauten Griff schlingt sie sie zu einem Knoten. Mit einem Seufzer sinkt sie zurück, den Haarknoten wie ein Kissen unter ihrem Nacken.

In den Höfen zwischen den eng stehenden Häusern schallen die Schreie der Hähne von den Wänden. Anjali gähnt. ›Wichtigtuer‹, denkt sie schläfrig, ›ihr klingt doch, als ob ihr immer noch übt.‹ Sie zieht sich das Kissen über den Kopf, denn nun dudelt der Wecker im angrenzenden Haus mit einem *filmi*-Song los – und dudelt und dudelt. Anjali stöhnt auf – es ist viel zu früh für *»ninidale, ninidale ... lalala«* – und erwischt sich im selben Augenblick, wie ihre Finger den Rhythmus auf das Kissen trommeln.

Im Dunkeln zeichnen sich matt die Fensteröffnungen ab. Heute. Montag. Ihre Gedanken laufen dem neuen Tag entgegen, wollen Merkzettel in die violetten Schatten pinnen: nicht vergessen, Ishaan für den neuen Hockeykurs anmelden, den Antrag für die Installation eines Solarmoduls auf dem Dach ausarbeiten, einen neuen Wasserdestillator besorgen, dem *mali* Bescheid sagen, dass er den Rasen schneidet, und natürlich ihren Artikel über das ISTO-Projekt noch einmal durchgehen und die Unterlagen zusammenstellen. Und herrje, da ist immer noch das Gasflaschenproblem ... Ach, wäre sie doch eine Göttin mit vielen Armen wie Kali, Sarasvati und all die anderen Überfrauen!

Plötzlich geblendet von einem hellen Viereck, das auf der Wand aufleuchtet, blinzelt Anjali. Mrs Gupta im Nachbarhaus hat das Licht in der Küche ein- und gnädigerweise den Wecker ausgeschaltet. Töpfe klappern, Gläser klirren, der Langstreckenlauf aufs Frühstück hat begonnen. Die Flamme des Gaskochers faucht auf und Anjali hebt den Kopf. *Nalladu?* Sieh da! Die haben noch eine Gasflasche ergattert! Wie schaffen die das trotz Lieferengpass im staatlichen Zulieferunternehmen? *Speed-money?* Heute noch wird sie etwas unternehmen. Die täglichen Klagen ihrer Mutter über die Unmöglichkeit, eine *pukka* Mahlzeit bei den ständigen Stromausfällen auf einer einzigen Elektroplatte statt auf dem Herd zuzubereiten, klingen ihr in den Ohren.

Jetzt riecht es nach erhitztem *ghee* aus der Guptaschen Küche. Der Geruch von frittiertem Essen weht herein, drängelt sich in Anjalis Nase, drängt sich in ihre Gedanken, drängt ihr den Gedanken an das Frühstück auf. Ihr Tagesprogramm tickt. »*Five minutes only*«, flüstert sie die Zauberformel in den Raum, die landesweit, Hokuspokus, die *Indian Standard Time – IST* – in *Indian Stretchable Time* verwandelt und Optionen auf ein Meer von Zeit eröffnet. Sie dehnt die Arme über den Kopf, streckt sich, hebt einen braunen Fuß unter der Decke hervor. Bewundernd lächelt sie ihren Zehen zu, deren Nägel hellrot im Widerschein des Lichts funkeln. Ja, verspricht sie sich selbst, heute gleich nach der Redaktionskonferenz wird sie hinüberlaufen und im *bazaar* die *chappali* kaufen, die mit dem breiten Steg über dem Spann, besetzt mit blitzenden Steinen. Übermütig wirft sie ihrem Fuß eine Kusshand zu – wie diese zierlichen Füße glanzvoll auftreten werden! – und verschränkt die Arme hinter dem Kopf. Ihre Gedanken tanzen beschwingt über die Zimmerdecke. Draußen in der Gasse knattern die ersten Autorikschas vorbei, während die Krähen auf dem Dach sich heiser krächzen.

Und nun, wie ein verzögertes Echo auf die gottgefälligen Klänge von der Moschee, quietscht und pfeift der Lautsprecher vom Tempel her. Grell bimmelt die Glocke, quäkt die *shennai* und die Stimme des *pandit* dringt in jeden Winkel von Anjalis Zimmer und tief in ihren Kopf. Sie runzelt die Stirn. Ist Gott eigentlich taub, dass alle gegen ihn anlärmen müssen?

Pünktlich wie jeden Morgen gurgelt Wasser im Bad, platscht auf den Boden, werden Eimer mit schabendem Geräusch hin und her gerückt und metallene Gefäße scheppern gegeneinander. Ihre Mutter hat mit dem täglichen Reinigungsritual begonnen. Unerbittlich vollzieht sie die Prozedur der Wassergüsse nach den Regeln der Religion, um rein von Körper und Geist vor ihrem Gott erscheinen zu können, wenn sie gleich im *puja*-Raum das *aarti,* das Ritual zum Sonnenaufgang, vollzieht. Keinesfalls kann eine Dusche ihr Reinheitsbedürfnis erfüllen. Sie dient bloß der Säuberung.

Vor Anjalis innerem Auge erscheint die Gestalt ihrer Mutter, nackt, die dunkel karamellfarbene Haut silbern beperlt – und sofort, mit einem Kopfschütteln, löscht sie das Bild. Ungehörig! Noch nie hat sie ihre Mutter nackt gesehen. Die Taille, die zarte Haut auf Armen und Hals, die der Sari freigibt, das ist alles, was Anjali kennt und je berührt hat. Sie streicht sich über ihre Mitte – hat sie sich doch auch selbst noch nie nackt betrachtet. Ihre Hand ruht auf ihrem Bauch, der seit Ishaans Geburt runder und weicher ist, und sie spürt wieder Rams Hände. Spürt, wie Wärme sich in ihr ausbreitet, spürt, wie sie schmilzt von den Hüften hinab, und erinnert sich, wie ihr Körper zu ihm hinüber drängte und sein Arm sie umfangen hat, fast schmerzhaft fest. Spürt wieder den Druck seines Schenkels gegen den ihren, und – mit einem Schlag auf ihre Hand – schnellt sie hoch, kickt die Decke zur Seite. Sie schwingt die Beine aus dem Bett, tritt fest mit beiden Füßen auf die morgenkühlen Kacheln.

Mit schnellen Schritten läuft sie zum Bad. Läuft vor ihren Gedanken davon. Gedanken so geheim. So unerhört. Sie läuft davon vor dem, was Ram in ihr ausgelöst hat. Das Begehren. Ihr Geheimnis. Denn ein ehernes Gesetz besagt: Eine Frau ist eine dienende Gattin, eine Frau ist eine aufopferungsvolle Mutter und Punkt. Schluss. Zügle deinen Gang, achte auf deine Bewegungen, senke den Blick. Kontrolliere deine Gedanken. Ammas hastiger Griff, um bei ihr die *dupatta* zurechtzuzupfen, die zu viel von der Form ihres Busens enthüllt hat. Ihre missbilligenden Blicke bei zu lautem Lachen. Ihre raunenden Bemerkungen über Mädchen, die ihre Ehre verloren, die sich mit Jungen eingelassen haben, ausgeschlossen für immer aus dem Kreis der anständigen indischen Frauen, den Familien – Huren.

Und dann Ram. Ram der Ehemann, von der Familie gewählt. So fremd und dann so nah. Ram, der ihr Verlangen geweckt hat, das sie beide eingeschlossen hat. Sie hat sich ihm gezeigt, sich geöffnet, wie sie es sich nie hätte vorstellen können. Und dann hat er sie betrogen – und verraten.

Die Tür zum Bad steht offen. Durch das nach Osten weisende Fenster, ganz oben unter der Decke, glänzt bereits der opaque Schein des beginnenden Tages.

* * *

Vom Dach herab dringt das Krächzen der Krähen. Sie haben die Frau entdeckt, die eingehüllt in ein Tuch die Gasse betritt – wie jeden Morgen. Sie wissen wohl, dass die Schale, die sie in der Hand trägt, nichts für sie enthält. Und immer neugierig segeln und hüpfen sie von der Balustrade, vom Dach auf die Mauer. Sie kommentieren das Tun vor ihren Augen mit heiseren, schnarrenden Lauten. Die Frau lässt aus dem Eimer Wasser auf die Erde platschen und verteilt es mit dem Palmfaserbesen. Ein stetiges *Wusch-Wusch* ist über dem Vorplatz zu hören. Dann beugt sie sich nieder, greift in die Schale, lässt weißes Mehl durch ihre Finger rieseln und beginnt, ein Muster auf den dunklen Grund zu streuen. Das Klappern des eisernen Tors am Nachbarhaus lässt die Krähen die Köpfe heben. Sie breiten ihre Schwingen aus und flattern davon zur Spitze der Tamarinde.

* * *

Als Anjali vor dem Spiegel ihren Haarknoten löst und sich betrachtet, leuchtet ihr aus dem Dunkel ihres schmal geschnittenen Gesichts das Weiß ihrer Augen entgegen. Sie nickt: *Darkie.* Sie presst ihre vollen Lippen zu einem Strich zusammen. *Darkie.* So ist es. Und so war es: Tanten, Lehrerinnen, Mitschülerinnen haben ihr mit diesem Namen den Platz zugewiesen. Den Platz für die mit dem Makel – abseits. Sie berührt ihre Wange. *Karuppu.* Schwarz. Das Gegenteil der in Heiratsanzeigen angepriesenen und verlangten *wheatish fair complexion. Karuppu. Darkie.*

Black Magic hat Ram sie genannt. Damals. Hat ihre Haut mit Küssen bedeckt. »*Shameless*«, zischt sie dem Spiegel entgegen.

»*Whore.*« Sie stoppt ihre Faust, kurz bevor sie auf ihr Spiegelbild trifft. Dann schlägt sie die Augen nieder, wendet sich ab vom Spiegel. Nach ein paar tiefen Atemzügen schüttelt sie ihre Haare und öffnet den Hahn der Dusche. Heißes Wasser prasselt ihr auf Kopf und Schultern, flutet über den Boden und bald steigt Dampf von den Fliesen auf und hüllt sie ein in Nebelschwaden.

* * *

Im Raum hängt der Geruch von *beedis* und Petroleum. Unter seinem Fenster Lärm. Burschen jagen die Motoren ihrer Mopeds hoch. Das Knattern hämmert sich in seinen Kopf. Fehlzündungen wie Schüsse. Er wirft sich auf dem Bett herum. Die Luft fühlt sich zentnerschwer an. Er selbst strömt Hitze aus. Hat er Fieber? Er befühlt seine Stirn, wischt den Schweiß mit einem Zipfel des Lakens ab. Er stöhnt. Schlafen kann er sowieso nicht. Seine Gedanken treiben ihn um. Das Geld. Die Quoten. Die Gewinnspanne. Die Drohung. Er steht auf. Vom Tontopf auf dem Brett neben dem Tisch nimmt er den blechernen Deckel. Das Wasser hat einen schalen Geschmack.

Werden sie heute kommen?

* * *

Wenig später tappt Anjali in ihr Tuch gewickelt über den Flur, nasse Fußspuren und eine Tropfspur aus ihren Haaren als Pfad hinter sich zurücklassend, als ihr Handy klingelt. Im Loslaufen schlägt sie zweimal mit der flachen Hand auf Jais Zimmertür: »Das Bad ist frei! *Vegam-vegam!* Beeile dich!« Sie lächelt. Lieber sollte sie eine Kanone abfeuern, denn ihr Neffe Jai ist mit seinen 18 Jahren ein äußerst begabter Schläfer und dieses Talent wird noch gesteigert an Tagen wie diesem, wenn Examentests auf dem Programm stehen.

In ihrem Zimmer fischt sie zielsicher ihr Handy zwischen den Kissen am Boden hervor, wendet sich zu Ishaan und mit einem Blick aufs Display kniet sie sich neben ihn.

Es ist Raju, ihr Kollege, Praktikant in der Redaktion. Er meldet sich mit einem halbverschluckten Gruß. So früh? Anjali fühlt ein nervöses Kribbeln im Nacken – sie hat jetzt keine Zeit für ihn. Raju, wie immer, scheint es eilig zu haben. Sie kann ihn förmlich sehen, wie er, das Telefon in der Hand, von einem Fuß auf den anderen tritt und mit den Fingern auf den Arm trommelt, der das Handy hält. Bevor Anjali etwas sagen kann, redet er schon los. Sie runzelt die Stirn. Wozu braucht er gerade jetzt die Infos von *Action Green* und dem ISTO-Projekt?

Während sie mit der flachen Hand unter Ishaans Shirt fährt und über seinen Rücken streicht, der schmal wie der eines Fohlens ist, stoppt sie ihn. »*Oye dude!* Raju, langsam, langsam. Ganz abgesehen davon, dass du nicht mal deine Socken finden würdest, wenn sie über deiner Brille baumelten – die Papiere sind im untersten Fach meines Schreibtischs. Und das ist verschlossen.« Anjali verdreht die Augen. Männer, verwöhnte Bande – allesamt! Zu gern spielt Raju den jüngeren Bruder, dem sie als Ältere liebevoll unter die Arme greifen soll – wie er es von zu Hause gewöhnt ist. Schwestern, Mütter, Tanten machen aus diesen Jungs eine verwöhnte Brut. »Raju, das ist exklusives Material, das mir von *Action Green* vertrauensvoll überlassen wurde, weil ich eng mit ihnen zusammenarbeite.« Sie greift nach Ishaan, der aufquietschend von ihr wegrollt. »Und warum der Übereifer zu so früher Stunde?«, will sie wissen. »Wir können es doch später in der Redaktion durchgehen. Einverstanden?« Und schon ist er weg. Mit einem kurzen *»See you«* hat er aufgelegt.

Sie runzelt die Stirn. In was hat sich Raju da verbissen? Wie kommt er dazu, ihren Schreibtisch zu durchsuchen? Was hat er vor? Will er sich ihr Projekt ISTO unter den Nagel reißen? Sie schnaubt. Shakti von *Action Green* ist ganz allein ihr Kontakt. Die Informationen über das Megabauprojekt ISTO und über den kommenden Aktionstag im *Valley* hat sie durch ihr Engagement bei *Action Green* an Land gezogen. Zeit für viele Sitzungen hat sie investiert. Sie ist diejenige, die die Geschichte bringen wird. Dies ist ihr Projekt, ihre Eintrittskarte in die Reihen der ernsthaften Journalisten. Die Geschichten aus der Glitzerwelt, aus ihrem Ressort *Page 3,* die Affären der Stars, die protzigen Galas kommen ihr zu den Ohren raus. Sie hat genug von Interviews, bei denen der Fokus auf dem Style der Person, dem Stand ihrer aktuellen Romanze und ihren Ansichten zum Heiraten liegt. Es reicht! Raju wird ihr den Neustart nicht vermasseln, das schwört sie sich.

Nillu! Später. Jetzt muss sie hier die Lokomotive spielen, die Jai und ihren Sohn auf die Spur in den Tag schiebt. Sie greift sich Ishaan, der im Schneidersitz auf seiner zerwühlten Decke sitzt, und schließt ihn in ihre Arme.

»*Mummy,* ich hab geträumt ...«

»Mmm ...«

»Große, große Tiere waren draußen auf dem Dach. Richtig groß.« Er streckt seine Arme über den Kopf, um die Größe der Tiere zu zeigen. »Ich hab Angst gehabt.«

»Ja?«

»Ja, und dann ist eines runtergesprungen.« Mit einem Lachen stößt er die Luft aus. »Und, stell dir vor – es war Hanuman! Mit seiner Krone, ganz aus Gold!«

»Wirklich?«

»Beeil dich, hat er gesagt. Sita wartet. Wir müssen den bösen Raavan vertreiben. Er hat sie mitgenommen. Wir müssen sie befreien! Meine Hand hat er gepackt – und *wummm* sind wir losgeflogen.« Er stemmt sich von Anjali weg. »Und dann hat das blöde Handy geklingelt!« Seine Augenbrauen sind zu einer ärgerlichen Linie zusammengezogen. »Jetzt ist Sita immer noch gefangen.« Er öffnet die Augen weit, fragt besorgt: »Was passiert denn jetzt mit Sita?«

Anjali streicht Ishaan die Haare aus der Stirn. »Ihr könnt Sita heute Nacht befreien. Wenn du ganz fest an Hanuman denkst, triffst du ihn wieder – und dann, ab geht's! Ihr beide schafft das.«

»Ja! Ja! Und Raavan kriegt eins auf die Nuss!« Vor Begeisterung packt er Anjalis Arm ganz fest und schüttelt ihn. »Und du musst dein Handy abschalten, unbedingt!«

»Mach ich.« Sie stupst ihn zärtlich auf die Nase. »Und jetzt aufstehen *magan*. Frühstück!« Ishaan lässt sich wie eine schlappe Puppe in Anjalis Arme zurückfallen.

»Quack, quack«, sagt er und macht sich schwer.

* * *

Er streckt sich auf seinem Bett aus. Sie sind nicht gekommen. Das will gar nichts heißen. Heute, morgen, übermorgen. Er steht auf der Liste. Sein verdammtes Pech. Zuletzt hat nichts mehr geklappt. Cricket, sein Untergang. Jede Wette daneben. Und sein Konto beim Boss immer mehr in den Miesen. Er bräuchte das nächste Spiel am Sonntag. Todsichere Setzung. Er weiß doch, was läuft. Aber irgendwas war faul bei den letzten Spielen. Der *Batsmann* der Kandar Fighters, so mies. Irgendwas war faul. Er weiß doch sonst immer, was läuft. Und jetzt sitzt er in der Tinte. Er spürt ihn wieder, den Kraken. Schnürt ihm die Luft ab. Er muss das Geld besorgen. Sukhvinder ist ihm eingefallen. Damals hat der große Stücke auf ihn gehalten. Sein Geschäft läuft. Seit der Zeit mit dem geschmuggelten Schnaps, hat der seinen Bereich ausgebaut. Wär 'ne Kleinigkeit für ihn die Summe. Er könnte sogar wieder für Sukhvinder arbeiten. Schnaps. Oder was auch immer.

* * *

Als Anjali die Küche betritt, sieht sie ihre Mutter mit beiden Händen den Dampfdrucktopf auf die schieferschwarze Abstellfläche wuchten. Auf ihrer Stirn glänzt ein Schweißfilm, obwohl der Ventilator an der Decke bereits auf höchster Stufe schwirrt. Die Mutter lächelt ihr über die Schulter zu und sprudelt sogleich Fragen über Fragen nach Ishaan, Jai, Anjalis Tagesplan, die Einkaufsliste hervor. Nachdem sie sich mit dem *pallu* ihres Saris übers Gesicht gewischt hat, hält sie Anjali die Wange zum Kuss hin. Anjali verschluckt die Antworten, die sowieso im Küchentrubel untergehen würden. Ihre Lippen streifen die zarte Haut über den Wangenknochen, eine Berührung wie von Schmetterlingsflügeln, ein wenig scheu. Aus dem locker geschlungenen Knoten der Mutter haben sich einzelne dunkle, von Grau durchzogene Haarsträhnen gelöst, die wie Halbmonde um ihre Ohren schwingen. Ihre erhitzten Wangen haben eine dunkle Färbung angenommen. ›Ach, *Amma*‹, denkt Anjali angerührt von den müden Zügen, den Linien um Mund und Augen. ›So viel Mühe. Wir würden doch auch Toast und Cornflakes essen – und überleben.‹ Doch atmet sie gleichzeitig genüsslich das Aroma gerösteten Ingwers, geraspelter Kokosnuss und den Limonenduft ein – wie köstlich! Eine Wolke weißen Dampfs zischt in den Raum, als die Mutter den Topf mit den *idlis,* den kleinen Reismehlkuchen, öffnet. Hektisch mit dem *pallu* gegen den Dampf anwedelnd, dirigiert sie Anjali mit dem Pfannenschieber durch die Küche, dorthin, wo auf der Ablage eine grüngolden gefleckte Papaya liegt. Anjali betastet die Frucht und lässt dann das große Küchenmesser leicht wie in Butter durch die Schale und das orangerote Fruchtfleisch gleiten. Einer Blüte gleich öffnet sich die Papaya und gibt einen glitzernden Schatz schwarzer Perlen in ihrer Mitte frei. Ihr läuft das Wasser im Mund zusammen, als sie die Frucht in Stücke schneidet und mit Limonensaft beträufelt. Vom Appetit aufs Frühstück überwältigt, stibitzt sie ein Stückchen, kaut es langsam, lässt voller Genuss das mild säuerliche Aroma auf der Zunge zergehen. Dann trägt sie die Teller mit den Fruchtstücken in den angrenzenden Raum. Dort am Boden, auf einer Palmfasermatte in deren Rand rote Rhomben geflochten sind, stellt sie sie neben silbrige Schalen, gefüllt mit *pickles, sambar* und Joghurt.

In der Ecke läuft wie üblich der Fernseher und zieht Anjalis Aufmerksamkeit auf sich, als sie sieht, wen die hübsche junge Reporterin interviewt.

»Mr Tandon, Sir, als Teilnehmer dieser internationalen Konferenz, die sich mit der Wassertechnik der Zukunft beschäftigt, wie stehen Sie zu den Anschuldigungen der Umweltorganisation *Action Green,* die Ihnen rücksichtslosen Umgang mit den Ressourcen der Natur im Falle des Großprojekts ISTO-Technikpark im *Valley* vorgeworfen hat?«

»Jai! Jai! Schnell!«, Anjali ist zur Treppe gelaufen und ruft hinauf: »ISTO in den Nachrichten!« Mit einem Handtuch um die Schultern und feuchten Haaren taucht Jai kurz darauf neben ihr auf. Anjali mit der Fernbedienung in der Hand, hat den Ton lauter gestellt.

»... ideologisch motivierte Proteste. Bar jeglicher Sachkenntnis. Dieser Shakti Mishra ist ein Unruhestifter, genauso wie die Gruppe *Action Green,* die er leitet. Was wir brauchen, sind Partner auf Augenhöhe, keine wild gewordene Affenhorde.«

»Ha!«, Jai schlägt mit dem Handtuch in die Luft.

»... beachten bei all unseren Planungsschritten in jeglicher Hinsicht die gesetzlichen Vorgaben ...« Anjali und Jai schauen sich mit hochgezogenen Augenbrauen an und verfallen dann in ein fassungsloses, furioses Kopfschütteln.

»Und warum fragt diese Tussi ihn nicht, wie sich der Staatswald am *Valley* eins, zwei, drei in Bauland verwandelt hat?«, Jai schlägt sich mit dem Handtuch gegen die Beine. Tandon schaut eindringlich und ernst in die Kamera.

»Der Polizei möchte ich ausdrücklich für ihren Einsatz bei der Demonstration von *Action Green* vor unserer Zentrale vor wenigen Tagen danken, da sie mit ihrer Entschlossenheit diese Aktionen einer gewaltbereiten Minderheit beendet hat.«

Amma, die in diesem Augenblick den Raum mit einer Platte *idlis* in den Händen betritt, nickt zustimmend. »Genau! Was soll diese Protestiererei bringen?« Sie bückt sich und stellt die Platte in die Mitte auf die Matte. »Da sind Großkonzerne beteiligt. Da nützt kein Protestieren.« Sie rückt die Schälchen so auf der Matte zurecht, dass ein gefälliges, geordnetes Bild entsteht. »Hab ich recht? Was können wir einfachen Leute denn da erreichen? Ihr macht euch bloß verrückt und vergeudet eure Zeit.« Zu Anjali gewandt fährt sie fort: »Als ob du nicht schon genug Zeit vertust mit diesen unsinnigen *filmi*-Berichten.« Sie richtet sich auf, dreht sich um, geht zurück zur Küche. »Außerdem müssen die Technikparks doch irgendwo entstehen. Wir können den Fortschritt nicht aufhalten«, hören Jai und Anjali noch. Sie schauen sich an, heben die Schultern und lassen sie mit einem resignierten Seufzer wieder fallen.

Als Jai schon auf der Hälfte der Treppe nach oben ist, ruft er Anjali zu: »Denk an die Statistiken für morgen. Ich nehme sie dann mit zur Sitzung von *Action Green.* Während du mit Amma im Tempel betest, rette ich für euch die Umwelt.« Damit verschwindet er wieder im Bad.

Anjali hatte gerade den Fernseher leiser gestellt, als eine Fahrradglocke durch die zur Veranda offen stehende Tür tönt. Der Milchmann Muthu ist auf seinem Drahtesel am Tor vorgefahren. Ein pinkfarbenes Tuch auf seinem Kopf zum Turban geschlungen signalisiert einen fröhlichen Morgengruß.

»*Vaareen!* Ich komme!«, ruft Anjali ihm zu. Auf der Veranda schlüpft sie hastig in ihre *chappalis* und durchquert den schmalen Vorgarten, spürt die bereits kräftige Sonne auf ihrem Gesicht. Muthu hat neben dem *kolam* draußen vor dem eisernen Tor gestoppt, stützt einen sehnig dürren Arm auf die Gartenmauer. Er hält respektvoll Abstand zu dem mit Reismehl gestreuten Muster aus symmetrisch geschwungenen Linien, das auf dem feuchten Lehmboden intensiv leuchtet. Diese Einladung an die Göttin Lakshmi, das Haus mit ihrem segnenden Besuch zu beehren, prangt in vielfältig variierten Mustern vor jedem Haus, die Gasse hinauf und hinab. Anjali löst den Riegel am Tor und tritt vorsichtig mitten hinein in die Zeichnung. Bis zum Abend werden die Linien verwischt sein von unzähligen Füßen, Reifen und Rädern, die dann über sie hinweggegangen sind. Und morgen früh wird ihre Mutter, bevor der Tag anbricht, wieder ein neues *kolam* erschaffen, wie an jedem Morgen. ›Ein Vorgang wie das Leben selbst‹, denkt Anjali – ein ewiges Entstehen und Vergehen.

Heute löst das *kolam* Schuldbewusstsein in Anjali aus. Hat ihre Mutter doch auch diese häusliche Pflicht vor Tau und Tag erledigt, während sie selbst im Bett ihren Gedanken nachhing. Sie erinnert sich daran, wie ihre Mutter sie Morgen für Morgen angeleitet hat, das Ritual zu zelebrieren. Wie alt war sie damals – zwölf? Das Erschaffen eines einzigartigen *kolams* gehört für ihre Mutter unverzichtbar zu ihrer Rolle als Hüterin und Bewahrerin des Hauses. Und was würden die Nachbarn denken, sollte es vor ihrem Haus fehlen? Morgen wird Anjali diese Aufgabe in ihrer Vertretung übernehmen, wie es ihr als Tochter ansteht, beschließt sie. Ja, sie freut sich sogar darauf.

Anjali nimmt die beiden weichen Plastikbeutel Milch von Muthu entgegen, die er wie jeden Morgen liefert. Dann stößt er sich mit der Hand von der Mauer ab und schwankt mit dem ausladenden Korb auf dem Gepäckträger weiter. Er fährt so langsam, dass es Anjali fast wie ein Wunder erscheint, dass er nicht umfällt. *Ring-Ring* schallt es gleich darauf von Mrs Guptas Tor herüber.

Als Anjali ins Haus treten will, drückt sich Jai an ihr vorbei. »Ich komm zu spät! Ich komm zu spät!«, ruft er. In der Hand ein *idli,* den Riemen seiner schwarzen Segeltuchtasche über der Brust, in grellgrüne Lettern *Corruption – no option!* auf seinem T-Shirt, am Arm den Motorradhelm, stürzt er ins Freie. Anjali lächelt. Fehlt nur noch, dass er sich wie das weiße Kaninchen aus *Alice im Wunderland* eine Taschenuhr ans Ohr hält. Eilig schlüpft er in seine Sandalen, die mit denen der ganzen Familie an der Verandawand aufgereiht sind, kickt in der Eile versehentlich einen Schuh die Treppe hinunter. Das *idli* zwischen die Lippen geklemmt, stülpt er sich den Motorradhelm über seinen noch von der Dusche feuchten, schwarzen Schopf. Als er zum Tor läuft, fängt Anjali lauthals und mit emporgerecktem Daumen an zu singen. »*All izz well …*«, den Superhit aus seinem Lieblingsfilm. Heute soll es klappen für ihn beim Examen. Er winkt ihr ein übermütiges »*Bye*« mit dem angebissenen *idli* zu und tritt dann den Kickstarter seines *Bajaj*-Rollers durch, dreimal, viermal, bis er endlich in einem eleganten Bogen in die Gasse einbiegt. Gleich beim ersten Halt wird er den Helm über den Lenker hängen, so wie sie auf dem Schulweg in den letzten Klassen nicht schnell genug den Zopf lösen konnte, sobald ihr Zuhause außer

Sicht war, um ihre Haare schwingen zu lassen. Freiheit bis in die Haarwurzeln – Versprechen an die Eltern hin oder her.

* * *

Das Tempeltor ist offen. Vor der schwarzen Götterfigur flackern Öllichter. Er stößt die Glocke über seinem Kopf an und betritt den raucherfüllten Raum. Kalis Augen leuchten im Halbdunkel. Blutunterlaufen. Mit gesenktem Blick nähert er sich ihr. Kali, der Mächtigen. Kali, der Zerstörerin. Kali, der Mutter. In seinen Händen hält er die Opfergabe. Er legt Bananen und eine Kokosnuss auf die Stufen, die zur Göttin hinaufführen. Er blickt auf, sieht die Messer, die gefletschten Zähne, die blutrote Zunge. »*Kali, oh maa Kali tumi aammay daya kao!* Oh, große Mutter Kali, hilf mir!« Er senkt den Kopf. »*Aammaye bachao!* Rette mich!« Er spürt die Angst auf seiner Brust. Ein schwarzer Krake. Mehr als hunderttausend Rupien. Heute. Oder morgen. Sie können jederzeit auftauchen. Rausprügeln aus ihm würden sie es, das Geld. Mit einem Grinsen. *Bilkul.* Sie werden ihn zusammenschlagen, wenn sie ihn in die Finger kriegen. Er stöhnt. Zum Teufel, wo soll er ein *lakh* auftreiben? Er krümmt den Rücken, sinkt auf die Knie. »Oh, *maa Kali.* Deine Hilfe. Hilf mir! *Om kalikayai namaha. Om kalikayai namaha ...*« Killen werden sie mich. »*Om kalikayai namaha ...*« Er wirft sich zu Boden, die gefalteten Hände über den Kopf gestreckt.

* * *

Wo steckt eigentlich das Kind? Nachdem Anjali auf ihre Rufe keine Antwort erhalten hat, findet sie Ishaan oben im Badezimmer. Er kauert mit baumelnden Beinen im Unterhemd auf dem Deckel der Toilette und lässt, begleitet von hingebungsvollen Brummtönen, am ausgestreckten Arm ein Plastikflugzeug über seinem Kopf kreisen.

»*Oyooyoo!*«, stößt Anjali aus. »Ishaan, anziehen!« Doch bevor sie ihn schnappen kann, flitzt er an ihr vorbei die Treppe hinunter. »Das schwarze Phantom! Hilfe! Hilfe!«, schreit er, stürzt in die Küche und prallt dort auf seine Großmutter:

»*Patti, patti* – rette mich!« Er umklammert ihre breiten Hüften, wirbelt sie herum, reißt am losen Ende ihres Saris, sodass das Edelstahlschälchen mit dem Kokosnuss Chutney aus ihren Händen geschleudert wird und mit Kling und Klang über den Steinboden trudelt. Anjali, in der Küchentür, hebt mit einer hilflosen Geste die Hände.

»*Podum!* Genug!«, befiehlt ihre Mutter. Sie hat Ishaan schon am Hemd gepackt und nach einem Klaps auf sein nacktes braunes Hinterteil schleppt sie ihn die Treppe hinauf.

Anjali, die auf dem Küchenboden kauert, um das Chutney aufzuwischen, hört kurz darauf von oben Ishaans Lachen und den beruhigenden Singsang der Stimme ihrer Mutter. Während sie frisches Chutney in das Schälchen füllt, spürt sie, wie Neid sie erfüllt. Oder sogar Groll? Durfte sie sich damals in Ishaans Alter derart hemmungslos benehmen? Konnte sie mit so viel Nachsicht rechnen als Mädchen? Nie hätte sie gewagt, solch ein Theater zu veranstalten wie Ishaan grade eben.

Und sie selbst lässt sich auch immer wieder von ihm um den Finger wickeln. Peinlich berührt denkt sie an den Artikel über die Rolle der indischen Mütter in der Erziehung der Jungen und das daraus resultierende, unreife Verhalten der Männer, den sie kürzlich so selbstgefällig, besserwisserisch geschrieben hat. Wie sieht die Realität bei ihr zu Hause aus? Macht sie nicht auch Anstalten, einen kleinen Despoten großzuziehen? Anjali seufzt. ›Alles wäre leichter, wenn sein Vater da wäre‹, denkt sie mit Bitternis.

Während sie in den auf der Elektroplatte brodelnden Kaffee Milch und Zucker füllt, nimmt sie ein Quietschen und Knarren über sich wahr und tatsächlich. Der Ventilator dreht sich immer langsamer, um schließlich nach einem letzten erschöpften *Flapp-Flapp* gänzlich zu stoppen. *Power Cut!* Es ist mal wieder so weit. Anjali lässt den Kopf hängen. »Und ohne Mann schaffe ich es noch nicht einmal, so eine verdammte Gasflasche herbeizuschaffen.«

* * *

Zuerst erkennt Shakti den Typen nicht, der da unerwartet vor seinem Schreibtisch im Büro von *Action Green* steht. Dunkler Anzug, Ray Ban-Brille, weißes Hemd, Autoschlüssel lässig zwischen zwei Fingern.

»Hi, Shakti«, die leicht näselnde Stimme ruft die Erinnerung herauf.

»Sandeep!« ›Wie der sich verändert hat in den Jahren seit dem College‹, denkt Shakti. Er komme im Auftrag Govindas, sagt er. Da wundert sich Shakti nicht mehr, damit passt Sandeep ins Bild. Govinda, der mächtige Führer der herrschenden

BNP – Bharat National Party, MLA seit zwei Legislaturperioden, eine zwielichtige Gestalt.

Shakti ist überrascht. Erst vor vier Tagen hat eine Demonstration, organisiert von *Action Green,* vor dem ISTO-Hauptquartier in Central Bangalore stattgefunden. Der Widerstand gegen das Bauvorhaben Technik Park im *Valley* hat Hunderte auf die Straße gerufen. Er wusste, die Partei würde darauf reagieren, doch mit einer derart schnellen Reaktion aus der Zentrale der Macht hatte er nicht gerechnet.

Und so viel ist klar: ISTO bekämpfen, heißt die Partei bekämpfen. Die Partei hat ISTO zu einem Wahlkampfziel gemacht. Feinde von ISTO sind Feinde der BNP und Feinde des Fortschritts – denn die Partei versteht sich als Kämpfer für den Fortschritt. Der Protest von *Action Green,* brutal niedergeschlagen von den *lathis* der Polizei und den Wasserwerfern, hat überregional Aufsehen erregt. Das ISTO-Projekt wurde daraufhin in einigen Blättern kritisch hinterfragt. *Action Green,* gestern noch eine kleine Gruppe von NGO-*wallahs,* ist nun eine Stimme, die wahrgenommen wird. Eine lokale Zeitung hat ein Bild von Shakti gedruckt. Auf seiner Mailbox sind zwei Anfragen für ein Interview, eine von einer Zeitung, die andere von einem TV-Kanal.

Was hat Govinda vor? Ist die Aufforderung zum Gespräch ein Zeichen des Einlenkens, der Akzeptanz?

»*He wants to talk to you*«, ist alles, was er von Sandeep erfährt. Shakti willigt ein.

Während der Fahrt zu Govinda schweigt sich Sandeep weiter über dessen Absichten aus. Möglicherweise ist er auch nicht ins Vertrauen gezogen worden. Möglicherweise ist er nur ein ganz kleines Licht. Möglicherweise braucht seine Karriere noch ein paar deftige kriminelle Taten, um ihm Zugang zum inneren Kreis zu gewähren.

Als sie an einer Ampel halten, wendet sich Sandeep zu Shakti.

»Was ist eigentlich los mit dir?«

»Was meinst du?«

»Ich beobachte dich schon einige Zeit. Im College damals warst du doch der A-Kandidat. Du bist doch helle. Warum gibst du dich mit diesem Kinderkram ab?« Sandeep zieht verächtlich die Mundwinkel nach unten. »Schilder hochhalten. Rumgemaule. Halbgare Phrasen. Ein *do-gooder.* Vor der Polizei wegrennen. Das hast du doch nicht nötig. Du hast doch was im Kopf, Mann. Da gibt's doch andere Möglichkeiten.«

»Zum Beispiel?«

»Sieh dir Govinda an. Das sind Ziele. ISTO zum Beispiel. Die investieren hohe Summen und gehen ein großes Risiko ein, für ein großes Zukunftsprojekt. Fortschritt. Prosperität. Dafür steht Govinda, dafür lohnt es sich, dabei zu sein.«

Shakti lacht. »Fortschritt im Anhäufen von Macht und Besitz – meinst du das? Oder ist es einfach das ...«, er schlägt auf das gepolsterte Armaturenbrett des Scorpio, »... so eine Karre fahren?«

Sandeep stößt zischend die Luft aus. »Idiot. Du hast doch keine Ahnung!« Er startet den Wagen erneut und presst den Finger auf die Hupe. Sie wälzen sich im Strom der Fahrzeuge weiter, werden jedoch bald wieder gestoppt, verknäult in der Masse um einen gestrandeten Transporter in der Mitte der Kreuzung. Das Getöse von draußen dringt nur ganz gedämpft in den klimatisierten Innenraum. Die Sonne wird durch die getönten Scheiben abgehalten. Es ist kühl im Wagen.

»Und was ist mit den Skandalen? Der Abwasserdeal, die Stromtrasse?« Shakti hebt die Hände. »Für beides sind öffentliche Gelder geflossen, die nie umgesetzt wurden. Wo ist das Geld versackt?«

»Kleingeisterei! Manches ist vielleicht nicht völlig legal, aber Govinda weiß, was richtig ist und tut das Richtige. Er schafft Neues zum Wohle der Allgemeinheit, wo die Zentralregierung versagt.«

»Oh, dann ist er die Parallelregierung? *Shabash!* Bravo!«

»Wenn Regierung heißt, sich um die Gesellschaft zu kümmern – dann ist er das.«

»Sandeep, im Ernst, glaubst du den Mist, den du da von dir gibst?« Der Wagen hat Geschwindigkeit aufgenommen und Sandeep, unerschütterlich auf der rechten Spur, hupt alles aus dem Weg.

»Okay, Shakti. Du warst immer ein Querkopf. Was denkst du wohl, wohin dich das bringt?«

»Mach dir darüber keine Sorgen, Sandeep«, Shakti zieht sein Basecap tiefer in die Stirn, »dort werden wir uns bestimmt nicht treffen.«

Ohne Warnung reißt Sandeep plötzlich den Wagen über die Mittellinie und windet sich in einem halsbrecherischen Manöver durch die entgegenkommenden Fahrzeuge zur anderen Straßenseite. Vor einem hochflügeligen Tor in einer von Stacheldraht bewehrten Mauer stoppt er scharf. Dutzende von Menschen, die in der Einfahrt hocken oder stehen, weichen erschreckt zur Seite. Irritiert bemerkt Shakti, dass sich einige ehrerbietig verneigen. Sind das alles Bittsteller, die auf einen Empfang bei Govinda hoffen? Hier in Govindas Machtzentrale?

Hinter der Mauer, zwischen dem staubigen Laub mächtiger Bäume, kann er das Dach eines ausladenden Hauses erkennen, gekrönt von einem majestätischen Giebel.

Zwei Wachleute sitzen rauchend an jeder Seite des Eingangs. Auf Sandeeps dreimaliges Hupen hin, geht ein kleines Fenster im Tor auf, und ein bärtiges Gesicht erscheint. Wenig später öffnen sich die Flügel. Männer, Maschinenpistolen quer über der Brust, stemmen sie auf. Die Menschen vor dem Tor blicken dem Wagen nach, als er über einen von Büschen eingerahmten Platz auf das Haus zurollt. Sie lassen sich wieder in Grüppchen nieder und breiten Zeitungen über ihre Köpfe, zum Schutz gegen die Sonne.

Vorbei an einem gemauerten Rondell, auf dem feurig rote Chilischoten zum Trocknen ausgebreitet liegen, steuert Sandeep den Wagen auf das Gebäude zu. Im Schatten der Veranda, die sich an der Frontseite des Hauses entlangzieht, erkennt Shakti Bedienstete, die mit Hausarbeiten beschäftigt sind. Im Garten stehen Burschen und Männer zusammen, rauchen und reden. Einige grüßen Sandeep mit Handzeichen, nicken. In Rufweite mögen sie sich bereithalten für Govindas Anweisungen. Sie arbeiten alle für ihren Boss Govinda und seinen Clan. Ein kompletter Hofstaat, konstatiert Shakti beeindruckt.

Schließlich hält der Wagen unter einem, von viktorianischen Säulen getragenen, weit hervorspringenden Balkon vor dem Eingangsportal. Zwei bewaffnete Guards treten auf sie zu. Nachdem Shakti und Sandeep ihre Schuhe abgestreift haben, steigen sie links und rechts von den Guards flankiert die breite Treppe hinauf. Sie durchqueren eine dämmrige Halle und treten auf den Balkon. Die Wachen ziehen sich zurück und Sandeep macht Shakti ein Zeichen anzuhalten.

In einem tiefen Korbsessel sitzt Govinda. Sonnenstrahlen, die durch die geflochtenen Lichtblenden über ihm dringen, zeichnen ein bewegtes Netz aus Lichtflecken auf seine hageren Schultern unter der schwarzen *kurta*. Sein eisengrauer, kurzgeschorener Kopf ist über eine Zeitung gebeugt. Vor sich, zwischen Daumen und Zeigefinger, hält er einen metallenen Becher. Eine Gebetskette aus *Rudraksha*-Perlen ist um die Hand geschlungen, sein Handgelenk schmücken schmale rote *Blessing-Threads*.

Den Rücken gebeugt tritt Sandeep vor, neigt sich hinab und berührt Govindas Füße.

Mit einer abweisenden Handbewegung blickt dieser auf. »*Adakke?*« Die dunkle Stimme scheint tief aus seinem Inneren zu tönen.

»Govinda*ji*«, Sandeep deutete neben sich »*Ivaru* Shakti Mishra.« Mit einer leichten Verneigung schaut Shakti Govinda direkt in die Augen, die ihn kühl hinter der randlosen Brille mustern. Das vertikal langgezogene *tilak* auf der gefurchten Stirn erscheint Shakti wie ein achtunggebietendes Ausrufezeichen. Auf den glatt rasierten Wangen liegen dunkle Schatten.

Govinda lehnt sich zurück. »Shakti Mishra. *Nalladu.*« Er verzieht den Mund zu einem schmalen Lächeln und lässt die Gebetsperlen durch seine Finger gleiten. »Der Name ist dieser Tage in aller Munde, wie ich höre.« Er seufzt »die Jugend ...« und bietet Shakti mit der ausgestreckten Hand den Platz ihm gegenüber an. Sandeep berührt noch einmal Govindas Füße und bewegt sich rückwärts in den Innenraum.

»*Tea? Coffee?*«

Obwohl Shakti ablehnt, erscheint neben ihm ein Bediensteter, setzt ein Tablett mit Teetassen auf dem niedrigen Tisch ab und stellt eine Tasse vor ihn. Shakti schaut zuerst überrascht auf die Tasse, dann auf Govinda, der, die Ellenbogen auf den Sessellehnen aufgestützt, die *mala* zwischen den gefalteten Händen hält. Er beugt sich vor. »Mit Verlaub«, er nimmt die Tasse auf, »*personal style?* Wohltaten auch gegen den Willen der Betroffenen?« Er setzt die Tasse wieder ab. »*Personal style* – so wie ISTO gegen Land und Leute?«

Bei diesen Worten lacht Govinda, setzt sich auf und schlingt die Gebetsperlen dreimal ums Handgelenk. »*Young man,* ich will nicht wissen, was Sie denken.« Er macht eine wegwerfende Handbewegung, den Blick auf Shakti gerichtet, dann legt er die Hand auf die Brust. »Ansonsten bin ich gezwungen, über Sie nachzudenken. Ernsthaft nachzudenken.« Er winkt einen stämmigen Mann herbei, der so dunkel ist, dass er bislang unbemerkt im Schatten des großen Raums warten konnte. Unter dem Arm trägt er einen Aktenhefter. »Mister Khan hier hat etwas, das Sie interessieren könnte.« Khan nickt Shakti zu und schlägt die Akte auf.

Bis ins Kleinste erklärt Khan Lage, Wert und Besitzverhältnisse eines kleinen Stück Lands, außerhalb von Thataguni, dem Geburtsort von Shaktis Mutter im *Valley*. Es gehört seiner Mutter und seinem Onkel je zur Hälfte. Sein Onkel bewirtschaftet es, pflanzt Mais an.

»Und um was geht es hier?« Shakti fährt herum, fixiert Govinda.

»Land«, antwortet Govinda nach einer kleinen Pause. Während er Shakti beobachtet, nimmt er eine Tasse vom Tablett und gießt etwas Tee in die Untertasse. »Land. Besitz, der einen ganz speziellen Preis hat.« Er verstummt. »Der Preis kann sogar noch spezieller werden, wenn bestimmte Projekte das Land aufwerten.« Langsam führt er die Untertasse zum Mund und trinkt mit kleinen Schlucken. »Ein Preis der allerspeziellsten Art, könnte man sagen.« Über den Rand der Untertasse sind seine Augen unbewegt auf Shakti gerichtet, der den Blick erwidert.

»*Andhre?* Was wollen Sie mir damit sagen?«

»Ganz einfach. Das bedeutet, dass auf einem armseligen Stück Boden die schönsten Blumen erblühen können.«

Shakti schweigt, ohne den Blick von Govinda zu wenden, dann wirft er sich im Sessel zurück. »*Yenu?*« Er hebt die Hände in einer perplexen Geste. »*What?* Sie wollen mich kaufen?« Er steht auf. »Zu viel der Ehre Govinda*ji.*« Er faltet die Hände vor der Brust und verneigt sich. »Ihr spezieller, sehr spezieller Preis ist mir entschieden zu hoch.« Er wendet sich zum Gehen. Khan macht einen Schritt auf ihn zu, streckt die Hand aus, um ihn zurückzuhalten. Bevor er ihn erreicht, gebietet Govinda ihm mit einer herrischen Handbewegung Einhalt.

Shakti durchquert eilig die Halle und prallt am Treppenabsatz mit Sandeep zusammen. Der packt ihn am Arm.

»Bist du irre?«, zischt er. »Weißt du, dass du gerade den größten Fehler deines Lebens gemacht hast?«

»*Mind your business!*« Shakti versucht sich loszumachen, doch Sandeep hält ihn in der Zange.

»Und was denkst du, werden deine Mutter und dein Onkel von deinem ›*business*‹ halten, wenn sie mit eingeschlagenen Zähnen und gebrochenen Fingern erfahren, wem sie die Sonderbehandlung zu verdanken haben?« Dicht vor Shaktis Gesicht zischt Sandeep: »Glaub mir, Govindas Männer sind

Spezialisten in Sachen Sonderbehandlung. Und du hast deiner Mutter und deinem Onkel gerade einen Spitzenplatz auf der Liste reserviert. Exklusiv!«

Ein scharfer Ruck mit dem Kopf und Shakti rammt seine Stirn auf Sandeeps Nase, stößt ihn von sich und läuft die Treppe hinunter. Mit langen Schritten überquert er den Vorplatz. Als er durch die Tür seitlich des Tors tritt, dreht er sich um und blickt hinauf zum Balkon. Govinda steht an der Brüstung, neben ihm Khan. Sie schauen zu ihm. Beide ohne die geringste Regung.

* * *

Auf einem Bein hüpft Ishaan über die Steinplatten durch den Vorgarten. Der Rucksack mit den gelben Kanten tanzt auf seinem Rücken. Es ist nicht weit von der Veranda zur Gasse, da der Garten, gerade mal so breit wie das Haus, nur ein paar Meter lang ist. Draußen neben dem schmiedeeisernen Tor wächst ein Gulmohalbaum, dessen Wurzeln unter der Mauer hindurch in den Vorgarten drängen, sodass ein Riss entstanden ist, der nach jedem Monsun etwas höher hinaufreicht. Jedes Mal, wenn Anjali ihn sieht, spürt sie den Druck einer lang hinausgeschobenen Pflicht. ›Ja, ja, sie wird sich gleich morgen darum kümmern, wird alles erledigen, bevor der Monsun dieses Jahr einsetzt‹, beruhigt sie ihr schlechtes Gewissen. Der Baum breitet seine Äste über den vorderen Teil des Gartens. Hunderte karminroter Blüten lodern auf seinen gefiederten Zweigen. Ishaan ist schon dort und sucht aus dem Blütenteppich unter dem Baum eine wie eine züngelnde Flamme geformte Blüte heraus und steckt sie sich hinters Ohr. Anjali, die ihn eingeholt hat, muss sich vor ihm niederbeugen. Vorsichtig klemmt er ihr ein Exemplar hinter ihr rechtes Ohr.

»*Very pretty, Mummy.*« Er gibt ihr einen Kuss auf die Wange. »Ich auch?«, er wackelt Anerkennung heischend mit dem Kopf.

»*Yes, very pretty,* mein *Rajkumar*«, versichert Anjali ernsthaft und erhebt sich.

Gerade öffnet die Zugehfrau Radha das Tor. Sie hat das lose Ende ihres verblichenen Saris über den Kopf gelegt und zieht den Zipfel vor ihren Mund. Anjali erkennt an ihren strahlenden Augen, dass sie lächelt, und wie immer versteckt sie schamhaft ihre Zahnlücken.

»Radha, schau!« Ishaan ergreift ihren Arm und drückt ihr auch eine Blüte in die Hand: »Für Ganesha!« Jeden Morgen sammelt Radha die Blüten, die den Rasen bedecken, und stellt sie in einer Schale schwimmend vor die Statue von Ganesha, dem elefantenköpfigen Gott, auf der Veranda. Radha, die selbst vier Söhne hat, greift nach Ishaan, dreht ihn zur Seite und richtet seinen Schulterriemen der ihm beim Hüpfen weggerutscht ist. »Schön brav sein in der Schule«, befiehlt sie und zwickt ihn in die Wange. Ishaan flitzt los, springt durchs offene Gartentor und als Anjali nach ihm in die Gasse tritt, schubst er den eisernen Riegel oben auf dem Tor zurück und schließt es mit einem scheppernden Startschuss.

Durch die Kronen der Bäume hat die Sonne ein Muster aus Lichtflecken und Schatten über den Lehmboden der schmalen Gasse geworfen. Neembäume und Gulmohars bilden ein grünes Dach, das sich schützend über den Weg wölbt. Über Mauern und Zäune fluten Bougainvilleas in Purpur, Weiß und Rosa. Diese Pracht erinnert Anjali immer an ihren Geburtstag. Bald ist es wieder so weit. In drei Wochen wird sie sechsunddreißig. ›Wie kann das sein‹, denkt sie unwillkürlich. Als ihre Mutter so alt war wie sie jetzt, sah Anjali in ihr eine ältere Frau, die möglicherweise bald Großmutter sein würde, denn die Hochzeit ihrer ältesten Tochter stand kurz bevor. Sie schüttelt den Kopf. Diese Zahl ist ihr so fremd, sie hat gar nichts mit ihr zu tun.

Am Zaun des Nachbarhauses gegenüber sind bereits zwei Frauen, eine ältere rundliche und ihre zierliche Tochter, dabei, den überdachten Karren, der Tag und Nacht dort steht, aufzuklappen, um ihn in eine Bügelwerkstatt zu verwandeln. Neben ihnen auf der Erde türmen sich pralle, in bunte Tücher zusammengeschnürte Wäschebündel – groß wie Dinosauriereier, findet Ishaan. In einer eisernen Schale unter dem Wagen glühen Kohlen im Feuer, die für das Ungetüm von Bügeleisen aus blankem Messing benötigt werden. Anjali ruft den Frauen zu, dass Radha später die Bügelwäsche vorbeibringen wird und erhält die prompte Antwort »*Tip-top ready by then!*« Sie lacht und winkt ab – wie oft hat alles aus unergründlichen Ursachen länger gedauert, manchmal sehr viel länger als verabredet, und tipp-topp war es auf jeden Fall.

* * *

Wo werden sie auf ihn warten? Er zieht die Schultern hoch. Sie warten umsonst. Kein Geld. Er hat das Geld nicht. Er kann ihnen nur seine leeren Hände zeigen. Nächste Woche, wird er sagen. Nächste Woche bestimmt. Er hat einen Tipp. First class. Total sicher. Die Mumbay Rangers sind in Hochform und Sarkar wird spielen. Keine Chance für die Delhi Bulls. Total sicher.

Als er aufschaut, sieht er sie gegenüber, am *chai*-Stand. Sonnenbrillen. Arme muskulös, auf denen Adern hervortreten. Goldene Uhren. Manoj lehnt sich an die schwere *Honda Hero.* Daneben Billou. *Goondas.* Er bleibt stehen. Von seiner Schläfe, hinunter zum Ohr, läuft ein Zucken. Er kneift die Augen zusammen. Sie schauen zu ihm herüber.

* * *

Ishaan hält bei dem dreistöckigen Mietshaus. Dort schmiegt sich ein Laden, ein hellblau gestrichener Bretterverschlag, an die von dunklen Monsunschlieren überzogene Hauswand. Die türkisfarbenen Fensterläden der Bude sind aufgeklappt. Auf ihnen kleben handgeschriebene Listen mit Tarifen für das Aufladen von Handys und Plakate mit Zigarettenreklame, gelb und blau. Aus den Päckchen ragen die Zigaretten strahlend weiß wie Säulen heraus.

Der *shop-wallah* ist fast nicht zu sehen hinter all den auf der Ladentheke aufgestapelten Gläsern und Dosen, randvoll mit Keksen und Bonbons, und den herabbaumelnden Bananenbündeln, Paketen mit gerösteten Kichererbsen, Streifen von *mukhwas*-Tütchen und Vodaphone-Flyern. Ein dunkelgrüner Korb aus Fliegengitter, gefüllt mit Ingwerwurzeln, daneben häufen sich brennend rote Chilischoten. Auf dem Brett unter der Öffnung des Ladens, das abends weggeklappt wird, stehen Körbe mit Äpfeln, Guavas und Möhren.

Jeden Tag wird Ishaan von der Auslage des Ladens magisch angezogen. Es lohnt sich, hier anzuhalten, denn der Ladeninhaber Gosh-*uncle* ist sein Freund. Er schiebt seine kurze, stämmige Gestalt im grauen Hemd nach vorn, *chocolates,* bunte Streifen winziger Tütchen, neben seinen Ohren. Als er sich über die Ladentheke beugt, steht Ishaan stramm und salutiert mit zwei Fingern, die die Schläfe verfehlen und am Ohr mit der Flammenblume landen.

»*Sindaghi Bharat!* – Es lebe Indien!«, ruft er mit heller Stimme. Gosh-*uncle* beantwortet den verrutschten Gruß, indem er seine Faust in die Luft stößt und die Beutel mit den Chips, die von der Decke herabhängen, zur Seite boxt, sodass sie auf die Gasse hinausschwingen.

»*Vande mataram!* – Es lebe das Mutterland!« Ein breites Lächeln schiebt seine Wangen in Falten bis zu den Augen und entblößt in der Mitte seiner kräftig weißen Zahnreihe eine Lücke. Gosh-*uncle's* Superheld ist Gandhi*ji*. Bald wieder, am Unabhängigkeitstag, wird sein Laden über und über mit Papierflaggen in den indischen Nationalfarben geschmückt sein. Allen Kindern der Nachbarschaft verleiht Gosh-*uncle,* der an diesem Tag voller Stolz ein weißes Gandhi-*topi* trägt, dann kleine Flaggenanstecker, die sie wie Orden tragen.

Manchmal, nachmittags, setzen sich die Kinder mit einem Lutscher auf die Erde vor den Laden und mit spannungssteigernden Pausen, in denen Gosh-*uncle* Kunden bedient, erzählt er aufregende Geschichten, etwa wie Gandhi für die Freiheit Mother Indias gekämpft hat. Die Kinder lauschen fasziniert und finden, dass Gandhi, auch wenn er nicht fliegen kann und leider keine Waffen besitzt, doch ein superstarker Held ist.

Jetzt reicht der *shop-wallah* Ishaan einen in Zeitungspapier eingewickelten Gegenstand zwischen zwei Büchsen hindurch. Ishaan hält ihn an seine Nase, schnuppert mit zufriedenem Lächeln. Anjali, die mit Mrs Gupta am Tor steht, hat alles von Weitem beobachtet und ruft mit erhobenem Zeigefinger hinüber: »Erst nach dem Pausensnack!«

Als sie am Laden anlangt, balanciert Ishaan auf Zehenspitzen vor der Verkaufstheke und deutet mit dem halb aus dem Papier ausgewickelten *jalebi* nach hinten in den Laden. Dort, zwischen Waschmittelschachteln, Beuteln mit Cashewnüssen und *Bisleri*-Flaschen, lagern die Comics.

»Ishaan! Nach dem Pausensnack hab ich gesagt! Kannst du nicht hören?«, herrscht sie ihn an und schüttelt ihn am Arm. Ishaan gibt einen kleinen Grunzlaut von sich und wickelt mit nach unten gezogenen Mundwinkeln das *jalebi* wieder ins Papier.

»Mr Gosh, *you see* ...«, wendet Anjali sich vorwurfsvoll an den *shop-wallah.* Sie ist verärgert. Wie oft hat sie ihn schon gebeten, Ishaan morgens keine Süßigkeiten zu schenken. Mr Gosh hebt lachend mit einer Unschuldsgeste die Hände und wiegt den Kopf. Mit dem karierten Handtuch über seiner Schulter wischt er sich die Stirn.

Anjali nimmt Ishaans klebrige kleine Hand und bevor sie um die Ecke biegen, eingesogen werden in den Wirbel der Basarstraße, ruckt Ishaan an ihrem Arm, sodass sie stehen bleibt. Ganz ernst schaut er sie an.

»Und du vergisst es bestimmt nicht?«

»Nein, bestimmt nicht. Am Freitag nach der Schule holen wir ihn ab.«

»Ganz bestimmt? Schwöre!«

Sie neigt sich zu ihm hinunter und zupft mit der Schwurgeste an der Haut ihres Halses. »Siehst du. Wir fahren mit Mohanlal zu dem alten Mann und holen den Mynah zu uns nach Hause.«

Diesmal kommt nichts dazwischen, schwört sie sich selbst. Schon vor Wochen haben sie ihre gemeinsame Unternehmung verabredet und sind immer wieder an beruflichen Terminen gescheitert.

Diesmal muss es sein. Ein Traum soll für Ishaan wahr werden.

Als er erfahren hat, dass ein Kunde von Mohanlal, der zu seinen Kindern in die USA ziehen will, ein neues Zuhause für seinen Mynah sucht, ist er vor Aufregung umhergetanzt. Zu ihm sollte er kommen. Das beste Zuhause, das er haben könnte. *Yes! Yes!* Ein Mynah, ein Wunder. Ein Vogel, der klügste und schönste der Welt. Mit seinem langen, gelbroten Schnabel, dem glänzenden schwarzen Gefieder, in dem die gelben Läppchen rund um den Kopf leuchten, funkelt er wie ein Edelstein. Er wollte gut für ihn sorgen, ihm Wörter beibringen – und Sätze. Quatschsätze. Klingeltöne! Und was konnte er wohl bereits alles sagen? Freche Sachen? Ishaan war ganz aufgeregt, konnte seither von kaum etwas anderem sprechen. Er hat bereits freiwillig einen kleinen Vortrag für seine Klasse verfasst und angekündigt, dass er den Mynah dazu in die Schule mitbringen würde. Amma die sich wegen Schmutz und Federn im Haus sorgte, konnte seiner Freude nicht widerstehen und hat ihre Zustimmung gegeben. Anjali hat geschickt vermieden, darauf hinzuweisen, dass ein Mynah ein ziemlich lärmiger Hausgenosse ist. Zufrieden hüpft Ishaan jetzt an Anjalis Hand.

»Wir müssen Körner besorgen, zur Begrüßung, damit er mich gleich mag«, sagt er.

Die Basarstraße vibriert bereits vor Menschen und Fahrzeugen. An den niedrigen Häuserzeilen entlang schieben sich auf der von Schlaglöchern durchsiebten Straße Menschen aneinander vorbei. Anjali und Ishaan, mitten drin, werden ständig angehupt und umkurvt von überladenen Motorrikschas, von mit ganzen Familien besetzten Motorrädern und Autos mit Käfigen voller Hühner auf dem Dach. Ein Ambassador, dessen Fahrer die Hupe malträtiert, rollt wie ein kleiner Panzer durch das Gewühle, schiebt die Menge vor sich her. Der Fahrer lehnt mit aufgestütztem Arm in dem heruntergekurbelten Fenster und unterstützt sein Dauerhupen mit ärgerlichen Rufen. Vergeblich. Unbeirrt gehen alle mit nach vorn gerichteten Blicken gelassen weiter, fädeln sich um Müllhaufen, halb abgedeckte Erdlöcher, dösende Kühe, quergestellte Karren herum. Frauen in blühenden Saris mit Blumen im Haar, Männer in frischen weißen *lungis* und Schulkinder mit glänzend eingeölten Haaren bahnen sich ihren Weg zwischen hoch beladenen Handkarren, streunenden Hunden und Haufen von Baumaterial.

Um sie herum das Schrillen von Fahrradglocken und das Piepen der Handys, das Rufen der Händler und die wummernden Rhythmen aus vorbeifahrenden Autos. Würzige Düfte nach frisch ausgebackenen *samosas* und *parothas* strömen aus den *dhabas* und locken massenhaft Kunden an, die ein schnelles Frühstück zu sich nehmen.

Plötzlich reißt Ishaan sich los und läuft vorweg. Anjali ahnt schon, was er entdeckt hat, als sie sieht, wie er sich neben den

Stufen eines Juweliergeschäfts hinunterbeugt. Dort hat eine dieser streunenden Hündinnen mit zwei Welpen ihr Lager aufgeschlagen.

»Sieh doch *Mummy,* wie sie schon gewachsen sind!«, ruft er.

Die Hündchen springen winselnd und quiekend an Ishaan hoch und er wuschelt ihr Fell, während die Hündin aufmerksam, doch ruhig zusieht. Ishaan ist auf die Knie gegangen, er schaut zu Anjali auf, hat sein allersüßestes Lächeln aufgesetzt.

»Und wenn wir dann schon den Mynah haben, könnten wir doch …«

»Ishaan, darüber haben wir hundertmal gesprochen – ein Hund kommt mir nicht ins Haus, du weißt das.«

»Wieso denn nicht? Rani in der Schule ist doch ganz lieb und so süß.«

»Podum!« Anjali nimmt seine Hand und zieht ihn hoch. Schmollend lässt sich Ishaan von ihr wegführen, dreht sich noch viele Male nach den Hunden um.

Am Straßenrand haben Händler Strohmatten ausgelegt, Brettergestelle, Kisten und Karren aufgestellt, auf denen sie ihre Waren ausbreiten. Viele der Läden hinter ihnen, die in die niedrigen Betongebäude wie Garagen eingelassen sind, manche nicht breiter als eine Telefonzelle, sind noch geschlossen. Die eisernen Rolltore mit dem abblätternden fahlgrünen, türkisen oder schmutzig gelben Anstrich sind mit faustgroßen Schlössern am Betonsockel gesichert. Einige Öffnungen haben Scherengitter durch die dahinter gestapelte Kisten und Säcke zu erkennen sind. Bis hinauf zu den Veranden des ersten Stockwerks sind die Gebäude mit kreuz und quer befestigten Reklametafeln und Geschäftsschildern zugepflastert. Neben den knalligen Schildern von Intel, Vodaphone und Airtel tragen viele der Tafeln Schriftzeichen in Kannada, Schriftzüge wie gelockte Haarsträhnen. Verknotete Stromleitungen, ein brüchiges kränkliches Adergeflecht, ziehen sich davor entlang, schlängeln sich bis nach oben zu den Flachdächern mit den schwarzen Wassertanks und enden in verschlungenen Klumpen an windschiefen Strommasten.

Anjali beobachtet Ishaan, wie er voran tänzelt, als ob er Musik in seinen Füßen spürt, wie er sich ins Zentrum eines kleinen Auflaufs drängelt. Dort haben sich drei Kühe eng aneinandergeschmiegt in die Straße geschoben, bilden eine heilige Blockade. Ungerührt vom Tuten und Plärren der Fahrzeuge um sie herum, stehen sie da, einzig ihre samtigen Mäuler bewegen sich. Jede für sich allein scheint in einen tiefgründigen Vortrag vertieft zu sein, bei dem keine der anderen zuhört. Genau wie die alten Männer auf den Bänken im Park. Vielleicht sollte sie sich mal ganz unauffällig zu den Alten setzen, wer weiß welche Lebensgeheimnisse sich ihr als Grundlage für einen nächsten Artikel entschlüsseln mögen! Die braungefleckte Kuh stellt jetzt die Vorderhufe auf die Stufen zu einem geschlossen Sariladen. Doch als sich die weiße mit dem baumelnden Seil um den Hals zu einem Müllhaufen, der auf einem schmalen Streifen Brachland zusammengekehrt ist, aufmacht, setzen sich die beiden anderen ebenfalls schwerfällig in Bewegung und folgen ihr. Das Knäul aus Autos, Rikschas, Menschen, Handkarren, Motorrädern und Fahrrädern löst sich auf. Die Männer, die mit Teegläsern auf dem Podest des *chai-shops,* in *lungis* und Unterhemden, karierte Handtücher über der Schulter, auf ihren Fersen hocken, wenden sich wieder einander zu und zünden *beedis* an.

»*Poo!*«, Anjali fasst Ishaans Hand und zieht ihn weiter. Ein Junge auf einem hohen schwarzen Rad kurvt dicht an ihnen vorbei, streift sie beinahe. Dünne braune Beine ragen aus Shorts und Füße in übergroßen Schlappen erreichen nur knapp die Pedale. Hin- und herschwankend umfährt er einen Pulk junger Mädchen, die Bücher unter dem Arm tragen. Die Mädchen, strahlend vor Frische in ihren hellblauen *salvar kameez*-Schuluniformen mit fließenden weißen *dupattas*, das blauschwarze Haar zu straff geflochtenen Zopfschaukeln mit weißen Schleifen über die Ohren gebunden, unterhalten sich schnatternd. »Wo fährst du hin schöner Prinz?«, ruft eine dem Radler mit schmachtender Stimme hinterher, wobei sie die Arme sehnsüchtig nach ihm ausstreckt. Vielstimmiges Gelächter verfolgt den Jungen, der mit höchster Anstrengung schneller in die Pedale tritt. Auch Anjali und Ishaan stimmen in das Lachen ein.

* * *

Der Schmerz ist eine Faust, die ihn auf den Boden presst. Vor seinen Augen tanzen Funken. Er blinzelt. Als ob ihm der Kopf jeden Augenblick zerplatzen könnte. Er bewegt die Hand und stöhnt. Ihre Füße haben ihn überall getroffen. Da lag er schon unten. Alles ging so schnell. Er hat sie nicht kommen hören. Schweine! Angegriffen von hinten. Es war Manoj. Mit voller Wucht hat er zugeschlagen. Zwischen die Schulterblätter. Die Luft ist ihm weggeblieben. Er spuckt aus. Der Geschmack von Blut ist immer noch in seinem Mund. Er wollte sich ducken. Ist gegen das Regal gestolpert. Der Krach, als es umfiel. Dann war da Billou. Hat ihm den Arm auf den Rücken gerissen. Höllisch. Hat er geschrien? Er krümmt sich. Der Boden ist kalt. Kein Gefühl im Arm. Bloß nicht bewegen. Was, wenn er gebrochen ist? Als er gegen die Wand gekracht ist, ist er zu Boden gegangen. Dann ihre Füße. Sneakers. Blau. Und rot. Er hat nicht verstanden, was sie gesagt haben. Dann waren sie weg.

Sie werden wiederkommen. Das weiß er.

* * *

Ishaan stoppt vor den grünen Kokosnüssen, die am Rand der Straße lagern. Ein kleiner dunkler Junge mit raspelkurz geschorenen Haaren, nicht viel älter als er selbst, stapelt sie mit vor Konzentration gerunzelter Stirn zu einem Hügel. Als er Ishaan bemerkt, richtet er sich auf, nimmt in der Hoffnung auf ein Geschäft das Hackmesser zur Hand, mit dem er die Kokosnüsse öffnet. Oft schon hat Anjali für Ishaan und sich selbst eine Kokosnuss bei ihm oder seinem Vater gekauft und sie haben den Saft direkt an der Straße getrunken. Die beiden Kinder mustern einander. Der Blick des kleinen Händlers wandert über Ishaans Rucksack, sein weißes Hemd und das Basecap mit dem Namen der Schule, während Ishaan das Messer in der Hand des Jungen mit den Augen verschlingt. Es ist gekrümmt wie ein kurzer Säbel und hat einen kräftigen Holzgriff. Auf Ishaans Stirn und in seinen Augen meint Anjali lesen zu können: ›Was für eine göttliche Waffe – sie könnte Vishnu gehören!‹

»*Please, Maa!*«, ruft er, als Anjali seine Hand ergreift. »Ich hab fürchterlichen Durst!« Er zieht sie näher an den Kokosnusshügel heran. Anjali hat ihn im Verdacht, dass er nur sehen will, wie der Junge, um eine Öffnung für den Strohhalm zu schlagen, die Kokosnuss heldenhaft mit dem Messer bezwingt. Sie zögert. Sollte sie jetzt nicht für einen zügigen Ablauf sorgen? Dann gibt sie sich jedoch nach einem Blick auf ihre Uhr geschlagen. Sie sind noch gut in der Zeit für den Schulbus. Und – entschuldigt sie ihre Nachgiebigkeit vor sich selbst – der Kokosnusssaft ist wirklich gesund. Sie nickt dem Jungen zu und gibt ihm einen zwanzig Rupienschein. Er nimmt ihn mit einer Neigung des Kopfs ernst entgegen, berührt seine Stirn damit und verstaut ihn in der Brusttasche seines viel zu großen Hemds. Dann angelt er eine fünf Rupienmünze heraus, die er Anjali reicht. Er beugt sich hinunter und wählt sorgfältig tastend eine Kokosnuss aus, die er gewissenhaft beklopft und Anjali ans Ohr hält, damit sie darin das Wasser schwappen hören kann und weiß, dass sie frisch ist. Nun legt er sie auf den Boden und hackt mit zwei Schlägen den oberen Teil entzwei. Ishaan wackelt begeistert mit dem Kopf und beobachtet, während er am Strohhalm saugt und sich Menschen hinter ihm vorbeidrängeln, gebannt, wie der Junge für einen weiteren Kunden eine Nuss knackt.

An der sechsspurigen Kanakpura Road gegenüber der Stelle, wo der Schulbus die Kinder einsammelt, hüpft Ishaan auf und ab und wedelt mit den Armen. Seine Rufe gehen unter im Tosen des Verkehrs, einem schier endlosen Strom aus Trucks, Autos, Bussen, Rikschas, Motorradgeschwadern – und dazwischen immer wieder schlendernde Kühe. Wie sollte er auch gegen das Dröhnen eines Autobusses, das Rumpeln der Laster, das Brüllen der Motorräder ankommen? Anjali und Ishaan müssen warten, um die kurze Phase abzupassen, wenn die hoch über den Bäumen aufgehängte Ampel die Flut des Verkehrs stoppt und Stillstand erzwingt. Eine Ampel für Fußgänger existiert nicht. Niemals ließe Anjali Ishaan, auch in einigen Jahren nicht, hier die Straße allein überqueren. Inzwischen halten immer mehr Menschen auf der Suche nach einer Furt durch den reißenden Fluss an. Als es schließlich so weit ist, das Ungetüm fauchend und zischend still steht, mäandert die Menschenmenge wie ein einziges körperliches Wesen ans andere Ufer. Arme drücken sich gegen Arme, Füße bedrohen Fersen und Schultern reiben sich an Schultern. Ishaan drängt sich so nah wie möglich an seine Mutter, unter ihren schützenden Arm, um vor den schwingenden Hüften und schlenkernden Armen in Sicherheit zu sein.

Drüben begrüßen sich Ishaan und sein Freund Rahul mit Karatepositionen und Luftsprüngen. Anjali tritt zu der Gruppe Mütter, taucht mitten hinein in eine aufgeregte Diskussion. Sie fängt Gesprächsfetzen auf, die offensichtlich am Elterntag im *Valley* Themen waren. »... drei Elefanten ... mitten durchs Gelände ... am frühen Morgen ... nicht auszudenken, während der Schulzeit ... der Zaun noch immer nicht repariert ... neues Schuljahr, neue Lehrer ... Projektwoche ›Sauberes Wasser‹ ... Theateraufführung zum Republic Day ... Kostüme ...« Wie so oft konnte Anjali nicht am Elterntag teilnehmen, sie musste zu einer Filmpremiere. Mit Daumen und kleinem Finger am Ohr macht sie Rahuls Mutter ein Zeichen, dass sie anrufen wird.

Der betagte gelbe Schulbus mit der Aufschrift *Valley School Bangalore* hupt und wirbelt Staub auf beim Bremsen. Der Schaffner in seiner Khaki-Uniform springt vom Trittbrett und scheucht die Kinder mit Pfiffen aus der Trillerpfeife in den Bus. Über die Köpfe der Kinder hinweg reicht Anjali Ishaan das *tiffin,* das Amma bereitet hat, und schickt ihm zum Abschied einen Luftkuss. Nachdem das letzte Kind den Bus bestiegen hat, schlägt der Schaffner dreimal mit der flachen Hand aufs Blech der Karosserie, lässt sie dröhnen wie eine *thavil* beim Tempelfest, fasst den Handlauf und schwingt sich im Anfahren aufs Trittbrett, von wo er sich weit in den Fahrtwind hinauslehnt. Mit Rattern und krachend einrastenden Gängen drängelt sich der Bus in den Verkehrsfluss, stößt zum Abschied eine schwarze Dieselwolke aus. Anjali, die ihm nachschaut, sieht eine kleine Hand zwischen den Eisenstangen der hinteren Fensteröffnungen mit einem Papierfetzen, in den das *jalebi* eingewickelt war, winken. Einen Moment lang fühlt sie Ärger in sich aufsteigen, dann seufzt sie und mit einem Lächeln winkt sie zurück.

Wie sie dort an der Straße steht, am Rand dieser gewaltigen Bewegung, vor ihr dieses rastlose Vorwärts und immer Vorwärts, überwältigt sie wie oft schon das Gefühl, als ob Ishaan hinausgetragen würde in eine fremde weite Ferne. Als ob er in diesem Meer aus Straßen, Häusern, Menschen und Fahrzeugen unaufhaltsam für immer verschwände. Ein winziger Tropfen im Ozean der Stadt, einmal eingetaucht unauffindbar. Ihre Hand krampft sich um den Riemen ihrer Tasche. Stopp! ruft sie sich zur Ordnung. Alles ist gut, versichert sie sich selbst und wendet sich zum Gehen.

Und Ishaan ist tatsächlich unterwegs in eine andere Welt. Nach weniger als einer Stunde Fahrt wird er mitten in der Natur angekommen sein. Die Weite der karnatischen Landschaft, der Dschungel wird sich vor ihm öffnen: mittendrin seine Schule, wie eine Insel. Ganz bewusst hat Anjali sich für diesen Ort, die *Valley School* an der Grenze zum Nationalpark entschieden, die Anfahrt in Kauf genommen, um Ishaan mit etwas zu verbinden, was ihr selbst immer wichtiger wird und wovon sie sich in der Megametropole oft abgeschnitten fühlt: ursprüngliche Natur.

Schnell löst sich der Kreis der Mütter auf. »*See you! See you!*« Wieder steht Anjali an der Kreuzung. Sie fächelt sich mit ihrer *dupatta* Kühle zu, denn schon ist die Hitze da. Gegenüber die geschwungene Glasfassade des halb fertigen Gebäudes reflektiert Sonnenstrahlen in Bündeln weißen Lichts. In den blaugetönten Scheiben spiegeln sich die blattlosen filigranen Zweige eines Jakarandrabaums, dessen Blütenbüschel violett leuchten. Geblendet kneift sie die Augen zusammen.

Wenige Meter vor der hoch ragenden Front des Baus haben Arbeiter mit ihren Familien Behausungen errichtet. Anjali hat die Ansiedlung schon lange wahrgenommen. Heute schaut sie zum ersten Mal genau hin. In ihrem Kopf bilden sich Sätze für einen Artikel, mit dem sie auf die himmelschreiende Lebenssituation der aus Bangladesh und Bihar eingewanderten Arbeitskräfte aufmerksam machen möchte.

Die Behausungen, elendige Hütten, eilig zusammengefügt aus weggeworfenen Materialien, werden demnächst wieder verschwunden sein. Wenn der Bau beendet ist und die Arbeiter mit ihren Familien weiterziehen, werden die Bagger sie zu einem Haufen Schutt zusammenschieben.

Vor den Behausungen, im verdorrten Gestrüpp, haben sich Papier- und Plastikfetzen verfangen, häuft sich Bauschutt auf. Eine Gruppe Bauarbeiter, Männer und Frauen, sitzen gegen

Hügel aus Sand und Zement gelehnt. Ihre Hände sind erdverkrustet und ihre Gesichter grau vor Staub. Eine Frau im verblichenen Sari geht langsam an ihnen vorüber. Auf dem Kopf trägt sie eine ausladende eiserne Schale, auf der sich Zement türmt. Dicht an der Straße steht ein Mädchen in einem zerrissenen langen Rock, mit einem Kleinkind auf der Hüfte. Die verfilzten Haare stehen ihm in Büscheln um den Kopf. Es schaut mit vorgeschobener Lippe unbeteiligt auf die Kolonne der Fahrzeuge, die dicht an ihr vorbeirollt.

›Sie sollte in der Schule sein‹, denkt Anjali bekümmert.

Unterwegs in die Redaktion ragen über Anjali Betonsäulen der im Bau befindlichen Hochbahn empor. Sie ist spät dran für die Morgenbesprechung. Wenn es doch nur voranginge. Es ist fast neun Uhr und nichts geht mehr auf der Straße. Eben noch war sie schildkrötengleich in ihrem Maruti vorangekrochen, jetzt ist alles zum Stehen gekommen. Anjali umklammert das Lenkrad mit beiden Händen. Sie steckt mitten in einem Albtraum, eingekeilt von Fahrzeugen, gemartert von Tausenden von Hupen, den Donnerschlägen der Bagger von der Baustelle und dem Geschrei der Bauarbeiter. Ausgesetzt. Auf der Gegenspur der gleiche Stillstand. Aus den Betonsäulen ragt ein Wald aus Eisenstangen in den Himmel. Hier gab es noch letztes Jahr eine Allee mächtiger Neembäume, deren dicke Äste über die Fahrbahn hinweg ineinandergriffen und einen, von Lichtlinien durchzogenen grünen Dom bildeten, unter dem alte Villen in Gärten ruhten. Selbst zu Rushhour-Zeiten waren die Staus und Halts im Schutze der Bäume für Anjali beruhigend gewesen, wohlbehütet und beschattet im Stillstand.

Die Metro, seit Jahren im Bau, kommt ihr vor wie ein Monster, das das Grün der Stadt verschlingt und Beton ausspeit. Ein Zyklon in *slow motion* frisst sich durch die Stadt und hinterlässt eine Spur der Verwüstung. Als ob eine Horde Dinosaurier darüber hinweggewalzt wäre, breitet sich nun links und rechts von dem in ein Rinnsal gezwungenen Verkehr eine festgestampfte, lehmige Wüste aus. Staubig, heißglühend, während hinter den Bauzäunen Höllenmaschinen lärmen. Der Bau der Metro hat die Gartenstadt Bangalore in vielen Teilen in ein Chaos verwandelt.

Anjali betrachtet das schlichte, wie mit Kreide gezeichnete *kolam* auf den blauen Bauzäunen, das Symbol für die neue Metro, das aussieht wie das Zeichen auf der Apfeltaste des Mac. *Namma Metro Bangalore* steht darunter. Unsere Metro. Soll das bedeuten, dass sich das Bauen unendlich fortsetzen wird, so wie die unendliche Linie des *kolams*? Anjali erscheint das überaus wahrscheinlich. Und sicher erscheint ihr auch, dass dies ein Wettrennen ist, das die Metro niemals für sich entscheiden kann. Immer wird die rasant wachsende Zahl der Autos die Metro überholen. Die Betonpfeiler, aus denen Stahlstangen in den Himmel ragen, sind Mahnmale für den Verlust der Stadt als Ort der Menschen. Wenn der Bau endlich, in vielen Jahren, so weit sein wird, um den Menschen zu Diensten zu sein, wird es zu spät sein, befürchtet sie. Dann werden die Schienen der Bahn über das unveränderte Chaos unter ihnen führen. Das Opfer von Tausenden alter Bäume wird umsonst gewesen sein. Der Verlust der gewachsenen Nachbarschaften, die dem Bau weichen mussten, wird die Spannungen zwischen den Menschen verstärken. ›Ishaan, alle Kinder, die jetzt in dieser Stadt leben, werden teuer für die Fehler, die wir heute geschehen lassen, bezahlen‹, denkt sie bedrückt. Schon jetzt leiden viele Kinder unter Störungen der Atemwege, haben Allergien. Wir arbeiten tatsächlich gegen die Zukunft unserer Kinder und gegen unsere eigene Zukunft. Wie konnte es so weit kommen? Wird Ishaan ihr eines Tages vorwerfen »Ihr habt es gewusst. Warum habt ihr nichts getan?« Auch um dieser Frage standhalten zu können, engagiert sie sich bei *Action Green*. Für die Zukunft von Ishaan.

Anjali beschattet die Augen mit der Hand. Das Licht, hart und grell, löst einen dumpfen Schmerz hinter ihrer Stirn aus. In ihrem sechs Jahre alten Maruti, ohne Klimaanlage, sitzt sie schutzlos den Abgasen ausgeliefert im von der Sonne aufgeheizten Gefährt. Fast meint sie, das Gift in der Luft auf ihrer Haut zu spüren. Sie zieht ihre *dupatta* über den Mund und atmet flach. Wenn sie sich wenigstens auf dem Rücksitz mit einer Zeitung zurücklehnen könnte. Doch Mohanlal, ihr Fahrer von der Agentur, hat ihr vor einer Stunde abgesagt. Ein lukrativerer Auftrag, eine Fahrt nach Chennai. Ein lukrativerer Auftrag? Klar, er muss an seine Familie denken, drei Personen müssen von seinen geringen Einkünften leben, da kommt ihm ein solcher Auftrag gerade recht. ›Familie kommt immer zuerst‹, denkt Anjali resigniert. Und doch fühlt sie sich verraten. Schließlich war er schon fast zu einem Familienmitglied geworden, hat Ishaan regelmäßig zum Sport gefahren und sie zur Arbeit und zurück. Sie kann sich keinen angestellten Fahrer leisten und auch kein neues Auto – was Mrs Gupta immer wieder mit abschätzigen Bemerkungen kommentiert. Mohanlal ist der Schutz, den sie braucht, wenn sie wegen ihrer Arbeitsaufträge oft noch spät nachts unterwegs ist. Nach dem Erlebnis an der

Bushaltestelle im letzten Jahr, als sie eine Rikscha heranwinken wollte, hat sie sich für einen Fahrer entschieden.

Mit Schaudern denkt sie daran, wie sie plötzlich umringt war von grölenden Kerlen, die aus der Rikscha gesprungen sind. Einer hat nach ihrer *dupatta* gegriffen, sie an sich gezerrt, sie ist gestolpert, gegen einen anderen gestoßen, der sie am *kameez* gepackt hat, sodass es mit einem Zischen bis fast unter die Achsel aufgerissen ist. Ihre Hilflosigkeit in diesen Augenblicken, ihr Schreck, ihre Panik treiben ihr noch heute den Schweiß in den Nacken, wenn sie daran denkt. Bevor sie wirklich erfasst hatte, was geschah, hörte sie das Röhren des Busses, das Quietschen der Bremsen und der Busfahrer stand plötzlich zwischen ihr und den Angreifern. Mit einem Stock hat er sie vertrieben, schnell wie ein Spuk sind sie mit der Rikscha verschwunden.

Der Gedanke an das Erlebnis lastet noch immer auf ihr. Die Angst ist immer bereit, wieder aufzuflammen, draußen im Dunkeln. Sei es, dass ein Mann zu dicht hinter ihr geht, eine Rikscha zu langsam an ihr vorbeifährt, ein Mann sie zu lange anstarrt.

Ihr Artikel zu den Vergewaltigungen, die immer mehr in der Öffentlichkeit bekannt wurden, war authentisch. Sie war eine Betroffene. Als Betroffene noch einmal davongekommen. Und zu ihrem eigenen Entsetzen war da plötzlich ein Gedanke aufgeblitzt tief in ihr. Wütend und kalt. Noch jetzt werden ihre Wangen heiß vor Scham, wenn sie sich erinnert.

»Das kommt davon. Selbst schuld.« Die Stimme in ihrem Kopf war hart und scharf. »Benehmt euch wie anständige Frauen, treibt euch nicht spät nachts herum, haltet euch an die Regeln. Wer sich anständig benimmt, dem geschieht auch nichts.«

Diese Wut, massiv wie Stein, hat sie geschockt. »Bin das wirklich ich, die so denkt – ich, die aufgeklärte Journalistin, die moderne Frau?« Sie kann sie nicht vergessen, diese Stimme. Wird sie sie wieder überfallen, wie ein Feind aus dem Hinterhalt? Sie legt eine Hand in ihren verschwitzten Nacken, strafft die Schultern und zwingt den Gedanken daran mit aller Kraft nieder.

* * *

Er lehnt den Rasierspiegel gegen den Krug in der Fensternische. Sein Gesicht ist zugeschwollen. Die eine Seite blau angelaufen. Das linke Auge kaum noch sichtbar. Der Mundwinkel nach unten gezogen. Er stöhnt. ›Schlaganfall‹, denkt er. Die Paste aus zerstampften Tamarindenblättern färbt seine Finger gelb, als er sie aufs Gesicht streicht. Kühle dringt unter seine Haut. Seine Schultern sacken nach vorn. Die gelb verschmierte Hand liegt geöffnet, mit gespreizten Fingern, auf seinem Knie. Sitzenbleiben möchte er. Sitzenbleiben, sich nicht rühren. Die Minuten verstreichen. Von draußen hört er Hämmern, Metallfeilen kreischen. Auf dem Abtritt tropft Wasser in den Eimer. Plötzlich schreckt er hoch. Siddhart. Er muss Siddhart anrufen.

* * *

Endlich rollt der Verkehr wieder. Langsam, aber er rollt. Auf einmal reißt Anjali das Steuer herum und löst einen Sturm von Gehupe hinter sich aus. Abbiegen, sie muss hier abbiegen! Es würde sie unendlich viel Zeit kosten, wenn sie die Ausfahrt verpasste, die nächste ist mindestens vier Kilometer entfernt. Die großen Straßen fräsen Schluchten ins Gebirge der Stadt und nur selten fließen sie zusammen und verbinden die Teile miteinander.

Und kaum ist Anjali unter dem Flyover durchgetaucht und hat die betonierte Abfahrt verlassen, weiß sie, dass dies ein Fehler war. Sie findet sich in völlig fremdem Gelände wieder. Die Brache längs der Straße ist übersät von Hütten aus Planen und Pappe. Direkt am Rand der Straße kauern Frauen vor Feuern, über Töpfe auf Ziegelsteinen gebeugt, von denen Dampf aufsteigt. Kinder, fast nackt, mit zotteligen Haaren, jagen um die Kauernden herum. Als Anjali sich suchend umblickt, langsamer fährt, laufen sie auf ihren Wagen zu, rennen nebenher, spähen ins Fenster. Kleine braune Hände grapschen nach ihr. Sie schaltet in den Rückwärtsgang und die ganze Bande verfolgt sie kreischend, mit den Händen in alle Richtungen wedelnd. Anjali bricht der Schweiß aus. Es sind doch nur Kinder, beruhigt sie sich selbst. Der Gedanke, dass dies statt Kinder Männer wären, lässt sie zittern.

Sie wendet. Nun brennt die Sonne wie weißes Feuer durch die Windschutzscheibe. Sie fühlt den Schweiß von ihren Schläfen rinnen, ein entnervendes Kribbeln am Hals. Das *kameez* ist klatschnass unter ihren Armen. Sie atmet erleichtert auf, als sie sich wieder in den zähen Fluss des Verkehrs auf der Magistrale einfädeln kann. Sie zwingt sich gleichmäßig zu atmen, bis ihr Herzschlag ruhiger wird.

Ihre Gedanken wandern zu Raju in der Redaktion und sie packt das Steuer fester. Ihr passt sein Gehabe nicht. Irgendetwas hält er zurück. Hat er bereits heimlich Verbindungen geknüpft unter den Männern der Redaktion? Wer hat ihn überhaupt protektiert, dass er diesen Platz in der Redaktion besetzen kann? Hat er sich in wichtige Projekte eingeklinkt, von denen sie nichts weiß? Will er sich mit ihren Arbeiten einen Platz sichern? Den Platz, den sie als nächstes anstrebt, im politischen Ressort? Wird Raju sie mit seinem Ehrgeiz wegdrängen? Ihre Hände schwitzen und sie lockert den Griff ums Lenkrad wieder und lehnt sich erschöpft im Sitz zurück, der von der Hitze aufgeladen ist.

Sie schaut auf ihre Uhr. Hoffnungslos. Sie wird sich verspäten. Resigniert gleitet ihr Blick über die Autos vor ihr und neben ihr.

Anjali eilt die Treppe zum Geschäftshaus hinauf, in dem der *Messenger* beheimatet ist. Der Guard vor der Tür des grauen Betonklotzes lächelt ihr entgegen. Sie bleibt bei ihm stehen, obwohl sie wirklich spät dran ist. Ein paar Worte mit Murli gehören für sie einfach zum Morgenritual. Militärisch zackig grüßt er, wobei ihm die Uniformmütze bis zu den buschigen grauen Augenbrauen rutscht und das Gewehr über seiner Schulter an den Türrahmen poltert.

»Madam – *boss* ...«, er deutet mit dem Zeigefinger nach oben, sein Gesicht ein einziges sorgenvolles Faltenmeer. Gleich darauf zwinkert er Anjali verschwörerisch zu. »*No problem,* sagen Sie einfach *traffic.*«

»Ja, Murli, *traffic*«, bestätigt Anjali. »Und stell dir vor, dieser verflixte Mohanlal hat mich mal wieder versetzt. Ich hab mich verfahren, bin zu früh abgebogen.«

»*Oyoo!*«, Murli wackelt mit dem Kopf und lässt ein missbilligendes Zungenschnalzen hören. »Madam, Sie brauchen unbedingt einen *hundred percent best driver!*« Er richtet seine klapprige Gestalt zu voller Höhe auf und legt die Hand aufs Herz. »Auf mich könnten Sie sich verlassen.«

»Bestimmt«, Anjali nickt. »Wenn da bloß nicht dieses kleine Problem mit dem Führerschein wäre ...« Sie kneift ein Auge zu und der Alte lässt die Schultern hängen.

»Ja, ja zu spät«, seufzt er, »kein Geld, um die Bastarde im Amt zu schmieren.« Mit einer Geste der Hilflosigkeit hebt er die Hände zum Himmel. »Meinem Sohn geht's genauso. Die verlangen Unsummen für die Zulassung zur Prüfung.«

»Ach Murli, das alte Lied.« Sie berührt den Ärmel seiner braunen Uniformjacke. »Ich muss los.« Sie deutet nach oben. Murli salutiert erneut und drückt die Glastür auf, wobei seine schweißnassen Finger Schlieren auf der Scheibe hinterlassen.

»*AC-problem!*«, ruft er Anjali noch zu, bevor er die Tür schließt. Und tatsächlich, augenblicklich legt sich drinnen lauwarme Luft, modrig wie ein altes Handtuch, um ihren Kopf. Der dunkle Marmorfußboden ist von nassen Bahnen in elliptischen Linien durchzogen, mittendrin ein Eimer schwärzlichen Wassers. Ein junger Mann, barfüßig, schiebt einen Putzlappen am Besenstiel über die Fliesen. Während er mechanisch den Lappen bewegt, sind seine Augen irgendwo in die Ferne, jenseits der Glasscheiben gerichtet. Er summt eine *filmi*-Melodie und seine Füße tänzeln über die Platten der Halle – genauer gesagt über das Filmset.

Vorsichtig tritt sie auf und durchquert die Halle. Als sie an dem Glaskasten des Empfangs vorbeigeht, in dem ein Mann in seine Zeitung vertieft ist, springen ihr die dicken roten Lettern der Schlagzeile »Terrorattentat in Kashmir« entgegen. Sie runzelt die Stirn. An manchen Tagen geben ihr alltägliche Begebenheiten wie dieses unsinnige Herumgewische, verendende Klimaanlagen, die üblichen Korruptionsgeschichten in Kombination mit schreienden Schlagzeilen das Gefühl von Indien als einer riesigen Katastrophenregion und nehmen ihr jeden Schwung. Heute könnte solch ein Tag sein.

Der Mann lässt die Zeitung sinken und Anjali sieht überdeutlich wieder einen erhobenen Zeigefinger. Ja, ja, der *boss* ist schon oben – wahrscheinlich gemeinsam mit den anderen Göttern auf den Gipfeln des Himalayas. Sie verdreht die Augen und antwortet mit einem kurzen Nicken.

Sie sieht, wie er über seinen schwarz gefärbten stattlichen Schnauzbart streicht und dann die Hände über dem Bauch verschränkt. Als sie weitergeht, meint Anjali zu spüren, dass er ihr hinterher glotzt. Die Tatsache, dass sie statt dem *salvar,* der klassischen Pluderhose, unter ihrem *kameez* eine Jeans trägt, wird später Thema sein, wenn er mit dem Guard aus der Halle – wo steckt der eigentlich? – die Angestellten durchhechelt. Sie wird dabei als Beweis für die verfallenden Sitten dienen. ›Wenn schon‹, denkt Anjali. ›Soll er doch der indischen Freizeitbeschäftigung Nummer eins frönen und sich über andere Leute auslassen, wenn es ihm Spaß macht.‹

Während sie auf den Fahrstuhl wartet und ungeduldig immer wieder den Knopf drückt, spürt sie ihren Ärger. Was ist los mit dieser Stadt, in der sie lebt, der gepriesenen Hochburg der IT-Technologie, dem indischen Silicon-Valley? Überall wo sie den Fuß hinsetzt, ist der Bürgersteig – wenn überhaupt vorhanden – durchlöchert, sind Treppen brüchig, Wege und Straßen von Müll und Bauschutt bedeckt. Natürlich weiß sie, was los ist, wo die Wurzel des Übels liegt: Korruption. Der gesamte öffentliche Bereich ist davon zerfressen. Verdammt noch mal, täglich werden Energien und Geld von diesem Kraken aufgesogen. Millionen Menschen haben weder ausreichende Krankenversorgung noch Zugang zu Elektrizität oder sauberem Wasser und müssen für jede Leistung der Kommune, wie Murli für eine Zulassung zur Führerscheinprüfung, ihr letztes Hemd hergeben. Sie spürt eine Ader an ihrer Schläfe pochen.

Und dann ist da dieser Gedanke, der sie die Schultern bewegen lässt, als ob sie eine Last abwerfen möchte. Es stimmt. Diesen Job hat sie vor drei Jahren nur bekommen, weil Farhan-*uncle*, ein guter Freund ihres verstorbenen Vaters, ihr den Weg geebnet hat. Privilegiert, das ist sie. Sie senkt den Kopf.

Dann schaut sie auf. Schuldgefühle bringen nichts. Sie will handeln. Sie will etwas tun, um ihre Position zu rechtfertigen. Sie will etwas bewegen, da wo es ihr möglich ist, sie will ihr Schuldkonto ausgleichen. Heute wird sie den Artikel zum Thema »*Valley*-Landnahme durch Korruption?« als Vorschlag in die Redaktionskonferenz einbringen. Am Beispiel des *Valleys* will sie exemplarisch den korrupten Ablauf in den staatlichen Institutionen aufdecken. Korruption auf allen Ebenen. Ihr scheint das schlimmste an der Korruption zu sein, dass sie so gut funktioniert, dass jeder sie für Normalität hält. Im Großen wie im Kleinen. Die Korruption im großen Stil findet ihre millionenfache Entsprechung im Alltagsleben jedes einzelnen Bürgers. Geht es ihr selbst nicht auch so, dass sie trotz relativen Wohlstands ausgelaugt ist vom ständigen Kampf gegen die Gangstermethoden in den Ämtern? Sei es, dass die Gaslieferung des staatlichen Unternehmens nur mit einem Extra-Obolus erfolgt oder für die Bewilligung eines Solarmoduls auf ihrem Dach viele Umschläge mit Scheinen in viele Hände wandern. Und wer wird meistbietend den Studienplatz erhalten, wenn Ishaan an der Reihe ist? Immer ist der Kampf um das Lebensnotwendige kräftezehrend und oft ein Fehlschlag.

Und wie üblich wird sie mit ihrem Vorschlag für den Artikel wie schon so oft zuvor schon auf den freundlich verkleideten Widerstand der Männer in der Redaktion stoßen: »*Young Lady,* warum wollen Sie sich Ihre hübschen Finger mit unsauberen Geschichten beschmutzen?« Aus ihrem Ressort, *Page 3,* die Welt der Schönen und Reichen, durfte sie bisher nur gelegentlich zu Ausflügen in Themen rund um Frauen und Kinder ausbrechen. Egal, sie ist entschieden, hartnäckig zu bleiben. Heute wird sie sich durchsetzen.

Endlich erscheint der Aufzug und kurz bevor die Tür sich schließt, quetscht sich Ashok vom Politikressort herein.

»*Just in time!*«, sagt er mit einem Blick auf seine goldene Armbanduhr.

»Ja, IST sei Dank«, antwortet Anjali. Beide wissen, dass die Sitzung offiziell schon vor mehr als einer halben Stunde begonnen hat.

»Ach, du weißt doch, wie das ist«, wirft Ashok unbekümmert ein. »Ich musste Satoosh zu seinem Treffpunkt bringen. Schul-Exkursion. Der Verkehr ...« Er mustert sie eindringlich »Und du? Wie schafft ihr das bloß alles, dein Mann und du, tagein, tagaus? Jeder mit einem Job«, bemerkt er kopfschüttelnd.

»Meine Frau und meine Mutter halten wenigstens zu Hause den Betrieb zusammen.«

›Das frage ich mich auch täglich, wie ich das schaffe – noch dazu ohne Mann.‹ Fast hätte Anjali es laut ausgesprochen.

»Na ja, da ist Amma, die ...«, will sie erklären.

»Oye!«, prustet Ashok los. »Dein Mann hat seine Schwiegermutter im Haus. Das wäre nichts für mich. Meine eigene Mutter, das ist etwas anderes. Sapna hat keine Probleme mit ihr, sie sind ein Herz und eine Seele.«

›Ach ja?‹, denkt Anjali. Da ist ihr anderes zu Ohren gekommen. »Bist du dir sicher? Hast du schon mal mit Sapna darüber gesprochen?«, kann sie sich nicht verkneifen zu fragen. Die Fahrstuhltüren öffnen sich.

»Machst du Witze? Ich weiß doch, was ich sehe.« Gereizt zerrt er an den Manschetten seines weißen Hemds. Kaum im Flur steuert er auf den Kollegen vom Fotoressort zu und packt ihn am Ellbogen. Mit einem gemurmelten *»See you at the meeting«* zu Anjali zieht er ihn mit sich.

Als Anjali den Sitzungsraum betritt, hat die Besprechung noch nicht begonnen. Ihre Augen suchen den Raum ab. Viele Kollegen fehlen noch. Sie entdeckt Raju, der mit Prakash, dem Politikredakteur, am Kopierer steht. Seine lange, dürre Gestalt vorgebeugt, wedelt er mit einem Bündel Papiere vor Prakashs Nase. Seine rechte Hand, zwei Finger ausgestreckt, schreibt Kreise in die Luft, um gleich darauf seinem Gegenüber alle fünf Finger gespreizt entgegenzuwerfen, als ob er jedes seiner Argumente noch im Flug aufspießen wollte. Die Brille sitzt verwegen weit vorn auf seiner Nase. Starr blickt er den Älteren darüber hinweg an, scheint ihn hypnotisieren zu wollen.

Nach dem Anruf heute Morgen sieht Anjali genauer hin. Raju, frisch vom College, Praktikant seit einem halben Jahr, giert danach, seine Fähigkeiten groß herauszustellen. Er ist unbestritten der Meister auf Twitter, Youtube und allem, was sich googeln lässt, sowie der König des *timepass.* Doch konnte er bisher nicht landen mit seinen Artikeln. Ungeduldig ergreift er jede Gelegenheit, passend oder nicht, um seine Ideen den Redakteuren aufzudrängen – einen Vorschlag machen, würde er es nennen. Wie sie ihn so sieht – Brille auf der Nasenspitze, alles an ihm in Bewegung, vom dichten Haarschopf, der über seiner Stirn wippt, über sein schmales Gesicht, bis zu den schlaksigen Beinen –, kann sie sich vorstellen, dass sein Übereifer die Kollegen Abstand halten lässt.

Anjali mochte von Anfang an den frischen Wind, den er in die Redaktion gebracht hat, wenn sein Jagdhundgehabe ihr auch oft auf die Nerven geht. Er ist neugierig wie sie und hat ausgeprägte Antennen für alles, was im Land an Veränderung vor sich geht. Diese Gemeinsamkeit hat sie beide immer wieder zu Komplizen gemacht gegenüber den alten Hasen in der Redaktion. Auch ihre Außenseiterposition im Verteilungskampf um die bedeutenden Artikel hat sie verbunden. Heute Morgen fragt sie sich jedoch, ob sie da nicht einer Täuschung unterliegt. Immer wieder hat sie Raju in kumpelhaften Gesprächen mit den Redakteuren aus anderen Ressorts angetroffen. Spielt er den Verlierer bloß und hat bereits im Untergrund zielstrebig Kanäle für eine Karriere gegraben? Sie nimmt sich vor, ihn genau zu beobachten.

Heute sieht es jedenfalls mal wieder so aus, als ob der Terrier seine Beute nicht an den Mann bringen kann. Sie beobachtet, wie Prakash zurückweicht, sich mit dem Rücken an den Kopierer lehnt, die Arme vor der Brust verschränkt. Schließlich tätschelt er Raju begütigend die Schulter und wendet sich dem Bürodiener Bapu zu, der gerade mit einem Stapel Morgenzeitungen hereinkommt. Rajus ausgestreckte Hand schwebt noch einen Augenblick in der Luft, es sieht aus, als wollte er Prakash nachsetzen. Mitten in der Bewegung hält er inne, schiebt seine Brille nach oben und klopft die Papiere zurecht.

Als er aufschaut, eine tiefe Falte unter dem schwarzen Haarwust auf der kaffeebraunen Stirn, begegnet er Anjalis Blick und ein Lächeln erhellt sein Gesicht. »*Namaskar guruji!*«, begrüßt er sie mit einem Augenzwinkern, setzt sich auf die Kante von Anjalis Tisch und wippt nervös mit dem Bein. »Ah, sind das die ISTO-Papiere?« Schon will er nach den Blättern greifen, die vor Anjali auf dem Tisch liegen.

»Stopp!« Anjali legt eine Hand über die Blätter. ›Lass bloß die Finger von meiner Arbeit‹, denkt sie. Mit gerunzelter Stirn fragt sie: »Was gibt's, das so wichtig ist, dass du mich früh am Morgen anrufst?«

Erstaunt sieht er sie an. »Hey! Was ist los? Ich hatte eine fantastische Idee heute morgen zu ISTO, wollte die Verbindung von ISTO zu HHO-Baustoffe überprüfen, ob die mit drin stecken. Ich dachte, dass das wichtig für deine Recherche sein könnte. Oder?«

»Und?« Sie zieht die Augenbrauen hoch.

Er deutet auf die Unterlagen in seiner Hand. »Sieht so aus, denke ich. Ich sage dir, wenn sich die Fakten zum *Valley* verifizieren, sprengt das einen Megakrater in unser schönes neues Silicon-Paradies. Da werden manchen die Bits und Bytes nur so um die Ohren fliegen.« Seine Hände zeichnen kleine Kreise in die Luft. »Hab einiges davon heute Morgen schon überprüft. Mensch, das ist eine Bombe, wenn wir die zünden, die geht ganz nah am CM hoch!«

»Ich weiß«, sagt Anjali.

»Und – *Action Green*«, er berührt Anjalis Papiere vor ihr auf dem Tisch, »kannst du mir erklären, warum die ausgerechnet dich informieren?« Seine ausgestreckte Hand zeigt auf sie, genau auf ihr *thali*.

»Du meinst, warum vergeuden die *Action Green*-Leute ihre kostbaren Informationen an eine Hausfrau und Mutter, an eine Frau, die *Page 3*-Artikel verfasst und Skandalbomben unter die High Society schleudert?« Sie nimmt das oberste Blatt aus dem Stapel und deutet auf die Unterschrift. »Shakti Mishra«, sagt sie.

Vor drei Monaten hatte sie Shakti das erste Mal getroffen. Bei einem Treffen der NGOs zum Thema *»Only One Earth«* hatte sie ein Interview mit einer Society Lady geführt, der Gattin eines Bauunternehmers, die sich für Umweltprojekte einsetzt. Dort war Shakti als Vertreter für *Action Green* anwesend gewesen.

Später am Teestand, wo sie auf ihren Fahrer gewartet hatte, kam er auf sie zu, lud sie zu einem *chai* ein und sprach sie direkt auf das ISTO-Projekt an. Zuerst hatte sie sich gewundert. Er wusste doch, in welchem Auftrag sie unterwegs war. Was erwartete er von einem Kontakt zu einer *Page 3*-Reporterin? Bis sie dann von ihm erfuhr, dass er ihre Rede beim Umwelttag der *Valley School* gehört hatte. Ihre scharfe Kritik an den Plänen von ISTO hatte ihn für sie eingenommen.

»Also ist unsere Begegnung eher geplant als zufällig?«, wollte Anjali wissen.

Shakti grinste. »*Correct.*«

»Und um was geht es?«

Ohne lange mit seiner Absicht hinter dem Berg zu halten, schlug er ihr einen Deal vor, der so aufregend war, dass Anjali mit den Fingern gegen das Teeglas trommelte. Er würde ihr bei kommenden Aktionen exklusive Vorabinformationen liefern und ihr Einblick in die Erkenntnisse geben, die *Action Green* über ISTO gesammelt hatte. Im Gegenzug verlangte er eine engagierte Berichterstattung im *Messenger.*

Anjali hätte fast einen Seufzer ausgestoßen. Da war sie, die Chance, auf die sie schon so lange gewartet hat. Sie war nur zu gern bereit zu diesem Deal. Im Augenblick der Euphorie blendete sie allerdings eine Kleinigkeit aus: Die Notwendigkeit, den Chefredakteur Baskar auf eine Linie pro *Action Green* einzustimmen. Wie sie das schaffen sollte, stand noch in den Sternen.

Anjali hatte Shakti bereits auf einer Kundgebung erlebt und war beeindruckt gewesen von der Kraft seiner Worte.

»Wer kennt nicht die Sprüche ›*my India is great*‹, unser Indien ist großartig. ›*Our India is the best in the world*‹, unser Indien ist die großartigste Nation der Welt?«, hatte er gerufen. »Und wie sieht die Wirklichkeit aus?« Er hatte eine Pause gemacht und war noch einen Schritt näher an den Rand der Bühne getreten. »Um uns herum nur Korruption, Intoleranz und Armut.« Seine Stimme war weit über den Platz hinausgedrungen. »Wir werden das nicht hinnehmen. Wir von *Action Green* wollen den Wandel!« Die Menge hatte die Fäuste in die Luft gerissen. »Der Wandel wird kommen. Eines Tages werden wir eine bessere Nation sein.« Er hatte eine Hand aufs Herz gelegt. »Dafür stehe ich hier.«

Anjali war begeistert gewesen von Shaktis leidenschaftlicher Rede und auch bei dem Gespräch am Teestand hatte ihr seine direkte und offene Art sehr gefallen. Von da an hatte sie immer wieder Treffen von *Action Green* besucht, die Gruppe mit Informationen unterstützt und selbst viele erhalten.

Was dann passiert ist, vor der letzten Aktion von *Action Green* vor der ISTO-Zentrale, schnürt ihr bis heute vor Ärger den Hals zu. Bei der Redaktionskonferenz hat Prakash den Auftrag erhalten. Mit der fadenscheinigen Ausrede, man wolle sie als Frau nicht den Turbulenzen einer Demonstration aussetzen, wurde sie kalt gestellt. Prakashs Artikel fiel dann auch entsprechend aus. Er wollte sich wohl ebenfalls nicht den Turbulenzen aussetzen und hat das Ganze aus der Distanz, aus dem Arsenal seiner vorgefassten Meinung kommentiert, die Aktion als Verrat an den Interessen des Gemeinwesens abgehandelt und Shakti als Aufwiegler abgestempelt. Erst die Aufmerksamkeit der großen überregionalen Blätter rief ein vorsichtiges Umdenken in der Redaktion hervor.

Und jetzt war es so weit.

Die Chance! Die große Aktion würde kommen. Sie, nur sie, hatte die entscheidenden Informationen zur Verfügung. Sie würde die authentischen Stimmen aus dem Zentrum der Bewegung einfangen können. Anjali nimmt die Papiere auf, blättert sie noch einmal durch: Fakten zu der geplanten Aktion auf dem Baugrund im *Valley*. Fakten zu der Grundstückslage. Fakten zu den Beteiligten. Fakten aus erster Hand.

Sie ist sicher, damit kann sie heute einen Artikel an Land ziehen. Aufgeregt fächelt sie sich Luft mit den Papieren in ihrer Hand zu.

Raju deutet darauf. »Und? Was machst du jetzt damit?«

»Bevor ich irgendetwas machen kann, muss ich's heute erst mal durchkriegen. Dann brauche ich noch mehr Informationen und vor allen Dingen natürlich noch wasserdichte Beweise.«

Raju nestelt an seiner Brille. »Kannst du dir vorstellen, dass der Boss sich darauf einlässt?«

Anjali zögert. »Keine Ahnung, Raju.« Sie rollt die Papiere energisch zu einer Röhre zusammen. »Ich weiß nur, ich brauche eine große Sache – und das hier ist groß. Und ...«, sie schlägt ihm mit der Papierrolle auf die Schulter, »... mein Herz hängt daran.« Natürlich weiß sie, dass Hindernisse über Hindernisse zu überwinden wären. Würde ihr Chef Baskar es wagen, sich in die Höhle des Löwen, in Konfrontation mit der herrschenden Partei zu begeben, die das ISTO-Projekt favorisiert, und sich einen Gegner schaffen, der CM heißt? Wer schaltet denn die großen Inserate? Oder würde die Partei, wenn er das Wagnis wirklich einginge, Mittel und Wege finden, um eine Veröffentlichung zu unterbinden? Lag es überhaupt im Bereich des Möglichen, dass Baskar diesen Fall einer *Page 3*-Reporterin anvertraute? Und schließlich: ›Ist das ganze Ding nicht einfach zu groß für mich?‹

Anjali schaut sich im Raum um, wo inzwischen alle Kollegen eingetroffen sind und in Grüppchen zusammenstehen.

»Und Raju ...«, sie senkt die Stimme, »... kein Wort zu irgendjemand. Du hast doch nicht eben mit Prakash ...«

Raju setzt sich mit einem Ruck aufrecht hin. »Hör mal! Wofür hältst du mich? Das ist dein Kontakt, dein Fall.« Dann beugt er sich zu Anjali hinüber, grinst breit. »Solltest du jedoch Unterstützung brauchen – *Main Hun Naa.*« Er breitet mit einer hingebungsvollen Geste die Arme aus, und es ist zu befürchten, dass er gleich zu singen anfängt.

Anjali schlägt mit der Papierröhre nach ihm. »Ja doch, Idiot. Und …«, setzt sie ernst hinzu, »… das ist in der Tat mein Fall. Merk dir das!« Sie mustert Raju einen Augenblick mit zusammengekniffenen Augen. Wenn sie ihn in eine Zusammenarbeit einbinden kann, hat sie ihn unter Kontrolle, kann genau beobachten, wie er reagiert. »Gut, einverstanden«, sie packt seinen Arm, »ich kann Hilfe gebrauchen.« Sie schiebt ihren Zeigefinger unter die Bändchen in Rot und Gelb, die an Rajus Handgelenk befestigt sind. »Denk immer daran, du bist mein *rakhi*-Bruder, halte also deinen Schnappreflex – oder besser gesagt Wegschnappreflex – schön unter Kontrolle!«

Raju strahlt, seine Hand schießt in die Höhe. »*Gimme five, sister!*«

Ohne Zögern schlägt Anjali ein.

DIENSTAG

Um von Bangalore nach Thathaguni zu kommen, ist es am besten, sich an einem unscheinbaren Schild zu orientieren, um den Weg zu dem 900 Seelen Dorf südlich von Bangalore zu finden. Das Schild in fröhlich gelockten Kannada-Schriftzeichen, das an einem Draht schief von einer Tamarinde baumelt, weist zur *Valley School.* Und so erreicht man das Dorf auf kürzestem Weg. Das Dorf am *Valley*.

Auf dem schmalen Sandweg, der in Windungen schnell in die Hügel steigt, ist selten jemand unterwegs. Morgens und nachmittags begegnet man den Schulbussen, denen man besser in eine Aussparung am Rand des Weges ausweicht. Nach etwa drei Kilometern erreicht man die ersten Häuser des Dorfs. Niedrige ebenerdige Häuser, weiß getüncht und manchmal mit bunt verzierten Gesimsen um das flache Dach herum. Kurz davor, oben auf der Kuppe, öffnet sich der Blick ins Land, weit über den Dschungel hinweg, der sich fast ohne Unterbrechung Hunderte von Kilometern zu den Western Ghats am Arabischen Meer zieht. Linker Hand erstreckt sich das Dorf am Rand eines Tals, dort trifft man auch auf die Zufahrt zur Nationalstraße. Am Fuße des Tals liegen die Gebäude der *Valley School* und des Instituts der Krishnamurti Foundation. Beide lagern jeweils auf Erhebungen, durch einen See getrennt, der wie ein kostbarer Saphir Lichtblitze sendet. Dort, eingebettet in die Wildnis eines weiten, eingezäunten Dschungelgebiets, hat der Religionsphilosoph Krishnamurti eine Schule gegründet. Das Lernen in engem Kontakt mit der Natur, war er überzeugt, fördere eine positive Entwicklung der Kinder im ganzheitlichen Sinne. Im angegliederten Institut werden Seminare angeboten, finden Forschungsprojekte statt. Verweilt man auf der Kuppe, unter dem offenen, blassblauen Himmel, scheint es, als ob die Zeit in einem anderen Rhythmus abläuft als im nahen, nur 25 Kilometer entfernten Hightech-Hexenkessel Bangalore.

Wie an jedem anderen Tag im Winter, brennt die Sonne auch heute, am Feiertag *Maha Shiva Raatri,* vom Himmel. Alle Viere von sich gestreckt liegen die Hunde an der Dorfstraße. Streuner, Tagediebe. Erschlagen von der Hitze, regungslos. Struppiges, schmutzig gelbes Fell verschmilzt mit dem unbefestigten Lehmboden. Als die Phalanx der Karossen vorüberzieht, dunkle Scheiben, glänzender Lack, blitzende Leisten, bleiben ihre Augen geschlossen. Einzig die Ohren zucken. Eine gelbe Staubwolke senkt sich langsam auf sie herab.

Auf der Veranda löst der Mann mit dem buschigen Schnurrbart den Knoten seines karierten *lungis* und rafft die Stoffbahnen über seinen Knien zu einem kurzen Rock zusammen. Während er den Knoten neu schlingt, blickt er die Straße hinab, hinter den Limousinen her. Er hat sie gezählt. Er weiß, wohin sie wollen. Er weiß, was sie hier wollen. Besser sie verschwänden. Er nimmt die Sichel vom Haken, wiegt sie in den Händen.

»Menakshi, jetzt sind sie da«, ruft er seiner Frau durch die offene Tür ins Haus zu. »Verdammte Haie.«

Seine Frau erscheint mit einem Krug und einem Becher in der Hand. »Weißt du, wer alles dabei ist?« Sie gießt Wasser in den Becher und stellt den Krug auf die Brüstung der Veranda.

»Die ganze Bande vermutlich. Govinda, ISTO-Manager ... alle, die uns das Fell über die Ohren ziehen werden.« Er schnaubt voller Wut. »Wenn es losgeht, wenn die Erde umgewühlt wird, haben wir keine Chance. Das Wasser. Sie werden uns das Wasser abgraben.«

Menakshi zeigt auf die Sichel, die er bei seinen Worten immer wieder in seine Hand schlägt. »Und das?«

Mit einem Knurren stößt er aus: »Wenn ich könnte ... die Reifen ... ihre Hälse ...«

Seine Frau schlägt mit einem Prusten die Hand vor die Stirn, reicht ihm den Becher. Er schaut die Sichel an, lässt sie sinken. Mit gerunzelter Stirn nimmt er den Becher aus ihrer Hand. »Und was sollen wir tun?«

Menakshi wirft den *pallu* ihres Saris über die Schulter und wendet sich zum Gehen. »Satiadev, heute an Shiva Raatri wird gefeiert. *Podum.* Shakti wird da sein. Sprich mit ihm. Schon vergessen? Es gibt Pläne.«

* * *

Es ist dunkel geworden im *Valley.* Seit Sonnenuntergang rollt der Klang der Trommeln von den Hügeln hinunter ins Tal. Über die Schatten der Baumwipfel und Palmspitzen hinweg dringt er weit hinein in den Dschungel. *Maha Shiva Raatri.* Die Nacht Shivas ist angebrochen. Die heiligste Nacht im Hinduismus. Shiva, der göttliche Tänzer, der in einem universalen Tanz das Übel der Welt unter seinen Füßen zertritt und Erneuerung heraufbeschwört, ist in dieser Nacht gegenwärtig. Es ist eine schicksalshafte Gelegenheit, ihn um Hilfe anzurufen.

Ohne Unterlass, bis zum Morgengrauen, werden die Trommeln dröhnen. Sie werden die Gläubigen wach halten in der Wärme der Nacht, hingegeben an ihre Gebete.

Im Dorf strömen Männer, Frauen und Kinder zum Tempel, den Trommlern entgegen. Mitten unter ihnen Shakti, ein junger Mann, großgewachsen, in einer violett schimmernden *kurta* über der Jeans. Die lockigen dunklen Haare reichen ihm fast bis auf die Schultern. Unter den Männern vom Dorf mit dem korrekten Haarschnitt und den üppigen, von Kokosöl glänzenden Schnurrbärten, wirkt er fremd wie ein *hero,* ein Filmstar aus dem Norden. Doch wird er von allen Seiten mit Lächeln und Nicken gegrüßt.

Vor dem Tempel, dessen Wände mit blinkenden Lichterketten überzogen sind, streift er seine *chappalis* neben einem Berg Schuhe ab, tritt auf die kühlen Steinplatten des Vorraums. Er taucht ein in die von Sandelholz- und Blütenduft gesättigte Luft. Und wie so viele Jahre zuvor reiht er sich ein in die Schlange der Gläubigen vor dem Schrein Shivas. In seiner Hand die Opfergabe, orangerote Blüten. Obwohl es lange her ist, seit er zuletzt in dieser besonderen Nacht hier war, ist ihm alles vollkommen vertraut. Wie in eine weiche, viele Jahre getragene *kurta* schlüpft er hinein in das uralte Ritual.

Vor ihm die Frauen, blütengleich in ihren goldgesäumten Saris, magentarotes, smaragdgrünes und pfauenblaues Strahlen, ihre Stimmen, ihr Lachen – ein Lied aus Kindertagen in seinen Ohren. Er kann die Gesten ihrer Hände lesen, versteht die Geschichten, die sie in die Luft schreiben. Er sieht Worte wie Perlen durch ihre Finger gleiten, wobei bunte Armreifen bei jeder Bewegung klirren. Gesichter schimmern wie kostbares dunkles Holz im Licht der *diyas,* die auf den Simsen und Vorsprüngen des Raums aufgestellt sind. Goldschmuck glänzt auf Stirnen und kleine goldene Glöckchen in den Ohren schwingen und klingeln. Vom hoch aufgesteckten Haar fließen Jasminblüten auf Schultern, verströmen eine Süße, die sich mit dem Rauch der *argabattis* vermischt. Ein betörender Duft, den Shakti tief einatmet.

Männer schreiten würdevoll und ein wenig wichtigtuerisch durch die Menge. In cremefarbenen *lungis* und weißen Hemden, fein gefaltete Tücher über der Schulter, fügen sie sich ein in das prächtige Bild, tragen Opfergaben in den Händen – Kokosnüsse, Bananen, Gefäße mit Milch.

Shakti schaut sich um, erwidert auch hier wieder Lächeln und Nicken, faltet mit einer leichten Verneigung grüßend die Hände vor der Brust und zwinkert einem kleinen Jungen zu, der an seiner *kurta* zupft. Einzelne Tempelbesucher lösen sich aus der Schlange, streben hinüber zu Gruppen im Tempelraum, werden überschwänglich begrüßt. Zurufe fliegen über Köpfe hinweg. Stimmen in einem klingenden Wirbel übertönen das Wummern der Trommeln, das von draußen hereindringt. Und über allem zeichnet das Lachen der Kinder helle Kontrapunkte. Hier und dort und überall sieht Shakti, wie sie sich zwischen den Erwachsenen hindurchdrängen.

Als ob keine Zeit vergangen ist, erinnert er sich an seinen Großvater. Er lächelt beim Gedanken daran, wie fest und warm seine Hand ihn fasste. Und wie er sich jedes Mal losgerissen hat, kaum hatte er den Segen erhalten. Zu Satiadev, seinem Cousin, ist er gelaufen. Zusammen sind sie zwischen den Menschen umhergesprungen und dann kichernd wieder in die Schlange zurückgeschlüpft. Mit demütig gesenktem Kopf haben sie es immer wieder geschafft, ein zweites Mal süßes *prasad* zu erbeuten. Und später dann, als Schüler, haben sie sich mit unschuldigen Mienen und klopfenden Herzen so nah wie möglich an den Mädchen mit den großen Schleifen in Zopfschaukeln vorbeigedrängt, haben hier einen Ellenbogen berührt und dort eine Schulter.

Er reckt sich. Wo steckt Satiadev?

Satiadev, der verschworene Freund seiner Kindheit. Sein Begleiter in den Ferien, die er jedes Jahr hier, im Heimatort der Familie seiner Mutter verbracht hat. Satiadev ist hiergeblieben. Während er selbst in der Stadt sein Studium absolviert hat, musste Satiadev schon früh auf dem Hof seines Vaters mitarbeiten. Immer noch, nach so langer Zeit, fühlt er sich ihm verbunden und freut sich auf das Wiedersehen.

Shakti hat gehofft, ihn gleich hier zu treffen. Morgens haben sie noch telefoniert. Er braucht Satiadev für die Aktion, die hier in sechs Wochen steigen soll. Satiadev unterstützt *Action Green* hier draußen auf den Dörfern. Er kennt alle hier. Er weiß, wie er mit den Leuten reden muss. Er kann ihnen beibringen, worum es geht. Er kann sie überzeugen, dabei zu sein.

Nochmals schaut er sich suchend nach Satiadev um. Er kann ihn nicht entdecken und entscheidet, dass er später zum Haus des Cousins gehen wird. Es wird schwierig sein, Satiadev für ein Gespräch aus dem Familientrubel herauszulösen. Doch er wird hartnäckig bleiben. Heute will er Satiadev in die Details der Pläne von *Action Green* einweihen.

Beim Gedanken an die geplante Aktion fühlt er einen schweren Druck auf seiner Brust. Zweifel und Furcht. Werden wirklich genug Menschen dem Aufruf folgen, um sie bei der Besetzung des Baugrunds zu unterstützen? Werden sie durchhalten, bis sie eine Zusage zur Untersuchung des widerrechtlichen Landerwerbs erzwungen haben? Wird es lange dauern? Er stellt sich vor, wie entsetzt seine Mutter wäre, wenn sie von seinem Vorhaben wüsste – ihr Sohn an einen Baum gekettet ...

Beim Abschied heute, zu Hause in Bangalore, hat sie den seidigen Stoff der *kurta* über seinen Schultern glatt gestrichen und ihn eindringlich daran erinnert, die Tanten, Onkel, Cousins und Cousinen aufzusuchen. Alle sollte er von ihr grüßen, da sie nicht dabei sein kann, geschwächt von einem Fieber. Und als er sich hinuntergebeugt hat, um ihre Füße zu berühren, hat sie ihn mit beiden Händen an den Schultern gefasst, die Verbeugung aufgehalten und ihm segnend die Hand auf den Kopf gelegt. In den Jahren, seit sein Großvater gestorben ist, ist er selten ins Dorf zu ihrer Herkunftsfamilie zurückgekehrt. Doch jetzt ist er hier.

Und heute kommt er mit gutem Grund.

* * *

Dunkelheit hat sich über die City von Bangalore gesenkt. Von der Spitze des Wasserturms in Jayanagar reicht der Blick weit über die Straßen und Gassen des Wohnviertels. Der eben noch indigoblaue Himmelstreifen, durchzogen von rosenfarbenen Bändern, ist hinter den Häusern versunken. Sanft umfasst der dunkle Horizont die Stadt, lässt ihre Lichter glitzern und funkeln wie einen Schatz in Aladins Höhle. Drüben am Tempel beleuchten Scheinwerfer ein farbenfrohes Markttreiben, durch das sich die Tempelbesucher einen Weg bahnen. Der Duft von frittierten *samosas* und dampfendem *chai* vermischt sich mit Gerüchen von Kokoshaaröl und Sandelholzseife. Vorbei an Ständen mit Glasarmreifen in allen Farben des Regenbogens, mit phosphoreszierenden Götterbildern drängen sich Scharen von Menschen. Sie streben zu den Stufen des Tempels, die von Bettlern belagert sind und wo ein Straßenhund mit einem roten *puja*-Zeichen über den Augen das Bein hebt.

Von einer Seitenstraße nähert sich in flottem Tempo ein Roller, besetzt mit drei jungen Männern. Sie ähneln sich mit ihrem Lachen, das die Zähne in ihren dunklen Gesichtern blitzen lässt, und ihren wilden, schwarzen Haarschöpfen. Allein Salim in der Mitte trägt ein weißes *Hadsch*-Käppchen. Auf der Vorderseite ihrer grünen T-Shirts steht in leuchtenden weißen Großbuchstaben FUTURE, auf der Rückseite der Schriftzug *Action Green.*

Jai, der Fahrer, zieht eine schwungvolle Kurve um die unzähligen, am Rand des Platzes abgestellten Scooter und Motorräder und stoppt vor den wartenden Fahrradrikschas.

»*Just a moment!*«, ruft er seinen beiden Mitfahrern zu und springt vom Roller.

»*Yaar,* beeil dich!«, ruft ihm Ravi hinterher. »Deepa wartet auf dich.« Als sie sehen, dass Jai sich umdreht und ihnen eine Faust zeigt, brechen sie in Lachen aus, klatschen die Hände aneinander. »*Touché!*«, brüllen sie ihm gemeinsam durch die Trichter ihrer Hände hinterher.

Jai lächelt vor sich hin, als er die Tempelstufen hochsteigt. Deepa wird heute beim Treffen von *Action Green* sein – und er freut sich darauf. Auf der letzten Sitzung waren sie alle in Hochstimmung, weil ihre Demonstration vor der ISTO-Zentrale in Bangalore so viel Aufmerksamkeit in den Medien erhalten hatte. Und Deepa hat ihn immer wieder angelächelt und ihm strahlende Blicke zugeworfen, als ob sie ihn an den Augenblick erinnern wollte, als der Wasserwerfer auf sie zugekommen war. Als er ihre Hand genommen hat und sie zusammen losgerannt sind. Schließlich, klatschnass, aber gerettet hinter einer Mauer, standen sie einander gegenüber, haben sich an den Händen gehalten und konnten nicht mehr aufhören zu lachen. Anjali, die Zeugin dieser Blicke war, hat eine Augenbraue hochgezogen und dann lächelnd ein Auge zugekniffen.

Auf dem Treffen heute würden sie Fragen vorbereiten für die Organisation der Landbesetzung in sechs Wochen im *Valley*. Er könnte tanzen vor Freude, wenn er an die Aktion denkt. Sie werden etwas tun, sie werden etwas wagen, sie werden ein Zeichen setzen – und Deepa wird wieder dabei sein. Einige Stimmen aus der Runde der *Action Green*-Mitglieder, die nach dem letzten Polizeieinsatz zur Vorsicht aufgerufen haben und das Ganze noch einmal überdenken wollten, hat er nicht verstanden. Was wollen die denn? Warten, bis alles zu spät ist? Jetzt haben sie die Öffentlichkeit auf ihrer Seite. Sogar ein Artikel im HINDU hat kritische Fragen zum ISTO-Projekt gestellt. Provokativ hat der Autor mit der Frage geschlossen: »Wollen wir den Namen Bangalore ändern und ab morgen Shanghai heißen?« Heute Abend würde er es klipp und klar sagen: Er will die Aktion, er will, dass die Bewegung in Bewegung bleibt, er will kein Shanghai.

Auf der letzten Stufe stoppt er. Er nestelt aus seiner Jeanstasche eine fünf Rupienmünze hervor und lässt sie in den Becher vor einem Bettler fallen. Er lächelt den Mann an, legt die Hand aufs Herz. Oft schon hat er diesem alten Mann mit den verkrüppelten Beinen ein paar Rupien gegeben. Der Alte beeindruckt ihn. Wie er dort sitzt, Tag für Tag, das faltenreiche Gesicht freundlich – ob die Vorübergehenden etwas geben oder nicht. Das gefällt ihm. Er betritt den Tempel.

Es dauert nicht lange und er erscheint wieder, ein *tilak* auf der Stirn. Am Fuße der Treppe lässt ihn ein Ruf stoppen. Neben dem hochrädrigen, mit Wimpeln und Plastikblüten dekorierten Karren sieht er Anjali, Amma und Ishaan. Der Kleine, der ihn entdeckt hat, läuft ihm entgegen, einen Becher in der hoch erhobenen Hand. »*Kulfi, kulfi!*«, ruft er, die süßlich werbende Stimme des Verkäufers imitierend. Jai fängt ihn im vollen Lauf auf, wirbelt ihn herum und läuft mit ihm unter dem Arm auf die beiden Frauen zu. Als er Ammas vorwurfsvolle Miene sieht, setzt er Ishaan rasch ab und ruft mit einer übertriebenen Verbeugung vor ihr: »*Manipu Ji! Sorry. Meeting tonight!* Keine Zeit, *sorry, sorry!* Wir müssen die Welt retten ...« Er faltet die Hände vor der Brust und sagt mit einer schnellen Wendung zu Anjali: »Die Statistiken?« Anjali übergibt ihm eine schmale Mappe aus ihrer Tasche und mit dem Versprechen, die anderen auf dem Treffen zu grüßen, saust er hinüber zu den Freunden. Ishaan, der ihm dicht gefolgt ist, wird mit einem fröhlichen »*as – salaam alaykum«* von Salim hochgehoben. Er setzt ihn vor sich auf den Roller. Bis zu Anjali hinüber dringt das Juchzen ihres Sohnes. Nach einer Runde um den Platz hält Jai vor ihr, und sie nimmt Ishaan in ihre Arme, der sich an Salim klammert und *»more, more«* schreit. Als Anjali ihn endlich weggezerrt und mit einem Klaps ruhiggestellt hat, machen sie sich auf den Weg in den Tempel. Amma, die vorausgeht, macht mit ihren energischen Schritten und den hochgezogenen Schultern ihr Missfallen über Jais Fehlen deutlich sichtbar.

* * *

Im Dorf scheinen nun alle zum Tempel gekommen zu sein und jeder hat offensichtlich noch Verwandte und Besucher mitgebracht. Das Gedränge ist enorm. Shakti bewegt sich langsam in der Menschenschlange auf das Heiligtum zu. ›Ja‹, bekräftigt er im Stillen seine Entscheidung. ›Mit gutem Grund bin ich heute hier. Im *Valley*. Hier, wo bedroht ist, woran mein Herz hängt. Hier, wo ich für den Erhalt meines Paradieses kämpfen will. Hier, wo ich Shiva um Kraft und Klarheit bitten will für diesen Kampf.‹

Er atmet tief durch. Unter seinen nackten Füßen spürt er den drängenden Rhythmus der *thavil*-Trommeln. Er fühlt ein Beben im Körper, das aufsteigt unter seine Schädeldecke, spürt die Energie bis in die Haarspitzen. Die *shennai* mit ihrem hohen quäkenden Flatterton zwirbelt seine Ohren, schraubt sich in jede Zelle seines Körpers und rüttelt ihn mit ihrem scharfen Klang hellwach.

Er überlässt sich dem Gesang, Murmeln und Chanten der Menschen, die im Halbdunkel des Tempels am Boden sitzen.

»*Om Thryambhakam Yajamahe* ...« Seine Lippen formen die Worte. Das Mantra ist das mächtigste Mantra im Hinduismus. Es weckt die Kraft, eine Herausforderung zu bestehen, ein Ziel zu erreichen oder unüberwindliche Blockaden aufzulösen. Das ist Shivas Gesetz. Eine unendliche Abfolge von Zyklen der Schöpfung, Erhaltung und Zerstörung.

Schritt für Schritt nähert er sich der *cella,* einem Raum im Raum des Tempels. Drinnen erhebt sich über dem *lingam* aus schwarzem Stein, inmitten eines Meers aus Lichtern, die vergoldete Statue Shivas mit dem Dreizack, umkränzt von Blütengirlanden. Zu Füßen der Statue sind Opfergaben ausgebreitet. Shaktis Augen folgen dem Rauch der *argabattis,* der sich in dünnen Linien zum Haupt der Figur schlängelt, wo das dritte Auge, das Auge der Weisheit, auf der Stirn blutrot leuchtet.

Der *pandit,* in der Hand den Teller, auf dem die heilige Flamme brennt, tritt den Gläubigen mit der Leichtigkeit und Eleganz eines Tänzers entgegen. Die Brahmanen-Schnur über seiner bronzefarbenen Brust, das bodenlange, goldgesäumte Tuch um die Hüften und der strenge Haarknoten verleihen ihm Würde und Autorität. Er lässt die Flamme vor den Gesichtern der Gläubigen kreisen. Dann erteilt er den Segen, indem er drei waagerechte Striche mit *vibuti,* der heiligen Asche, auf die Stirnen zeichnet und mit rotem *kumkum* das *tilak,* den Punkt auf die Stelle des dritten Auges zwischen die Brauen setzt.

Shakti neigt den Kopf, als er durch die Pforte tritt, und nähert sich der Statue des Gottes. Die Hände mit den Blüten vor seiner Stirn gefaltet, verneigt er sich tief. Während er die

Worte des Mantras spricht, erscheint vor seinem inneren Auge das Bild des Tals, seines Tals, dort draußen im Dunkel, und er möchte schützend seine Hände darüber halten.

Er verharrt einen Augenblick, dann legt er die Blüten nieder und berührt sein Herz mit der rechten Hand, bevor er sich aufrichtet.

Als er vor den Priester tritt, führt er die Hände von der reinigenden Flamme zu seinen Augen und über seinen Kopf. Ihm ist, als ob unter dem Druck des Daumens, mit dem der *pandit* die Asche in seine Stirn reibt, seine Zweifel und Ängste zerbröseln. Mit jedem Strich der heiligen Asche meint er zu fühlen, wie sein Mut zurückkehrt. ›*Chaqe de! Yes we can!* Wir werden siegen!‹, möchte er ausrufen. Das *tilak* schließlich spürt er wie ein Siegel auf der Stirn. Es besiegelt seine Entschlossenheit, diese Aktion zu einem Sieg werden zu lassen. Vom Murmeln des *pandits* begleitet, trinkt er das geheiligte Wasser aus seinen zu Schalen übereinanderlegten Händen und empfängt *prasad,* die geheiligte Speise.

Schnell durchquert er den Tempel, tritt hinaus auf den Platz, wo Händler auf Matten und Tüchern ihre Waren am Boden ausgebreitet haben. Menschen drängen sich um knallbunte Plastikspielzeuge, glitzernde Haarspangen, Räucherstäbchen und Kerzen. Leichtfüßig schlängelt er sich durch die Menge. Er wird später wieder zurückkommen, um sich im Tempel zu den Betenden zu setzen. Jetzt will er allein sein und er kennt den besten Platz dafür.

Auf dem Weg durch die Felder lässt Shakti die Häuser des Dorfs hinter sich. Er tritt fest auf, um Schlangen in die Flucht zu schlagen, und lauscht nach alter Gewohnheit auf jedes noch so feine Geräusch. So groß ist seine Vertrautheit hier, dass er selbst im Dunkeln mühelos den Weg findet.

Hinunter zum See zieht es ihn. Unter den uralten Mangobäumen will er sitzen, dort, wo die Glühwürmchen über dem Dornengebüsch schweben. Dort, wo das Gluckern des Bachs und das verschlafene Glucksen der Kuckucke wie ein »*araam se, araam se* – das wird schon, das wird schon« klingt. Immer hat er sich dorthin geflüchtet, wenn es eng wurde in seinem Leben. Damals vor dem Examen. Und auch als die Familie gegen seinen Willen seine Verheiratung plante und er sich verweigert hat. Dann zuletzt vor der Aufgabe des Jobs und dem Neuanfang bei *Action Green*. Und heute treibt ihn der Gedanke an die geplante Aktion her. Den größten Coup, den *Action Green* je geplant hat. Eben im Tempel noch war er so sicher, so zuversichtlich und entschlossen. Er berührt seine Stirn, die das Zeichen Shivas trägt. Jetzt drängen sich wieder Zweifel in seine Brust. Ist er naiv, wenn er sich vorstellt, die geballte Macht von Politik, Unterwelt und Großkapital bezwingen zu können? Und können er und seine Mitstreiter die Menschen in der Stadt und auf den Dörfern mit ihrer Aktion wirklich erreichen? Schätzt er womöglich die Gefahr falsch ein? Beim Gedanken, dass er tatsächlich ein Risiko eingeht, sieht er seine Mutter vor sich, und ihr besorgter Ausdruck quält ihn.

Bald steht Shakti am Rand der Anhöhe und blickt hinab. Das Tal liegt im Dunkel, voller Schatten und Geflüster. Jenseits davon erstreckt sich der Dschungel. Seine dunkle Masse wogt weit und weiter, verschmilzt mit dem Nachtblau des Horizonts. Inmitten von Grillenzirpen und dem Rasseln der Zikaden steht er eine Weile in diesen Anblick versunken. Vom Dorf her dringt im Duett mit dem *Tataatatam Tam Tam* der Trommeln das Heulen von Hunden herüber.

Er spürt, wie sein Atem leichter wird. Er breitet die Arme aus und blickt hinauf in den sternenübersäten Himmel. Mit jedem Atemzug schmeckt er das Grün der Bäume, die rote Erde, die Süße der Blüten.

Hier ist er mit seinem Großvater durch die Wälder gestreift. Hier haben sie den Rufen der Vögel, die den Dschungel bewohnen, gelauscht. Hier hat er, von wilden Bienen umsummt und keckernden Affen beschimpft, Vögel und Pflanzen in sein kleines Skizzenbuch gezeichnet. Immer dicht bei ihm der Großvater. Er blinzelt. In seinen Augen spürt er ein Brennen, wie von Tränen.

Als er den Kopf nach rechts wendet, schiebt sich ein anderes Bild in seinen Blick. Gegen den helleren Horizont kann er Palmen wie Scherenschnitte ausmachen. Dort sendet Bangalore, die Stadt der Millionen, ihr Licht in den Himmel, löscht die Sterne aus und schreibt Fortschritt ins Weltall. In der Ferne nimmt er die Hochhäuser wie eine Drohung wahr. Ungeheuer, die ihre Hälse recken. Ungeheuer auf dem Sprung. Sie werden ihre Zähne in den Dschungel, in das Paradies schlagen, werden über das Tal hinwegwalzen, den See zuschütten, die Hügel platt machen.

Groll packt ihn. Seit Jahren zerstören die Verantwortlichen, was Bangalore den Beinamen »Garden City« gegeben hat. Aus der Stadt der baumbestandenen Alleen, Parks und Gärten wurde ein Ort der niedergetrampelten Erde, deren verpestete Luft die Menschen krank macht. Bereits jetzt sendet sie Signale, die die Ruhe und Balance dieses Naturrefugiums hier zutiefst stören. Durch den Ausbau der Verbindungsstraße nach Mysore sind die Pfade der Elefanten durchschnitten, die Panther an ihren Rückzugsplätzen aufgeschreckt. Orientierungslos auf der Suche nach Wasserstellen brechen sie in Dörfer ein.

›Und das ist erst der Anfang‹, denkt Shakti und die Wut darüber brennt ihm in der Kehle. Bald schon wird der nächste Angriff erfolgen. Das Gelände des Einschlags ist bereits abgesteckt: Drüben, jenseits des Tals, künden Schilder von einem Bauprojekt, ISTO, einem Mega-Technikpark. Staatswald, der dem Naturpark zugedacht war, ist auf betrügerische Weise zu Bauland geworden. Bauland! Was wird dann mit dem Wasser geschehen, wenn hier gebaut wird? Werden die Brunnen austrocknen? Werden die Felder verdorren? Wird der Dschungel versteppen? Werden die Menschen ihre Dörfer verlassen müssen?

Shakti ballt die Fäuste. Noch ist der erste Spatenstich nicht getan. Er würde alles tun, um ihn zu verhindern.

Er wendet sich ab und biegt ein auf einen von Reifenspuren durchzogenen Pfad, der bis zum höchsten Punkt des Hügels führt. Dort oben erheben sich Mauern, in denen Glasscherben mit messerscharfen Kanten stecken, die das Anwesen des *zamindar* abriegeln.

Nach wenigen Metern bleibt er stehen. Und jetzt sieht er sie. Die Wagen. Vorhin hat er erfahren, dass schon früh ein Tross Karossen durch das Dorf gerauscht war. Dort, im Schein der Laterne über dem Tor, sind sie in einem weiten Kreis abgestellt. Mächtige Limousinen. Ein großer schwarzer Vier-Liter-SUV-Mercedes und ein Toyota Fortuner mit der offiziellen Alarmleuchte auf dem Dach. Ein MLA, ein Minister womöglich?

Er erkennt den Wagen des Chefs der Genox IT-Gesellschaft, mit dem dessen Ehefrau sich zu Charity-Anlässen chauffieren lässt. Er zählt weitere fünf Autos, BMWs, Audis. Wem mögen sie gehören? Für ihn sieht es aus wie das Treffen eines Geheimbunds. ›*Devare nammannu kaapadu* – Gott steh uns bei‹, denkt er, ›hier wird unsere Welt verteilt.‹

Die Fahrer, in kleinen Gruppen an die Kühlerhauben der Autos gelehnt, rauchen mit trägen Gesten. Zwei Security-Männer, ihre Waffen lässig auf der Hüfte, haben sich dazugesellt. Gesprächsfetzen dringen herüber. Im Schatten der Mauer nähert Shakti sich den geparkten Wagen. Er tritt vorsichtig auf, will um alles in der Welt eine Konfrontation vermeiden. Allein seine Anwesenheit in der Nähe der Luxuskarossen, direkt vor dem Grundstück des *zamindars,* macht ihn zum Verdächtigen, zum Dieb, zum Terroristen oder Schlimmeren. Die Security-Männer würden nicht zögern, ihm eins mit dem Gewehrkolben überzuziehen. Der Wächter würde seinen Einsatz nicht verpassen und seinen Stock auf ihn niedersausen lassen, bevor er noch ein Wort der Erklärung sagen könnte. Doch seine Neugier ist angestachelt. Er will wissen, wer noch dort versammelt ist. Wer sind ihre Gegner? Mit welcher Gang aus Großkapitalisten, Politikern und *bhais* muss *Action Green* rechnen?

Als er den Toyota Fortuner erreicht, duckt er sich, schiebt sich vorsichtig am Heck entlang. Vor ihm, ganz nah, zwei Fahrer. Die Schirmmützen liegen auf dem Kühler des Autos. Einer lässt seinen Schlüsselbund kreisen. Der andere, in weißer Uniform mit den umgeschlagenen Hosenbeinen und den zu langen Jackenärmeln, bewegt die Schultern im Rhythmus der Trommeln, die vom Dorf herüberdröhnen.

»Jetzt feiern die noch. Wenn die wüssten. Die werden sich noch wundern ...«

»Was?« Der andere steckt seine Schlüssel in die Hosentasche. »Was weißt du denn schon?«

»Klar weiß ich, was Sache ist. Ich hör das doch jeden Tag, wenn ich meinen Chef fahre. Bin ich taub, oder was? Auch wenn ich für die gar nicht da bin, ich krieg doch mit, was die reden.« Er stützt den Arm auf den Kühler und legt seine Hand auf eine der Uniformmützen »Heute ... mein Chef und der Vorsitzende von diesem Verein – du weißt schon, die machen Planungen, Straßen und so was – beide hinter mir ... stinken wie die Zuhälter nach irgendwelchen Parfums, bis zu mir nach vorn ...«, er lacht wie über einen guten Witz. »Umsiedlung haben sie gesagt, *hundred percent,* haben sie das gesagt.« Mit einem Zupfen am Hals macht er die Schwurgeste.

Der andere prustet los. »Das hast du wohl geträumt. Das glaubst du wohl selber nicht.«

Da richtet sich der Weiße auf. »Kannste glauben, oder nicht. Fakt ist ...«, er nimmt die Mütze hoch und zeichnet mit ihr einen weiten Kreis über das Dorf und das *Valley* »... das kommt alles weg hier. Alles.« Er setzt die Mütze auf und klemmt die Daumen hinter die Aufschläge seiner Jacke. »So sieht's aus. Weg. Alle müssen weg hier. Aus die Maus. *Namaskar* und guten Weg ... und wenn ...«

In diesem Augenblick schrillt die Trillerpfeife des *chowkidar.* Shakti zuckt zusammen, zieht den Kopf zwischen die Schultern. Der Mann ist von seinem Schemel neben dem Tor aufgesprungen und läuft auf den Toyota zu. Jeden Muskel angespannt, hält Shakti den Atem an. ›Nichts wie weg‹, schießt es ihm durch den Kopf. Da hört er das Aufheulen eines Hundes und ein Stein klatscht auf den Boden. Geduckt bleibt Shakti stehen und atmet stoßweise. Die Fahrer haben kaum die Köpfe gewandt. Reden einfach weiter. In einem Seufzer löst sich sein Atem. Niemand hat ihn bemerkt. Er sieht den *chowkidar* schwerfällig wieder zu seinem Platz gehen, sich auf dem Schemel zurechtrücken. Langsam schiebt er sich rückwärts, am Toyota entlang. Das Fenster neben ihm ist offen. Als sein Blick ins Wageninnere fällt, sieht er auf dem Rücksitz einen Gegenstand. Ein Heft? Ein Buch? Ein Notizbuch? Gebannt starrt er es an. Sein Blut pocht hell und schnell in seinen Ohren. Da könnten Namen drin stehen! Dann wüsste *Action Green,* wer mitmischt beim großen Deal, mit wem und mit welchen Absichten sie zu rechnen hätten. Zeitabläufe, Planungen vielleicht? Fantastisch! Er hält den Atem an. Kurz zögert er, dann streckt er den Arm durchs Wagenfenster und greift zu. Seine Finger fühlen weiches Leder. Fest umschließt seine Hand das Buch. Hastig drückt er es an sich, dreht sich um. Mit ausgreifenden Schritten geht er auf das Dorf zu. Sein Herz schlägt laut wie eine *thavil.*

Und am Tempel die Trommeln dröhnen fort.

* * *

Shakti lässt das Buch sinken.

Gedämpft dringen die Trommeln vom Tempel durch die geschlossenen Fenster des Instituts im *Valley.* Er klappt das Buch zu, legt es auf den Schreibtisch. Dann schaltet er die Taschenlampe aus. Im Aufstehen reckt er sich. Er fühlt sich befreit. Der Beweis – hier ist er. Er hat es gewusst. Jeder weiß es. Govinda – ein Gangster in der Verkleidung eines politischen Führers. In perfektem Einklang mit dem System. Der mächtige Parteivorsitzende der herrschenden BNP, Mitglied der Landesregierung seit einer Legislaturperiode. Ein Experte für Geschäfte aller Art. Erpressung, Bestechung, Rache, Überwachung – was wünschen Sie? Zu Ihren Diensten – gesetzt der Fall, Sie können es sich leisten. Effektiv, pünktlich, diskret. Shakti nimmt das Buch wieder auf. Alles, was sich nicht in den Plan fügt, wird gekauft – mit einem Fingerschnippen. Er selbst hat es erfahren. Und hier endlich der Beweis. Schwarz auf weiß. Dann blättert er noch einmal die Seiten über seinem Daumen auf. Dies ist das Werk von Khan, Govindas rechter Hand. Perfekte Buchführung für die dunklen Kanäle des ISTO-Projekts. Jede einzelne Bestechung ist aufgeführt. Im Dezember vor zwei Jahren ... Bauamt, Katasteramt ... Zahlen, Namen, Kürzel. Seite um Seite. Eingang, Ausgang. Summen, Daten. Zahlen, als ob jemand Nullen mit vollen Händen über die Seiten gestreut hätte.

Govinda also.

Er schaut hinaus in die Dunkelheit. Für einen Augenblick scheinen die Trommeln verstummt zu sein. Solange sie dröhnen, erreicht ihr Klang das Institut am Fuße des Hügels unterhalb des Dorfs, als ob der Tempel nur ein paar Schritte entfernt läge. Jetzt füllt Stille den Raum. Während Shakti hinaus in die Nacht lauscht, kommt ihm ein Satz in den Sinn, mit dem Sandeep Govinda zitiert hat: *Power cannot be given, it has to be taken.* ›Ja‹, denkt er, neigt den Kopf und führt das Buch an seine Stirn. So ist es. Mit dem Buch hat er die Macht ergriffen.

Er verharrt einen Moment. Dann wendet er sich zum Regal, schaltet die Taschenlampe wieder ein und lässt den Lichtkegel über die Reihen gleiten. Dort, genau dort ist der Platz, entscheidet er und schafft einen schmalen Spalt für das Buch.

Nachdem er Chandrika den Schlüssel zurückgegeben hat, macht er sich auf den Weg ins Dorf. Die Trommeln haben wieder eingesetzt. Je näher er kommt, desto stärker vibriert die Luft von ihrem Klang.

Satiadev erwartet ihn auf den Stufen seines Hauses. Shakti hat ihm vorhin nur in kurzen Worten seinen Fund mitgeteilt, bevor er hinunter zum Institut gelaufen ist, um ein sicheres Versteck für das Buch zu finden.

»*Seri?* Alles in Ordnung?«, empfängt Satiadev ihn. Als Shakti das Siegeszeichen macht, legt er ihm den Arm um die Schulter und zieht ihn mit sich, den Weg hinauf zum Tempel.

»Und? Wie geht es weiter?« Satiadevs Stimme, dicht an Shaktis Ohr, um den Lärm, der sie umbrandet, zu durchdringen, klingt vor Aufregung gepresst. Shakti macht ihm ein Zeichen zu schweigen. Im Tempel dirigiert er ihn zu einer Säule, weg von den Betenden. Dann sitzen sie mit verschränkten Beinen nebeneinander, die Hände auf den Knien, die Köpfe geneigt, eingehüllt in ein gedämpftes, unaufhörliches Murmeln.

»Satiadev«, beginnt Shakti, »hast du schon jemals das Gefühl gehabt, du könntest mit einer Handbewegung, mit einem Fingerschnipsen deinen Traum wahr werden lassen? Einfach so?« Mit einem Schnalzen lässt er die Finger gegeneinander schnippen. Satiadev wiegt den Kopf in einer unentschiedenen Geste. Doch Shakti ist nicht zu bremsen. »Kennst du das Gefühl, als ob du ein Elixier getrunken hättest, das dir Kräfte verleiht, um die Welt aus den Angeln zu heben?« Er beugt den Kopf für einen Augenblick nach hinten, schaut in die dämmrige Höhe über ihnen. Als er weiterspricht, hört Satiadev die Erregung, die Shakti gepackt hat, obwohl er flüstert. »Das Buch. Das Buch ist das Elixier! Das Buch macht es möglich. Es ist die Macht der Wahrheit, die Macht der Namen und Zahlen, schwarz auf weiß.« Shakti macht mit Daumen und Zeigefinger die Geste des Geldzählens. »In diesem unscheinbaren kleinen Buch steht alles. Im März vor zwei Jahren 30 *lakh* an den Leiter der Baubehörde. Und bald darauf zehn an den Vorstand der Baukommission. Und, und, und. Sogar 500 Rupien an den *peon* in der Aktenablage sind aufgeführt. Wahrscheinlich fürs Durchstreichen eines Namens in der Besucherliste.« Shakti schlägt sich mit der flachen Hand vor die Stirn »Welch ein Irrsinn. So haben sie es geschafft, das geschützte Land umzuwandeln. Und weißt du, so etwas kann nur von ganz oben entschieden werden, ein Minister mindestens hat seine Finger drin – und die Summen, die im Buch stehen, sind die Argumente, die die Entscheidung umsetzen.« Er zählt an den Fingern ab. »Ein Minister, Govinda, diverse Abgeordnete, Behördenleiter ... für alle hat ISTO die Schatzkiste aufgemacht.« Shakti lacht auf. »Köpfe werden rollen, wenn diese Seiten öffentlich werden. Dies ist der Hebel, mit dem wir ansetzen können, um unsere Ziele wahr werden zu lassen.« Als Satiadev schweigt und auf seine Hände blickt, legt ihm Shakti eine Hand aufs Knie und fährt fort: »Wir müssen diese Macht wirkungsvoll einsetzen. Wir fördern alles ans Tageslicht: die Verfilzung, die Bestechung, den Betrug.« Shakti dämpft die Stimme, als sich zwei Frauen nahe bei ihnen niederlassen. »Wir haben die Presse auf unserer Seite. Ich habe dir von Anjali Mathur erzählt, der Journalistin, sie arbeitet bei *Action Green* mit. Der *Messenger* wird ihre Artikel bringen. Wir legen den Sumpf trocken, in dem alles gegoren hat. Wir legen die Wahrheit offen und wir werden den Lauf der Dinge ändern. Der Wahrheit hält nichts stand.« Satiadev, der den Blick gesenkt gehalten hat, schaut auf und Shakti erkennt in seinen Augen Skepsis und Zweifel.

»Natürlich«, Satiadev nickt. »Das Buch. Die Wahrheit. Die Macht.« Er hebt in einer vagen Geste die Hände. »Und die Macht der anderen Seite? Glaubst du, sie werden sie sich so einfach aus der Hand nehmen lassen? Sie sind so weit gegangen, sie werden weitergehen. Sie werden kämpfen. Sie sind skrupellos. Die gehen über Leichen. Was soll sie aufhalten? Wie können wir uns schützen?« Er rückt unbehaglich hin und her. »Weißt du, ich habe keine Lust, im Beton eines Pfeilers für *Namma Metro* zu enden ...«

Shakti lächelt. »So viele Pfeiler, wie nötig wären, um uns zu stoppen, um die Veröffentlichungen der Fakten des Buchs zu stoppen, gibt es gar nicht.« Er legt eine Hand auf Satiadevs Arm. »Im Ernst, es gibt eine Macht, die größer ist.«

Satiadevs Blick heftet sich eindringlich auf Shakti. »Was meinst du?«

»Öffentlichkeit. Tausende, ach was Hunderttausende, Millionen werden die Wahrheit erfahren. Und das ist unser Schutz.« Shakti rückt näher an Satiadev heran, sodass sie sich gegenüber sitzen. »Erinnere dich an den Fall in Delhi letztes Jahr. Der betrügerische Deal mit der Kohlenmine. Ein Journalist hat ihn aufgedeckt. Ein Aufschrei in allen Blättern. Die Verantwortlichen wurden gefasst, eingebuchtet, ihrer Ämter enthoben und niemand hat es gewagt, den Journalisten anzufassen.« Er richtet sich auf und lächelt. »Im Gegenteil, der ranghohe Politiker, der darin verwickelt war, wurde vor seinem Haus von Unbekannten liquidiert, bevor er mehr sagen konnte, bevor er die Fädenzieher hinter den Kulissen enthüllen konnte.«

Satiadev erwidert sein Lächeln nicht. »Und unsere Aktion auf dem Baugrund demnächst – ist das dann alles hinfällig?«, fragt er.

Shakti lacht. »Nein! Im Gegenteil! Was glaubst du, welchen Zulauf wir nach der Veröffentlichung der Machenschaften haben werden!« Mit beiden Händen umfasst er Satiadevs Arme und schüttelt den Freund. »Wir bleiben dran – die Rettung des *Valleys* ist noch lange nicht erreicht. Und ich sage dir, die Pläne sind noch schlimmer, als wir dachten. Umsiedlungen sind geplant.«

»Was sagst du da!«

»Keine Sorge«, Shakti drückt beruhigend Satiadevs Arme. »Wenn die Tatsachen des Buchs erst einmal enthüllt sind, wirken sie als Bremsklotz. Es wird Stillstand eintreten. Natürlich werden die Herren mit der weißen Weste vorgesorgt haben, dass keine Flecken sichtbar werden. Die Prozesse, um die Verantwortlichen zu benennen, können Jahre dauern. Und niemand weiß, wie sie ausgehen werden.« Er steht auf. »Doch die Zeit arbeitet für uns. An uns ist es, den Gedanken an die Gefährdung des *Valleys* und damit an die vielen anderen Bedrohungen wachzuhalten – jetzt und in Zukunft.«

Satiadev nickt widerstrebend. »Ich fühle mich beschissen bei dem Gedanken an das Risiko, an die Gangstermethoden dieser Bande. Ich hoffe, du kannst das wirklich steuern, Shakti.«

Shakti streckt Satiadev die Hand hin, um ihm auf die Beine zu helfen. Nach einem kurzen Zögern ergreift Satiadev sie. »*Seri.* Ich bin dabei – aber, denk dran, nicht im Betongeschäft.«

MITTWOCH

Beim Betreten der Barista Kaffeebar weicht Anjali zurück. Eisige Luft überfällt sie. Sie zieht die Schultern zusammen. Schon tut es ihr leid, dass sie Rajus Einladung angenommen hat.

»Zum Trost für die Zurückweisung deines Artikels auf der Konferenz«, hat er zu ihr gesagt. Und mit diesem brüderlich gönnerhaften Verhalten hat er ihre Niedergeschlagenheit nur noch verstärkt. Sie zieht die Mundwinkel nach unten. Ein *chocolate* für das aufgeschlagene Knie ... Sie fühlt sich klein gemacht und hilflos. ›Zurückweisung ist milde ausgedrückt‹, denkt sie bitter. Eine Demütigung – das war es. Baskar hat sehr deutlich gemacht, dass ein Artikel mit so weitreichender Bedeutung ihre Kompetenzen und Fähigkeiten übersteigt. Er hat ihr Naivität unterstellt, Blindheit für die wirklichen Notwendigkeiten und ihre journalistische Unerfahrenheit im Bereich Gesellschaft und Politik herausgestrichen. Die Kollegen sind geradezu begeistert auf diesen Zug aufgesprungen. Sie haben sie nicht einmal ausreden lassen. Nur Raju hat seine Stimme für sie erhoben und mit den Artikeln des »Hindu« und »Express« gewedelt, die *Action Green* viel Aufmerksamkeit geschenkt haben. Doch auch ihm wurde kurz das Wort abgeschnitten. Und wie gehabt, den Zuschlag für den Artikel zur Aktion im *Valley* hat Prakash bekommen. Mit einem kurz aufflackernden Gefühl des Triumphs hat sie beschlossen, all ihre Informationen für sich zu behalten. Soll er doch seine alten Sprüche wiederkäuen.

Sie schaut sich im Raum um und zieht eine Grimasse. Was sie sieht, ist genau das, weshalb sie solche Läden meidet: die Grüppchen an den Tischen, hippe junge Leute in Designerjeans, Marken-Sneakers, extravaganten T-Shirts, betont lässiges Gehabe. Neben denen fühlt sie sich, als ob sie um den Hals ein Schild mit der Aufschrift *Aunty* trägt. Wäre sie bloß sofort nach Hause gefahren. Etwas heftiger als beabsichtigt stellt sie ihre Tasche auf dem kleinen runden Tisch ab und zerrt einen Stuhl heran.

Das war's dann also.

Sie stützt die Ellbogen auf den Tisch und senkt das Kinn in ihre Hände. Durch die großen Scheiben blickt sie draußen auf zwei Bettler. Sie kauern am Boden zwischen geparkten Motorrädern und strecken den Vorübergehenden ihre von Lepra verstümmelten, fingerlosen Hände entgegen. Anjali wendet sich mit einem Seufzer ab.

Raju, an der Bar, wippt ungeduldig mit der Fußspitze. ›Das kann dauern mit dem Kaffee‹, denkt sie, als sie das Gewusel der Boys in den gestreiften Hemden und den Käppis hinter dem Tresen sieht. Sie mustert die Tafel, auf der die Preise notiert sind, und stößt empört den Atem aus. Die Kosten für dieses Kaffee-Latte-Zeug würden in ihrem Haushalt den Kaffeebedarf für eine Woche decken. Unbedingt ein Grund, diese cleanen, antiseptischen Läden zu meiden. Das einzige, was sie ein wenig aufmuntert, ist das Chaos, das die Boys kreieren. Der Kaffeeautomat zischt auf Alarmstufe, die digitalisierte Kasse piept im Dauerton und es riecht nach angebranntem Toast. ›Die westliche Welt wird sich noch wundern, wie all ihre Konsumtempel ruck-zuck *indianized* werden‹, denkt Anjali grimmig. Sie schlingt die Arme um sich und schaut wieder aus dem Fenster, den Blick starr, ohne etwas zu sehen.

Das war's dann also.

Raju erscheint neben ihr und stellt die Tassen mit dem Kaffee ab.

»Ohne Milch. Leider. *Milk is out* ...« Anjali zuckt mit den Schultern und greift nach der Schale mit den Zuckerpäckchen. Auf halbem Wege hält sie inne und holt ihr brummendes Handy aus der Tasche. Mit Blick auf das Display zieht sie die Augenbrauen hoch und nimmt mit einem »Sorry, Raju« den Anruf an.

»*Ji?*«, sagt sie und lauscht ins Telefon. Augenblicke später springt sie auf. »*What?*« Sie fasst sich mit der Hand an die Stirn. »*Are you sure?*«, ruft sie so laut aus, dass die Köpfe der Boys herumfahren. »*Unbelievable!*« Sie greift nach ihrer Tasche und macht Raju, der sie mit der Tasse in der Hand beobachtet, ein Zeichen ihr zu folgen.

Als sie beim *Messenger* ankommen, schaltet sie das Telefon aus.

»Zurück auf Start«, sagt sie und hält Raju das Gerät unter die Nase »Das eben war das Beste, was ich je gehört habe.« Er hebt fragend die Augenbrauen. »Das war Shakti von *Action Green*. Und ...«, sie bleibt auf der obersten Treppenstufe stehen, fasst Raju am Arm, »... du wirst es nicht glauben«, sie holt tief Luft, »er hat den Beweis. Schwarz auf weiß!« Jedes Wort unterstreicht sie mit einem Schlag ihres Handys auf seinen Arm. »Schwarz auf weiß!«

»Beweis?«, Raju klingt verwirrt.

»Ja genau. Die ISTO-Sache. Stell dir vor, Shakti hat ein Dokument in die Finger bekommen, das alles beweist: die Bestechungen, den Betrug, den ganzen dreckigen Deal. Ein Notizbuch. Handgeschrieben! Alles fein säuberlich notiert. Punkt für Punkt. Irre! Ich hab geglaubt, so etwas gibt es nur in China! Du weißt doch, dieser Funktionär, dessen minutiöse Aufzeichnungen über alle Bestechungen im Internet veröffentlicht wurden.« Sie zieht Raju, der vollkommen fassungslos schweigt, mit sich auf den Treppenabsatz und hinüber zum Zimmer des Chefredakteurs. »Ich bekomme Kopien der Originalunterlagen von Shakti. Das Buch hat er an einem sicheren Ort versteckt, keine Ahnung wo, aber morgen treffe ich ihn. Und dann – nein, nicht ins Internet! Der *Messenger* wird alles enthüllen. Schwarz auf weiß. Auf Seite eins.« Sie holt tief Luft »Mein Artikel auf Seite eins!« Vor der Tür stoppt sie und schaut Raju an. »Du sagst ja gar nichts. Wie findest du das? Ist das nicht der ganz große Knaller?«

»Unbedingt, unbedingt. Echt irre.« Er wischt sich über die Stirn. »Ich fass es nicht. Ich bin total geplättet. Super. Gratuliere.«

»Danke!«, Anjali legt die Hand auf die Klinke: »Los! Baskar wird sich die Finger danach lecken.«

* * *

Die schmale Straße liegt fast vollkommen im Dunkel, nur am toten Ende baumelt an einer Leitung zwischen zwei Abflussröhren eine einzelne Glühbirne. Von der Kreuzung her nähert sich ein Motorrad in niedrigem Gang, mit ausgeschaltetem Scheinwerfer. Der Fahrer und der Mann auf dem Sozius mustern die niedrigen Häuserzeilen links und rechts. Die Straße ist menschenleer. Zwischen dem Müll vom Tage ruhen vier Kühe inmitten von Papierfetzen, zertretenen Kohlblättern und Plastiktüten und nehmen fast die ganze Breite der Straße ein. Wiederkäuend zeichnen ihre Mäuler helle Flecken ins Dunkel. Fast lautlos fährt das Motorrad vorbei an Läden mit geschlossenen Gittern, vorgesetzten Bretterverschlägen und herabgelassenen eisernen Rollläden. Die täglichen Berge von Gemüse und Obst, die Säcke mit dem Reis, die Kleider auf Ständern, die Gebirge aus Blech, Töpfe und Schüsseln, die Werkzeuge und die kleinen und großen Elektrogeräte sind weggeräumt.

Am Ende der Gasse wendet das Motorrad unter der Glühbirne auf einem sandigen Platz, wo tagsüber die Kinder Kricket spielen. Als es wieder an dem Haus mit dem Schild, das eine Schneiderwerkstatt anzeigt, vorbeikommt, tippt der Beifahrer dem Mann vor sich auf die Schulter. Der nickt. Kurz darauf, unter einem vorspringenden Dach, halten sie an, dicht vor einer geparkten Rikscha. Breitbeinig stützt der Fahrer die Maschine, während der andere absteigt und sein Tuch, das er über den Mund gebunden hat, abnimmt. Mit Blick auf das Haus, an dessen Seite eine steile Betontreppe hinaufführt, wechseln sie leise Worte. Der Fahrer deutet auf die beiden Fenster über der Werkstatt, dort dringt Licht durch die Lamellen der Läden.

Aus der Schwärze gegenüber taucht ein Hund auf, nähert sich steifbeinig, erwartungsvoll mit dem Schwanz kurze Takte schlagend. Kaum ist er nah genug, holt der Beifahrer aus und tritt ihn in die Seite. Mit schrillem Winseln dreht der Hund bei und läuft die Straße hinunter. Schnell ist er im Schatten verschwunden.

Der Fahrer stellt den Motor ab, als plötzlich seine Hemdtasche in rhythmischen Intervallen Leuchtzeichen sendet, einen Schein ins Dunkel wirft, als ob ein schlagendes Herz sichtbar würde. Mit einem Griff zieht er sein Handy heraus. Er stützt sich auf den Lenker des Motorrads und streckt den Kopf lauschend nach vorn.

»*Seri*«, er nickt. »*Okay, yes, Okay.* Ja, es ist das Haus.« Er zeigt mit der ausgestreckten Hand auf das Haus, als ob sein Gegenüber ihn sehen könnte. »Verstanden – ohne Zeugen, klar.« Wieder lauscht er und macht abwehrende Zeichen zu seinem Mitfahrer, der sich ins Gespräch einmischen will. Dann antwortet er knapp: »*Yes Sir. Of course. Bilkul.*« Er steckt das Telefon in die Hemdtasche zurück.

* * *

Shakti schaltet den Computer im Büro von *Action Green* aus.

»*Let's go!*« Er winkt Abdul heran, der vor der Pinnwand steht.

»Alle Achtung«, sagt der und zeigt auf die stattliche Anzahl Zeitungsartikel über *Action Green,* klopft sich selbst auf die Schulter. »Super, wir haben die Leute wirklich erreicht. Wenn ich mit meinem Ph. D. fertig bin, mache ich wieder regelmäßig mit. Unbedingt. Du kannst auf mich zählen. Und bei der Aktion im *Valley* sowieso.«

Shakti tritt neben ihn und deutet auf einen Flyer, grün mit weißer Schrift *Peace to the Trees – Save The Valley.* »Der wird Ende der Woche fertig.« Er geht voran zur Tür. »*Suncraft,* die Firma für Photovoltaik hat ihn gesponsert – wir können zehntausend Stück vor der Aktion im *Valley* verteilen. Stell dir vor!« Nachdem er sorgfältig die Tür geschlossen hat, schiebt er zwei Riegel mit zwei robusten Stahlschlössern vor.

»Wow,« Abdul lacht. »Vertraue Allah – aber binde dein Kamel an.«

»Klar, ich möchte nicht morgen in einem zertrümmerten Büro stehen – wie uns freundlicherweise schon per E-Mail angekündigt wurde.« Shakti wendet sich zur Treppe: »Über mir selbst schweben auch schwärzeste Drohungen, doch anbinden lasse ich mich deshalb nicht!«

Das Büro von *Action Green* liegt im ersten Stock eines schmalbrüstigen Hauses, über einer Schneiderwerkstatt, dicht an dicht mit anderen kleinen Läden. Sie gehen die enge Treppe hintereinander hinunter.

Shakti ist erleichtert. Abdul hat ihn aus einer verzwickten Situation gerettet. Wie schon fünfmal in den letzten drei Wochen hat heute Abend sein Motorrad wieder gestreikt. Und heute muss er raus ins *Valley,* das Buch holen. Mit einer lässigen Handbewegung hat Abdul ihm den Fiat, den er als Mitgift zur Hochzeit bekommen hat, überlassen.

»*No problem.* Setz mich am Kino ab und bring ihn mir morgen zur Bibliothek.«

Der Wagen mit den beiden hat kaum die Kreuzung erreicht, da heult ein Motor in der Gasse auf, und als die Honda mit den beiden Fahrern durchstartet, fliegen Kiesel an die Hauswand.

Der Mann, der auf dem Rücksitz seiner Rikscha direkt hinter dem Motorrad geschlafen hat, richtet sich mürrisch auf. Erst der Köter, jetzt der Höllenlärm. Er kratzt sich am Kopf. ›Was haben die gesagt? Wir kriegen ihn? Wen?‹ Oder hat er das geträumt? Er breitet das Baumwolltuch, das er tags um den Kopf gewunden trägt, über sich und rollt sich zusammen.

Auf der Ausfallstraße herrscht kaum Verkehr, und Shakti kann den Wagen laufen lassen. Er legt den Arm ins offene Fenster. Chandrika wird ihn am Tor erwarten und ihm die Bibliothek aufschließen. Sie weiß nicht, um was es geht. Erst morgen wird er ihr und den anderen Aktiven das Buch präsentieren. Er freut sich schon auf ihre ungläubigen Mienen, wenn er die Bombe hochgehen lässt. Danach werden sie alle Schritte gemeinsam planen, um ihren Schatz am wirkungsvollsten einzusetzen. Stimmt, er hat im Alleingang den Kontakt zu Anjali und zum *Messenger* aufgenommen. Doch sie werden ihm zustimmen, da ist er ganz sicher. Tatsache ist, dass die Veröffentlichung so schnell wie möglich erfolgen muss. Morgen wird er Anjali treffen. Sie werden Kopien machen und das Buch im Safe des Eisenwarenladens seines Onkels in Sicherheit bringen, bis er es der Staatsanwaltschaft übergibt.

Wenn er an das Buch denkt, nimmt es ihm immer wieder fast den Atem. Was für eine Macht wurde damit in die Hände von *Action Green* gespielt. Ein Sprengsatz. Die BNP – weggesprengt. Mit Mittel- und Zeigefinger zielt er durch die Windschutzscheibe. *Paw!* Er pustet den Pulverrauch von den Fingern. Sie werden die Wahl verlieren. So viel ist sicher. Govinda. *Paw!* Aus dem Gefängnis heraus kann er den Wahlkampf nicht führen. *Paw!* ›Und dann? Können wir das ISTO-Projekt sprengen?‹ Er schnalzt mit der Zunge. So sehr er es sich auch wünscht und hofft – er weiß, die Verhältnisse ändern sich nicht mit einem Schlag. Tandon sitzt fest im Sattel, eine ganze Armee von Rechtsanwälten wird nachweisen, dass er nichts, aber auch gar nichts von Govindas Machenschaften wissen konnte. Doch *Action Green* wird weitermachen – und sie werden Zeit gewinnen. Zeit, in der die Bagger still stehen. Zeit, um zu wachsen, um noch mehr Kräfte zu sammeln. Die Wahrheit wird die Öffentlichkeit aufrütteln. Etwas wird in Bewegung kommen.

Auch die Medien werden genauer hinsehen, denn es geht um Masse, um massenhaft Leser. Und die Masse ist jung. ›Ja, wir sind jung!‹ Shakti rückt höher im Sitz und ballt die Faust aus dem Fenster. Jung! Indien ist so jung! Shakti lächelt. ›So viel Zukunft‹, denkt er. Er beginnt zu summen, schlägt auf dem Lenkrad den Takt. Und bald singt er lauthals »*Meeraa juhtaa hai japani ...*«

An der Ampel stützt er den Ellenbogen auf und trommelt den Rhythmus auf den Rand des Dachs »*... phir bhi dil hai hindustani!*«

Ein Krachen über seinem Kopf lässt ihn auffahren. Er packt das Lenkrad mit beiden Händen. Dicht neben ihn hat sich ein Motorrad gedrängt. Zwei Typen, dunkel mit öligen Haaren, schwergewichtig, Tücher über Mund und Nase. Nach einem erneuten Schlag aufs Wagendach hört er den scharfen Befehl »*Left!*«

Er zuckt zurück, als er die Waffe sieht. Govindas Männer! Verdammt, da sind sie also! Der Mann hinter dem Fahrer hat den Lauf der Waffe auf ihn gerichtet, dirigiert ihn von der Straße weg, unter die halbfertige Betontrasse der Hochbahn, zwischen abgestellten Baumaschinen hindurch, zu einer Stelle, wo Stahlstangen in großen Haufen lagern.

»Stopp!«, befiehlt er Shakti. Als der Wagen hält, winkt er ihn mit einer Bewegung des Revolvers heraus, steht breitbeinig da. »Wo ist es?«

Shakti öffnet langsam die Tür, stößt sie dann plötzlich mit dem Fuß ganz auf und wirft sich zu Boden, rollt blitzschnell auf den Mann zu, packt seine Beine. Im Taumeln reißt dieser die Waffe in die Höhe, ein Schuss löst sich. Glas splittert.

Shakti schnellt hoch, tritt im nächsten Augenblick mit aller Wucht gegen das Motorrad. Der Fahrer wird zu Boden gerissen. Blitzschnell duckt Shakti sich, taucht unter einem Baggerarm hindurch. Mit langen Schritten stürmt er vorwärts, hinter sich Gebrüll. Er sieht sich nicht um. Kurz durchzuckt ihn der Gedanke ›Werden sie schießen?‹ Nein. Es geht um das Buch. Sie haben keine Chance ohne ihn.

Sie sind zu zweit hinter ihm, er hört ihren Atem, sieht sich hektisch um. Auf beiden Seiten meterhoch Baumaterial. Kein Ausweichen. Sie treiben ihn vor sich her zu einem Platz, der verstellt ist durch Maschinen und den Bauzaun. Mit einer verzweifelten Drehung erkennt Shakti eine Lücke zwischen zwei abgestellten Transportern. Er zwängt sich hindurch. Läuft weiter. Laute wie Grunzen erreichen ihn, als sich die beiden Schwergewichtigen durch den Durchgang zwängen. Er gewinnt Vorsprung, umkurvt Bretterstapel, springt über einen Steinhaufen. Dann reißt er einen Stapel Kisten in den Weg der Männer. Nur kurz wendet er den Kopf, sieht, dass sie die Kisten weggetreten haben. Den Kopf vorgestreckt, die Arme fest am

Körper schlägt er einen Haken um eine Bretterwand – und da, eine Mauer ragt vor ihm auf. Eine Mauer aus aufgeschichteten Betonplatten versperrt ihm den Weg. Ein Ring hoch aufgestapelter Betonträger schließt ihn ein.

Er ist gefangen.

Und da sind sie.

Es ist eine Sache von Sekunden. Shakti wirbelt herum und mit einem Sprung packt er die unterste Strebe des Bambusgerüsts, das zur Trasse hinaufragt. Er hangelt sich hoch, Hand um Hand, Fuß um Fuß klettert er hinauf. Keucht. Als er zurückblickt, hat sich der Fahrer schon hinaufgeschwungen, dicht hinter ihm der andere. Die Männer klettern erstaunlich geschickt, kommen schnell näher. Das Gerüst schwankt unter ihrem Gewicht, die Seile an den Verbindungsstellen knarren. Shaktis Hände packen die Bambusstangen fester.

Der Schreck trifft ihn wie ein Schlag, als sich eine Hand um seinen Knöchel schließt. Sein Fuß rutscht von der Strebe, ein *chappali* fliegt davon. Shakti will nach dem Fahrer treten, legt seine ganze Kraft in diesen Tritt, um sich mit einem Stoß zu befreien. Doch der Mann hält ihn eisern fest, zerrt ihn zu sich. Shaktis Finger rutschen ab, seine Hand schrammt über das Holz der Strebe, greift ins Leere. Er wird nach hinten gerissen. Die Hand noch ausgestreckt fällt er. Der Mann lässt ihn augenblicklich los. Und Shakti stürzt. Stürzt haltlos in die Tiefe.

Am Fuß des Gerüsts schlägt er auf. Ein dumpfes Krachen. Staub und Schotter wirbeln hoch. Die Männer verharren für einen Augenblick, schauen hinunter. Dort liegt er neben dem Plattenstapel, reglos. Der Fahrer fährt sich langsam mit dem Daumen übers Kinn. »*Shit! Shit!*« Dann beginnen sie den Abstieg.

DONNERSTAG

Die Nacht war schlimm. Die Schmerzen. Immer wieder ist er hochgeschreckt. Sie können jederzeit wiederkommen. Noch einmal würde er das nicht durchstehen. Jeder Knochen schmerzt. In den Laden kann er nicht zurück. Wie soll er die Verletzungen erklären? Siddhart muss ran. Was werden sie beim nächsten Mal tun? Er drückt die Fäuste in den Bauch. Ihm ist übel. Der Becher, aus dem er Wasser trinken will, schlägt gegen seine Zähne. Seine Hand, das Zittern. Samstag, das Match. Das wäre seine Rettung. *Hundred percent* ist da was drin für ihn. Aber die werden ihn nicht hören. Keine Chance. Er zerrt die Tasche unter dem Bett hervor. Öffnet den Reißverschluss. Zwei Hemden, eine Hose, Unterhemd und Unterhose. Das reicht. Hauptsache schnell weg.

* * *

Mit einem Blick auf ihre Uhr nickt Anjali dem Jungen in der Bude am Straßenrand zu. »Noch einen«, bittet sie und stellt ihr

Teeglas ab. Shakti müsste jeden Augenblick auftauchen. Ihre Kopfhaut kribbelt vor Aufregung. Wie atemlos er gestern bei seinem Anruf geklungen hat.

»Es gibt Neuigkeiten. Können wir uns treffen? Ich habe Unterlagen für dich. Explosive! Der Artikel muss morgen in den Druck. Unbedingt! Morgen! Keinen Tag später!«

›Wahnsinn‹, hatte sie gedacht, als er ihr enthüllt hatte, was er in den Händen hielt. Handgeschriebene Beweise für die Manipulation des Bebauungsplans, riesige Summen an Bestechungsgeldern, die über die BNP an alle betroffenen Stellen geflossen sind. Eine Sensation!

Sollte das wahr sein, dann ... sie hatte den angehaltenen Atem ausgestoßen und schon die Schlagzeile vor sich gesehen »Landraub im *Valley!*«. Das würde einen Erdrutsch auslösen. Die BNP wäre erledigt, der Weg für einen politischen Neuanfang wäre frei.

Ihr Chef Baskar hat sofort angebissen. Solch einen Knüller wollte er sich nicht entgehen lassen. Er hat für heute eine Redaktionskonferenz einberufen, auf der sie die Kopien des Buchs präsentieren wird. Endlich könnte sie Beweise vorlegen, dass ihre Vermutungen über die Vorgänge im *Valley* der Wahrheit entsprechen. Der *Messenger* würde morgen alles auf der Titelseite veröffentlichen.

Unruhig geht Anjali vor dem Teestand auf und ab, weicht immer wieder dem pendelnden Schwanz einer Kuh aus, die im Müllhaufen daneben schnobert. Ihre Hand, die das Handy hält, ist schweißnass. Was ist los mit Shakti? Warum ruft er nicht wenigstens an, wenn er irgendwo steckengeblieben ist? Im Schatten eines Sariladens bleibt sie stehen, versucht zum x-ten Mal, ihn auf dem Handy zu erreichen – »*You can't reach momentarly this number.*« Auch in der Redaktion keine Nachricht von Shakti.

Während sich der Verkehr an ihr vorbeiwälzt, denkt sie noch einmal an Shaktis Fragen von gestern.

»*Do you really, really want to be a part of it?*« War da nicht ein Klang in seiner Stimme gewesen, als ob er etwas Wichtiges zurückhielte? Etwas, das sie wissen sollte. Gab es eine Gefahr, von der sie nichts wusste?

Gefahr. Sie schüttelt das Wort aus ihrem Kopf wie einen lästigen Moskito. Natürlich, sie machen sich angreifbar. Sie ist nicht naiv. Klar, das Netz der Verbindungen in dieser Sache ist dicht und reicht von hochrangigen Politikern bis zu einflussreichen Magnaten, über die Polizei zu Verwaltungsbeamten – und die *underworld* ist die Klammer, die sie alle zusammenhält. Natürlich könnten sie bedroht werden. Doch für Anjali steht fest, dass die Gefahr gebannt wäre, wenn das Dunkel der Machenschaften ausgeleuchtet ist, wenn die Fakten auf dem Tisch liegen. Im grellen Licht der Öffentlichkeit wären sie geschützt. So ist es in vielen anderen Fällen landauf, landab auch gelaufen. Darum hat sie verstanden, dass die Veröffentlichung keinen Tag verzögert werden durfte.

»Ja!«, hatte sie Shakti geantwortet. Ja, sie will Teil dieser Aktion sein, will Licht ins Dunkel bringen. Und sie will sich mit diesen Enthüllungen für die Arbeit in den ernsthaften Ressorts der Zeitung qualifizieren. Warum sonst hätte sie in den letzten Tagen eine solche Menge an Zeit in die Recherche investiert, unendlich viele Telefonate geführt, Stöße von Akten aus dem Archiv durchforstet? Zeit und noch mal Zeit – die ihr für Ishaan fehlte.

Beim Gedanken an Ishaan spürt sie einen Stich von Schuldbewusstsein. Die Anspannung hat sie ungeduldig gemacht. Wie sie ihn heute morgen angeherrscht hat, als ihr alles nicht schnell genug ging. Wie sie ihn grob an den Schultern gepackt und zur Tür geschoben hat. »*Maa...!*« Sein Blick, erst erschrocken, die Augen geweitet, dann sein trotzig verkniffener Mund – das tat ihr weh. Sie holt tief Luft. Sie wird es wiedergutmachen. Morgen, Freitag, nach der Schule würden sie zusammen nach Nolampur fahren und den Mynah abholen. Endlich. Zuhause würden sie einen Platz für seine Sitzstange finden und ihn zusammen füttern. Jeden Tag würden sie sich gemeinsam um ihn kümmern, bis Ishaan so weit wäre, alles alleine zu tun.

Jetzt ist es schon weit nach zwei Uhr. In einer halben Stunde muss sie in der Redaktion Rede und Antwort stehen. Anjali schluckt. Die Süße des *chais* verursacht ihr plötzlich einen üblen Geschmack im Mund. Nach all dem Wirbel, den sie veranstaltet hat, wie steht sie nun da, mit nichts in der Hand? Die Kollegen in der Redaktion würden ihr zu Recht Hirngespinste unterstellen – oder schlimmer noch, schlechte journalistische Arbeit. Sie beißt die Zähne zusammen. Ihr wird heiß und kalt bei dem Gedanken, dass sie mit nichts in der Hand vor Baskar stehen wird. Gleichzeitig schleicht sich Sorge in ihre Gedanken. Was ist mit Shakti? Ihre Finger trommeln auf ihr Handy. Noch immer kein Zeichen von ihm.

»*Auto!*«, Anjali winkt eine Motorrikscha heran. Mit einer Mischung aus Beunruhigung und unterdrücktem Ärger steigt sie ein.

* * *

Zum Bahnhof. Hastig startet er den Scooter. Blickt die Straße hinauf und hinunter. Sind sie zurück? Drüben am *chaishop* niemand. Im Gewühle des *bazaars* können sie überall sein. Wenn er Numbod Road erreicht, ist er raus. Sein Handy schrillt. Er greift in die Tasche über seiner Schulter und stellt es aus. Er ist weg. Für niemanden zu sprechen. Siddarth weiß, was mit dem Laden zu tun ist. Er hat ihm Kalkutta gesagt. Stimmt nicht. Besser, er weiß nichts. Wenn er den Udyan Express erwischt, ist er morgen früh in Mumbai. Weg hier. Sie können nicht alles kontrollieren. Er quetscht sich zwischen zwei Trucks hindurch, gibt Gas. Er muss den Udyan kriegen. Mumbai. Bald werden sie ihn suchen. Aber dann ist er schon weg.

Er biegt in die Straße zum Bahnhof ein. Stoppt. Siddarth muss wissen, wo er den Scooter abholen kann. Er kramt sein Handy heraus. Da legt sich eine Hand auf seine Schulter. Er unterdrückt einen Aufschrei.

»*Bro, what's the hurry?*« Manoj ist vor ihn getreten, sein Gesicht ganz nah. »Wir haben uns beide gefragt, was du so eilig zu erledigen hast.« Er deutet hinüber zu Billou. Der grinst. »Und jetzt bist du hier.« Mit einer ausholenden Armbewegung umfasst er den Platz, den Bahnhof. »Wie sollen wir das verstehen? Willst du verreisen? Zu viel Geld? Urlaub in den Nilgiris?« Manoj lacht, schlägt ihm auf die Schulter. Der Schmerz fährt wie ein Messer durch seinen Arm. Billou stimmt in Manojs Lachen ein. »*Bro,* falsche Richtung!« Er reißt ihn herum, deutet in die Richtung, aus der er gekommen ist. »Dort gibt's einen Job zu erledigen. Hast du vergessen, dass du dem Boss was schuldest?« Er stößt ihn zu seinem Roller.

»Los!«

* * *

In der Redaktion füllt Hitze den Raum, scheint ihn schrumpfen zu lassen. Durch die offenen Fenster dringt das Knattern, Dröhnen und Schrillen des Verkehrs. Der Ventilator, der seit dem Ausfall der Aircondition aufgestellt ist, bringt kaum Erleichterung, rührt bloß die heißen Schwaden um. Anjali sitzt mit gesenktem Kopf vor ihren Kollegen, presst die Handflächen auf den Rand des Stuhls. Keiner sagt ein Wort. Der Seufzer, den Baskar schließlich ausstößt, als er sich auf seinem Drehsessel aufrichtet, wirkt wie ein Startschuss. Fragen prasseln auf Anjali nieder. Sie antwortet mit ausdrucksloser Stimme, kann nur die Fakten wiederholen, die sie schon auf der Redaktionskonferenz verkündet hat. Eine Luftblase ist geplatzt. Was wollen die noch von ihr? Mit Mühe hält sie ein genervtes »*Podum!* Genug!« zurück.

Ashok, der sich als Erster erhebt, fasst mit einem süffisanten Lächeln zusammen, was wohl alle denken. »*Partyworld is different, allava?*« Der Zusatz »*Mind your business, Lady!*« hängt unausgesprochen in der matschigen Luft.

Einer nach dem anderen verlässt den Raum. Anjali spürt den Abstand körperlich, den sie zu ihr einnehmen. Und sie kann sie sogar verstehen. Niemand will sich am Desaster infizieren, und dies hier ist ein totales Desaster. Sie hebt den Kopf, blickt dann zu Baskar. »*Sorry.*«

Er nimmt den schmuddeligen Schal von seiner Schulter, wischt sich über die Stirn, wiegt langsam den Kopf. Dann greift er in den Papierhaufen vor sich, schiebt einen Ausdruck über den Schreibtisch und deutet mit dem Stofffetzen darauf. »*Weekend*«, sagt er, dreht sich auf dem Stuhl zum Fenster und legt die Füße auf den kleinen, mit Zeitungen überhäuften Beistelltisch.

Anjali sieht auf dem Blatt die Ankündigung einer Filmpräsentation für Freitag. Sie erkennt prominente Namen. Langsam erhebt sie sich und zieht ihr *kameez* zurecht. »*Sure, I will cover it*«, sagt sie zu Baskars Rücken.

Im Fond ihres alten Maruti schaut Anjali hinaus ins Dunkel. Rote Punkte, die Bremslichter und Rücklichter der Fahrzeuge vor ihr, spiegeln sich auf der Scheibe, glühen wie Sterne in einem fremden Universum. Die Scham über ihr Versagen brennt ihr in der Kehle. Doch stärker als die Scham spürt sie die Sorge um Shakti, ein Vibrieren in ihrer Brust – Angst.

Ihr Fahrer Mohanlal hat sie zweifelnd angesehen, als er sie in der Redaktion abgeholt hat und sie das Fahrtziel, einen Bezirk in Bangalore, genannt hat. »*Madam,* Zameer Nagar ist zu groß, bin nie dort gewesen. *Adress – don't know.* Wie soll ich die finden?«

»Fragen wäre 'ne Idee – ok?«, hat sie gereizt geantwortet.

Jetzt steuert er stumm durch die Abgasschwaden des abendlichen Staus. Der Wagen, umtost vom Lärm der Hupen, kommt nur ruckweise voran. Ein Stromausfall hat die Häuser entlang der Straße weichgezeichnet, Teile von ihnen in der Nacht verschwinden lassen. Überall Flackern und Schatten. An den Buden brennen Kerosinlampen, die größeren Läden haben eine Notbeleuchtung eingeschaltet, offene Feuer lodern am Rand der Straße. Ein geheimnisvoller Hauch liegt über der Stadt. Wie in einem Märchen, denkt Anjali – einem Märchen, das bedrohlich auf sie wirkt, ein Märchen der bösen *rakhshasas.* Sie legt eine Hand an die pochende Ader an ihrem Hals.

Immer wieder hat sie Shaktis Nummer gewählt – nichts. Vor einer Stunde endlich kam der Anruf von Abdul. Sein »Hallo«, kurz und atemlos, und das Stimmengewirr im Hintergrund haben sie aufgeschreckt. Etwas musste geschehen sein. Und tatsächlich. Abdul hatte Mühe zu sprechen, seine Stimme angespannt, voll zurückgehaltener Wut war ganz rau.

»Alles ist aufgebrochen, durchgewühlt – das Büro ein Trümmerhaufen.«

»Und Shakti?«

»Shakti? Er meldet sich nicht. Ich erreiche ihn einfach nicht. Mein Auto hat er auch nicht zurückgebracht wie versprochen.«

»Meine Güte! Vielleicht hat er einen Unfall gehabt?«

»Ich weiß nicht, was passiert ist. Mir gefällt das alles nicht. Wir waren hier verabredet, nachdem er dir die Unterlagen übergeben hat – und als wir hier ankamen ...«

»Wie schlimm ist es?«

»Wir mussten die Polizei rufen. Die trampeln jetzt hier alle rum. Ich trau denen nicht. Die stecken doch mit drin. Wie immer. Wie immer haben die weggesehen – oder mitgemacht.«

»Was haben sie dazu gesagt, dass Shakti verschwunden ist? Es gab doch Drohungen gegen ihn. Sehen sie da einen Zusammenhang mit dem Einbruch?«

»Das interessiert die nicht. Er ist erwachsen haben sie gesagt. Und kann hingehen, wo er will. Und hämisch hinzugefügt: Der macht ja auch sonst, was er will.«

»Ich fahre zu seiner Mutter.«

Das entschied Anjali ganz spontan. Was auch immer geschehen war, Shakti würde sich zuerst mit seiner Mutter in Verbindung setzen. Noch unverheiratet lebt er, wie fast alle indischen Männer, zu Hause. Wenn jemand weiß wo Shakti ist, dann seine Mutter.

Im Dunkel, auf dem Weg zu Shaktis Mutter, schlingert und holpert der Wagen durch die Schlaglöcher des wie von Bomben zerstörten Straßenbelags. Immer wieder hält Mohanlal an, fragt sich von Teestand zu Teestand, von Rikschafahrer zu Rikschafahrer durch. Nachdem sie mehrere falsche Spuren verfolgt haben und Mohanlal sich mit bewunderungswürdiger Sorglosigkeit durch Einbahnstraßen in der falschen Richtung gezwängt hat, finden sie schließlich das Haus, fast durch Zufall, am Ende einer engen Gasse.

Mohanlal steuert den Wagen dicht an die Eingangstür und scheucht beim Aussteigen eine Bande gelber Straßenköter aus den Papier- und Plastikfetzen im Straßenstaub auf, die kläffend auf das Auto zustürzt. Anjali zieht scharf den Atem ein und reißt die schon halbgeöffnete Autotür wieder zu. Der Schreck geht ihr durch und durch. Mohanlal stößt einen Schrei aus und droht der Meute, indem er scheinbar einen Stein nach ihnen schleudert. Winselnd stieben die Hunde davon.

Als Anjali vor der blaugestrichenen Tür steht, hat sie Herzklopfen. Sie ist fremd hier. Ihr wird bewusst, dass sie keine Sekunde darüber nachgedacht hat, wie sie erklären soll, dass sie ohne Ankündigung plötzlich hier auftaucht. Auf ihr Klopfen hin hört sie von drinnen die Stimme einer Frau. »*Yaru?*«

»Anjali Mathur. Eine Kollegin von Shakti. *Ji,* ich suche ihn. Ist er hier?« Sie räuspert sich, ihre Stimme klingt in dem Bemühen, sie vertrauenswürdig erscheinen zu lassen, hoch und fremd in ihren Ohren.

Nachdem drinnen mit einem Geräusch von Metall auf Metall der Riegel aufgeschoben wird, steht Anjali in der geöffneten Tür einer hageren Frau im dunkelgrünen Sari gegenüber. Die Augen in dem braunen Gesicht liegen tief in den Höhlen, mustern Anjali unter zusammengezogenen Brauen. Sie grüßt mit einer flüchtigen Geste ihrer zusammengefalteten Hände.

»Mein Sohn? Wissen Sie etwas von meinem Sohn?« Shaktis Mutter macht einen Schritt auf Anjali zu. »Mein Sohn? Ist etwas passiert?« Ihre Stimme klingt hoch vor unterdrückter Angst. »Ich warte auf ihn. Er ist gestern nicht nach Hause gekommen. Er hat sich nicht gemeldet. Er meldet sich sonst immer.« Zwischen ihren Fingern dreht sie nervös ein Blatt Papier hin und her. »Ich verstehe nicht, wo er bleibt.«

Anjali umklammert den Riemen ihrer Tasche. Wie sehr sie sich wünscht, dieser Frau etwas Tröstliches sagen zu können.

»Ich weiß nicht, was ich tun soll. Kein Anruf – nichts.« Sie schlägt die Augen nieder, schaut auf das Papier in ihrer Hand. Ganz zerknittert ist es schon, und sie versucht, es zwischen ihren Handflächen zu glätten. Nach einem Augenblick des Zögerns streckt sie es Anjali entgegen. »Hier. Das lag in seinem Zimmer neben seinem Bett. Ihr Name steht drauf. Ich hätte sonst nicht die Tür geöffnet.«

Hastig greift Anjali nach dem Umschlag. Eine Nachricht! Im Schummerlicht vor der Tür kann sie nur mühsam entziffern, was auf dem Zettel steht. Sie hält ihn dicht vor ihre Augen, liest, während ihre Lippen die Worte formen. Ein paar Zeilen. Wie ein Gedicht? Wie der Anfang einer Geschichte? Nichts, was darauf hinweist, wo Shakti sich aufhalten könnte.

»Ach«, enttäuscht lässt sie das Blatt Papier sinken, begegnet beim Aufschauen den fragenden Augen von Shaktis Mutter. Langsam schüttelt sie den Kopf. Sie hebt die Hände in einer hilflosen Geste.

»Was das zu bedeuten hat?«, sie steckt das Papier in die Tasche. »Ich weiß es nicht.«

* * *

Stunden ist es her, seit Manoj und Billou im Haus verschwunden sind. Er fingert in seiner Brusttasche herum. Mist. Keine *beedis* mehr. Die kleinen braunen Kippen liegen am Boden um ihn herum. Er nimmt die Streichholzschachtel, steckt sich ein Streichholz zwischen die Zähne und wirft die Schachtel von einer Hand in die andere. Er schwitzt. Wieder und wieder fragt er sich, warum sie ihn hierher gebracht haben. Er krümmt den Rücken, stützt die Ellenbogen auf die Schenkel. Fertig machen können die ihn doch überall. Warum hier? Was wollen die? Er steckt die Streichholzschachtel in die Tasche und wischt sich seine schweißnassen Hände an der Hose ab. Von der Veranda aus, wo er auf der Treppe sitzt, sieht er über den Hof. Govindas Haus. Festung, Zentrale. Lange war er nicht mehr hier. Früher, als Courier, wöchentlich. Seit Langem hat er jedoch nur vermittelte Geschäfte erledigt. Päckchen bei sich deponiert. Die wurden abgeholt oder er hat sie geliefert. Er hat gut gelebt davon – und von den Wettgewinnen. Und dann ist irgendwas schiefgelaufen in der letzten Zeit. Und er brauchte Geld. ›Bald würde es wieder laufen‹, hat er gedacht. Es lief aber schlechter und schlechter. Er wusste, das war bloß ’ne Phase. Kredit von Govindas Leuten. *No problem.* Wie konnte er wissen, wie beschissen die Spiele weiterhin laufen würden. Er scharrt mit dem Fuß im Sand, schiebt die Kippen zur Seite. Dann steht er auf.

* * *

Endlich zu Hause angekommen, bleibt Anjali im dunklen Vorgarten an der Treppe zur Veranda stehen und lauscht. Lachen und ein Durcheinander von Stimmen, untermalt von einem nasalen Song aus dem Fernsehen, dringt zu ihr heraus. Die Königin der Nacht in der Ecke am Haus füllt die Luft mit ihrem süßen Duft. Anjali streicht über die Tulsipflanze neben der Treppe, zupft ein Blättchen ab und zerreibt es zwischen den Fingern, atmet die bittere Frische ein. Alle sind drinnen, und der würzige Geruch, der über die Veranda zieht, sagt ihr, dass ihre Mutter das Abendessen bereitet hat und sie nur noch auf sie warten, damit sie beginnen können.

»*Five minutes only*«, murmelt sie und setzt sich auf die unterste Treppenstufe. Sie legt die Hände auf die Augen und lässt den Kopf auf die Knie sinken. Am liebsten würde sie einfach so sitzen bleiben – oder heimlich in ihr Zimmer schleichen. Sie fühlt sich schwer, kraftlos und sehr, sehr müde. Wie soll sie der geballten Fröhlichkeit ihrer Familie standhalten?

Nach einigen Minuten erhebt sie sich schwerfällig, steigt die Stufen hinauf, schüttelt vor der Tür die *chappalis* von den Füßen und betritt das Zimmer. Ishaan, der sich mit Jai am Boden balgt, sieht sie sofort. Blitzschnell entwindet er sich Jais Griff. Er springt an Anjali hoch, hängt sich an ihren Hals und jubelt: »*Maa! Maa!* Stell dir vor, mein Modell ist für die Ausstellung genommen worden!« Gleich macht er sich wieder aus ihren Armen los, hüpft auf und ab und ruft dabei: »Genommen! Genommen! Genommen!«

Jai erwischt ihn am Hosenbein und wirft ihn auf die Kissen. Anjali lässt sich neben die beiden fallen. »Erzähle«, fordert sie Ishaan auf und zieht ihn zu sich. Während Ishaan mit flatternden Händen die Wunderdinge beschreibt, die seine Maschinenerfindung vollführen kann, lässt Anjali die Tasche von der Schulter gleiten und legt ihre *dupatta* ab. Mit jedem Stück wird ihr Inneres leichter. Als ob eine geheimnisvolle Medizin durch ihre Adern strömt, fühlt sie die Müdigkeit weichen, die Helligkeit zurückkehren. Sie atmet auf, dehnt die Schultern. Sie gibt Ishaan, der sich neben sie gerobbt, hat einen Kuss auf den Nacken. »Und morgen, du weißt …«

»Ja, ja, mein Mynah!« Ishaan springt auf, hüpft und singt mit hoher dünner Stimme. »Das wird der schönste Tag in meinem Leben! In meinem Le-he-ben! Tamm tamm, tamm-di tamm!« Jai und Anjali klatschen den Takt und Ishaans Sprünge schrauben sich immer weiter in die Höhe, bis er schließlich aus dem Zimmer hinaus, hinüber in die Küche tanzt, wo Amma aufschreit.

»Pass doch auf, du Verrückter!« Dann lacht sie. »Tamm, tamm!«, schallt es zweistimmig aus der Küche.

Mit dem Ellenbogen boxt Anjali Jai in die Seite. »Na, du Schulversager? Wie hast du dich heute wieder blamiert?«

Jai zieht eine Grimasse. »Ich hab den Geographietest zurückbekommen. Du wirst staunen. Warte! Willst du ihn sehen?« Er springt auf und wendet sich zur Treppe, gerade als Ammas Stimme aus der Küche das Pfeifen des Dampfdrucktopfs übertönt.

»Niemand rührt sich vom Fleck! Jetzt wird gegessen!« Mit Schüsseln voller *sambar* und *curry* kommt sie ins Zimmer, Ishaan mit einem Glas *pickles* dicht hinter ihr. »Händewaschen!«, kommandiert sie und alle drei drängeln sich zum Waschbecken auf der Veranda. Als sie das Zimmer wieder betreten, dampfen die Schüsseln auf der Matte und glänzende Bananenblätter liegen an jedem Platz bereit. Heißhungrig greift Anjali nach den *chapatis* und häuft sich Reis und *sambar* auf ihr Blatt. Sie schließt die Augen vor Genuss, als sie die erste Portion mit den Fingerspitzen ergreift und zum Mund führt. Die Wärme der Nahrung, das Geplauder und Lachen der anderen hüllen sie in einen weichen Kokon, durch den der verflossene Tag schwach und blass erscheint und Hoffnung auf Shaktis baldiges Auftauchen aufkeimt.

Gerade als sie zum zweiten Mal Reis nimmt, schrillt ihr Handy. Wie ein Alarmsignal reißt es Anjali aus ihrem Kokon, ihr Herz macht einen Sprung. Sie lässt den Löffel in die Schüssel fallen, lehnt sich zurück und kramt hektisch mit der linken Hand in der Tasche, während sie die rechte mit gespreizten Fingern in die Luft hält.

»Nicht jetzt!«, ruft ihre Mutter und versucht, ihren Arm festzuhalten. Doch Anjali ist aufgesprungen, hat das Telefon bereits eingeschaltet. Mit zwei Schritten ist sie auf der Veranda. Sie erkennt den Namen auf dem Display – Shakti.

»Ja!« Anjalis Stimme überschlägt sich. Stille. Als Antwort hört sie bloß Atmen. Dann ein Klicken, die Verbindung ist unterbrochen.

* * *

Hinter ihm knallt der Riegel ins Scharnier. Er zündet sich eine *beedi* an. Der Typ am Tor hat sie ihm gegeben. Alte Zeiten. Früher haben sie oft zusammen gewartet. Geraucht. Er grinst, zieht den Rauch tief ein, geht langsam zu seinem Scooter. Seine Schultern beben von unterdrücktem Lachen. Verdammt, darauf wäre er nie gekommen. Ein Auftrag. Dann schüttelt ihn ein Hustenanfall. Er bleibt stehen. Scheiße, die Panik, als sie ihn geholt haben. Er zieht den Kopf zwischen die Schultern. Der nächste Schlag. Er konnte an nichts anderes denken. Fast hätte er gekotzt. Und dann Dutt, Govindas Manager. Ha, den kannte er schon damals, als der noch Schmiere gestanden hat. Dutt hat Klartext geredet. Seine Schulden, und wie er rauskommt. Und jetzt ist er raus. Total raus. In Kalkutta kann er neu anfangen. Übermorgen. Er stößt einen tiefen Seufzer aus. So einfach. Klar, für den Job haben sie den richtigen. Kinderspiel, er grinst – im wahrsten Sinne des Wortes. Das kann er händeln. Er startet den Scooter. Morgen. *No problem.*

* * *

Später, als Anjali neben Ishaans Matte kniet, spürt sie noch immer den Schreck über den Anruf. Mitten hinein in ihre Sorge und ihre Ängste hat er sie getroffen. Warum hat Shakti nichts gesagt? Warum bloß? Sie hat sich im Badezimmer kaltes Wasser ins Gesicht geschüttet, um die bedrückenden Gedanken zu vertreiben und bereit für Ishaan zu sein, der auf sie wartet. Eingekuschelt in ein Baumwolltuch, den kleinen Stofflöwen im Arm, liegt er auf seiner Matte.

»*Song!*«, befiehlt er. Anjali setzt sich neben ihm zurecht, räuspert sich und mit forscher Stimme beginnt sie »*Old McDonald ...*«

»Stopp! Stopp!«, Ishaan schnellt in die Höhe, dann wirft er sich glucksend auf sie. Anjali fängt ihn auf, hält ihn auf Armeslänge von sich, zieht in gespieltem Erstaunen die Augenbrauen hoch. »*What? Wrong song?*«

»*Yes! Yes!*«, Ishaan quiekt begeistert, denn das ist das Spiel, das jeden Abend stattfindet, das jeden Abend stattfinden muss, damit alles seine Ordnung hat. Anjali legt den Zeigefinger an die Nase, runzelt die Stirn, als ob sie angestrengt nachdächte. Ishaan schiebt sich mit dem Löwen an ihre Schulter.

»Es fängt mit ›*tw*‹... an«, flüstert er ihr ins Ohr.

»Ah! Natürlich!«, Anjali breitet die Arme aus, »*Twee blind mice!*«

»*Mummy!*«, schreit Ishaan auf. Er kichert. »Schau mal!« Und er hält ihr sein Gesicht entgegen und zwinkert mit flatternden dunklen Wimpern, den Mund vor Konzentration fest verschlossen.

»Ach sooo!« Anjali zieht Ishaan an sich. »Konntest du das nicht gleich sagen?« Er vergräbt seine Nase an ihrem Hals.

Dann beginnt sie leise zu singen und er fällt ein.

Twinkle, twinkle, little star,
How we wonder what you are.
Up above the world so high,
Like a diamond in the sky.
Twinkle, twinkle, little star.

Bei jedem »*twinkle*« spürt sie seine Wimpern an ihrem Hals, auch als er die zweite und dritte Strophe nur mitsummt. Dann liegt er auf dem Rücken mit dem kleinen Löwen im Arm, die Augen auf die Decke des Zimmers gerichtet. Dort leuchten Sterne, die Anjali angebracht hat, und ein kleiner Gecko schaut mit seinen Stecknadelkopfaugen zu ihm herunter. Anjali verlässt leise den Raum.

Jai weiß noch nichts von Shaktis Verschwinden, sie muss es ihm sagen.

FREITAG

Endlich Wochenende. Zeit mit Ishaan. Heute wird sie mit ihm den heiß ersehnten Mynah abholen. Sie werden sich viel Zeit nehmen, damit Ishaan den alten Mann über den Vogel ausfragen kann. Obwohl der Tag ihre Kräfte aufgezehrt hat, wird das Zusammensein mit Ishaan sie erfrischen. So ist es immer. Sein Lachen. Sein Geplapper. So vieles, was er wissen will. Später am Abend muss sie dann noch die Arbeit für den *Messenger* erledigen, der Empfang mit Filmpräsentation im *Marriott.* Da würde Ishaan schon schlafen.

»Stopp!« Anjali lehnt sich über den Vordersitz und zeigt auf den Randstreifen an der Straße. »Dort.« Mohanlal lenkt den Wagen in den Schatten eines Peepalbaums.

»Ok?« Er wendet sich zu Anjali, die bestätigend nickt. Sie lehnt sich im Sitz zurück. Von hier aus kann sie die Gruppe der Mütter gut im Auge behalten. Ein bunter Farbfleck vor der grauen Mauer am Halteplatz vom Schulbus. Hier ist sie weit genug entfernt, verborgen vor den Blicken der Wartenden.

Sie senkt den Kopf, umfasst mit den Händen ihr Gesicht und drückt die Finger an die Schläfen. Die Gedanken, die sie schon den ganzen Tag verfolgt haben, kommen zurück, gehen ihr unaufhaltsam im Kopf herum. Shakti. Warum hat er gestern Abend am Telefon nicht mit ihr gesprochen? Was ist geschehen? Wo kann er bloß sein? Kurz überlegt sie, ob sie vielleicht die Gefahr unterschätzt haben. Wird er wegen des Buchs festgehalten und bedroht? Doch bis jetzt weiß doch niemand davon. Was aber dann? Zusammengekrümmt bleibt sie sitzen.

Als sie den Kopf hebt, fällt ihr Blick wieder auf die Mütter, die schwatzen und gestikulieren. Sie sieht Rahuls rundliche Mutter, die mit Schwung ihre *dupatta* über die Schulter wirft, den Kopf zurücklegt und mit der Hand über dem Mund lacht.

Wie so oft beobachtet sie diese Frauen, deren Leben ihr so leicht und einfach erscheint. Wie gern hätte sie sich dazugesellt, Schulklatsch aufgesogen und Ratschläge für ein gesundes Frühstück ausgetauscht, gemeinsam über die Späße der Kinder gelacht.

Nicht nur heute, wo sie sich ausgelaugt und niedergedrückt fühlt, hält sie Distanz zu den anderen Müttern. Immer ist es ein Kraftakt für sie, sich vorgeblich ungezwungen unter die Frauen zu mischen. Warum fühlt sie sich in ihrer Mitte immer wie auf einem Prüfstand? Vielleicht weil jeder zweite Satz der Frauen mit ›Mein Mann meint, mein Mann denkt, mein Mann möchte …‹ beginnt? Vielleicht weil sie sich davor fürchtet, wieder eine Lüge für die Abwesenheit ihres Manns am Elterntag erfinden zu müssen? Vielleicht weil sie Angst hat, dass ihre Geschichten über seine Lehraufträge, Geschäftsreisen, Langzeitverpflichtungen längst durchschaut sind? Ihr Mann, der in Visakhapatnam, Dubai, Cambridge … arbeitet.

Dann überfallen sie regelmäßig Gedanken, die sie normalerweise erfolgreich verdrängt, die von ihrem geschäftigen Leben überrollt werden. Hat sie vor vier Jahren die richtige Entscheidung getroffen? War es richtig, einen endgültigen Schnitt mit Ram zu machen? Ishaan bis auf wenige Begegnungen im Jahr, wenn er mit Amma Ram besucht, von seinem Vater zu trennen?

Wenn sie mit schwitzenden Handflächen und einem angestrengten Lächeln in der Gruppe steht, überfällt sie Ärger gegenüber diesen Frauen. In ihren Augen führen sie sich wie unmündige Mädchen auf. ›In deren Kopf hat wohl kaum etwas anderes Platz als das Rezept zur Herstellung von *paneer* und *samosas*‹, denkt sie verächtlich. ›Keine Ahnung vom Leben haben die.‹ Und diese Gedanken lassen sie sich besser fühlen, lassen sie weiter lächeln. Doch wenn sie ehrlich ist, beneidet sie die Frauen um den gleichmäßigen Fluss ihres Familienlebens. So fremd fühlt sie sich daneben.

Unruhig rutscht sie auf dem Sitz herum, die Warterei hier drin tut ihr nicht gut. Sie steigt aus dem Wagen und lehnt sich über die geöffnete Tür. Mohanlal hockt am Stamm des Peepalbaums auf den Fersen und raucht.

Schluss! Sie stemmt die Hände in ihren Rücken, streckt sich nach hinten, um ihre erstarrten Muskeln zu lockern. Schluss mit diesen quälenden Gedanken. Als ob sie einen Straßenköter verscheuchen wollte, tritt sie mit dem Fuß eine Staubwolke los. Jetzt geht es um Ishaan. Sie will sich auf die Stunden mit ihm freuen. Schon sieht sie ihn vor sich, wie er aufgeregt über den Weg zum Haus des alten Mannes läuft, angetrieben von Armen, die wie Windmühlenflügel wirbeln, wie er mit Pirouetten und Hüpfern den Weg hinunterläuft und dabei kleine Freudenschreie ausstößt. Sie lächelt, dehnt die Arme, massiert mit einer Hand ihren Nacken.

Und da rollt er endlich heran, der gelbe Dinosaurier – wie Ishaan den Schulbus nennt. Erbsentransporter hält sie dann dagegen und freut sich an seiner Empörung. Von wegen Erbse. Er ist doch schon so groß!

Immer noch lächelnd macht sie Mohanlal ein Zeichen und eilt zur Haltestelle.

Kaum stoppt der Bus, quellen die Kinder aus den Türen und die Mütter pflücken mit langen Armen die ihren heraus. Anjali kann Ishaans weißes Basecap nicht im Strudel der schwarzen Schöpfe entdecken. ›Bestimmt hat er es wieder in der Schule vergessen‹, denkt sie gereizt. Er soll es doch immer tragen zum Schutz vor zu hoher UV-Strahlung. Sie hat ihm doch erklärt, wie wichtig das ist! Das wievielte verschwundene Basecap ist das jetzt schon seit Schuljahrsbeginn?

Stopp! Heute ohne Vorwürfe, befiehlt sie sich. Sie will, dass sie beide Spaß haben, denn dies ist ihr erster gemeinsamer Nachmittag seit Langem. Das Basecap und all die anderen kleinen Ärgernisse schiebt sie energisch auf eine Liste in ihrem Kopf – für später.

Schließlich versiegt der Strom der Kinder. Wo bleibt Ishaan? Was treibt er so lange da drinnen? Anjali stellt sich auf die Zehenspitzen, späht ins Wageninnere.

»Ishaan?«

Aber nein! Der Bus ist leer! Völlig perplex bleibt sie stehen, starrt dem Bus nach, der schon in die zweite Spur eingeschert ist und sich schnell entfernt. Ihr ist schwindlig. Falsch. Ganz falsch. Das kann gar nicht sein. Und dann sieht sie Ishaan vor sich, wie er draußen im *Valley* ganz allein an der Straße steht. Angst schießt in ihr hoch. Wie konnte das passieren?

Eine der Mütter nähert sich ihr und fragt: »Alles in Ordnung?«

Einen Augenblick kann sie nichts sagen. »Ja. Nein. Nein. Ishaan war nicht im Bus.« Sie fühlt ein Zittern von den Schultern bis zu den Waden.

»Aber Ishaan ist doch heute abgeholt worden.« Mit heller Stimme meldet sich Rahul, der mit seiner Mutter dazugekommen ist.

»Was sagst du da?« Anjali packt das Kind am Arm. »Was? Von wem?« Sie schüttelt ihn. »Von wem? Sag es!« Ihre Stimme überschlägt sich. Die Mutter legt den Arm um Rahul, der sich in Anjalis Griff windet.

»Nichts. Weiß nicht. Gar nichts«, sagt er mit weinerlicher Stimme.

Seine Mutter legt ihre Hand auf Anjalis Arm. Rahul verbirgt sein Gesicht in den Falten ihres *kameez.*

»*Relax.*« Sie drückt Anjalis Arm sanft. »Das lässt sich schnell aufklären. Bloß ein Anruf.« Jemand reicht Anjali ein Handy, die Verbindung ist schon aufgerufen.

Während sie dem Freizeichen lauscht, taucht eine Erinnerung in ihrem Kopf auf. Damals – die Wasserschildkröten. Völlig fasziniert war Ishaan von ihnen gewesen. Hat alles vergessen, hat sich auf den Weg zum See gemacht, wollte eines der kleinen Tiere mit nach Hause nehmen. Als er von einer Fegefrau aufgegriffen und zum Bus gebracht wurde – gerade noch rechtzeitig –, hat er noch lange vor Enttäuschung geweint. Und, fällt ihr ein, hat er gestern nicht wieder von Rani erzählt, dem Hund am Küchenhaus, mit dem er so gern spielt? Bestimmt treibt er sich noch dort herum, hat die Zeit vergessen und den Bus verpasst.

Jetzt meldet sich Mrs Dayal, die Lehrerin. »Ja, natürlich. Ishaan ist nicht mit dem Bus gefahren. Er sollte doch abgeholt werden, hat er mir erzählt – von seinem Cousin.« Die Stimme der Lehrerin ist ganz ruhig.

»Und?«, presst Anjali hervor.

»Er hat mit den anderen Kindern die Klasse verlassen. Alles normal.«

»Nein! Das ist ein Missverständnis, er sollte nicht abgeholt werden. Wie konnten sie ihn gehen lassen!«

Mrs Dayal bleibt ganz ruhig. »Rufen Sie Ihren Neffen an. Es wird sich alles aufklären, seien Sie unbesorgt.«

Als Mrs Dayal auflegt, steht Anjali da und schaut zu Boden. Ihre Gedanken überschlagen sich. Jai hat Ishaan abgeholt? Warum?

Da meldet sich Rahul, der hinter seiner Mutter hervorschaut mit kleinlauter Stimme. »Er darf mit dem *Scooter* fahren, hat er gesagt. Nächstes Mal darf ich auch mitfahren. Er hat's versprochen.«

Jai! Ärger steigt in Anjali auf. Dieser Idiot, dieser Kindskopf, ohne sich mit ihr abzusprechen, hat er eigenmächtig gehandelt. Wenn er vor ihr stünde, würde sie ihn am Hemd packen und schütteln.

Plötzlich blitzt ein Gedanke in ihrem Kopf auf, der ihre Wut ausbremst. Sie hält den Atem an. War da nicht dieser Zettel heute Morgen in der Redaktion? Die Sekretärin hat ihr während der Besprechung einen Zettel auf den Schreibtisch gelegt. Sie aber hat ihn unbeachtet dort liegen lassen. Verdammt, da liegt er immer noch. Jais Nachricht. Ihr Fehler.

So war das also. Sie holt tief Luft. Ihr Atem beruhigt sich. Gleich wenn sie zu Hause ankommt, würden die beiden ebenfalls eintreffen, vielleicht sind sie auch schon da. Ishaan fröhlich wegen der Fahrt auf dem Roller, beide mit Bärenhunger.

Sie lächelt den Frauen zu. Mit einem Seufzer der Erleichterung reicht sie das Handy zurück und legt die Hand auf ihre Brust.

»Ach. Wirklich ein Missverständnis. Es hat sich alles geklärt.« Sie geht vor Rahul in die Knie, fasst sich mit gekreuzten Armen an ihre Ohren, zieht die Ohrläppchen lang. »*Sorry,* ich habe dich erschreckt. Das tut mir leid.«

Zaghaft lächelt er zurück.

Auf dem Weg zum Wagen sieht Anjali die Feuer auf der Baustelle bei den Zelten. Kinder jagen sich um die vor den Töpfen kauernden Frauen. Alles ganz normal.

Mohanlal, der am Kotflügel lehnt, richtet sich auf und öffnet die Autotür.

»Ishaan?« Er runzelt die Stirn. Anjali sieht, dass er besorgt ist. Er hat Ishaan sehr gern. Samstags fährt er ihn immer zum Hockeytraining und feuert ihn an. Während der Heimfahrt fachsimpeln sie jedes Mal über Ishaans Spiel. Ishaan nennt Mohanlal seinen Freund. Anjali nimmt ihre Tasche vom Rücksitz, kramt nach ihrem Handy.

»Jai«, sie hebt die Schultern. »Er hat Ishaan abgeholt.«

Mohanlal schnalzt missbilligend mit der Zunge.

»Alles in Ordnung«, beschwichtigt Anjali ihn. »Sie werden bereits zu Hause sein.«

»Keine Nachricht?«, er schüttelt den Kopf. *»Not good.«*

Anjali spürt, wie die Angst zurückkehrt. Und wenn Ishaan doch nicht bei Jai ist? Sie verdrängt den Gedanken aus ihrem Kopf. Sie will sich zusammenreißen, nicht wirren Fantasien nachgeben. Es stimmt schon, sie ist einfach zu ängstlich mit Ishaan. Gerade eben hat sie es an der Reaktion der Lehrerin wieder gespürt – sie wird nicht ernst genommen mit ihren Befürchtungen. Kein Wunder. Wie oft hat sie in der Schule angerufen, etwa um sicher zu gehen, dass Ishaan seine Erkältungstropfen nimmt oder während des Monsuns seine Regenjacke trägt. Mrs Dayal hat sie freundlich, aber bestimmt darauf hingewiesen, die Anrufe zu unterlassen. Anjali hat sich daran gehalten. Doch fällt es ihr immer wieder schwer, die Gedanken an lauernde Katastrophen abzustellen. Als Ishaan ein Baby war, erschien ihr die ganze Welt wie eine einzige Gefahrenzone. Wenn er in der Küche gespielt hat, war jede Erbse, die er in den Mund stecken könnte, ein Anschlag auf sein Leben. Alles erschien ihr lebensbedrohlich, die Strombuchsen, die Bakterien, die Treppenstufen. Ram hat ihr wieder und wieder vorgehalten, dass sie Ishaan mit ihrer Ängstlichkeit infiziert, ihn lähme und lebensuntüchtig mache. Das befürchtet sie auch. Immer wieder sagt sie sich, dass sie ihre Angst zügeln muss. Und jetzt? Wieder einmal ist sie wegen eines kleinen Missverständnisses in Panik geraten.

Entschlossen strafft sie die Schultern und tippt Jais Nummer in ihr Handy. Keine Antwort. Nervös gibt sie die Nummer noch einmal ein.

Kann er auf dem Roller, mit Ishaan vor sich, sein Telefon nicht erreichen? Oder geht der Anruf im Straßenlärm unter? Als sie wieder ohne Verbindung bleibt, wählt sie die Nummer ihrer Mutter. Doch auch hier keine Antwort. Unwirsch starrt sie das Gerät an. Und da fällt ihr ein, es ist Freitag. Amma ist ausgegangen. Sie trifft ihre *Kitty-Club* Freundinnen, ein gesellschaftliches Ereignis, das sie so wenig versäumt wie ihre Besuche im Tempel. Bestimmt hat sie ihr Handy, dieses in ihren Augen Stechmücken gleich lästige Gerät wieder zu Hause vergessen.

»*Let's go!*«, fordert sie Mohanlal auf.

Beim Haus parkt Mohanlal den Wagen dicht an der Mauer, sodass die Bougainvillea-Zweige über das Autodach schaben und ein rosa Blütenschauer auf das Schwarz des Autos herabrieselt. Ishaan würde »Bravo!« rufen und Hände voll Blüten für Ganesha aufsammeln, denkt Anjali zärtlich.

Mit einem Blick über das Tor erkennt sie, dass die Haustür geschlossen ist und keine Schuhe auf der Veranda stehen. Ihre Schultern sacken nach vorn.

»Wo zum Teufel ist er?«, Mohanlals ärgerliche Worte überdecken seine Sorge.

Anjali spürt wieder die Angst. Nach einem tiefen Atemzug jedoch fängt sie sich. »Nun«, beruhigt sie ihn und sich selbst, »du kennst doch Ishaan. Sicher hat er Jai rumgekriegt und löffelt gerade irgendwo in einem *dhaba* sein *kulfi* mit Mangogeschmack.«

Mohanlal hebt mit einer ratlosen Geste die Hände. Schnell verabschiedet er sich und schaut dabei zu Boden, als ob er Anjalis angstvollem Blick ausweichen wollte.

Als Anjali durch die Tür tritt, steht die stickige Luft vor ihr wie eine Wand. Ganz still ist es im Haus. Noch einmal wählt sie Jais Nummer. Ohne Erfolg.

»*Araam se,* immer mit der Ruhe«, redet sie sich zu, während sie die Ventilatoren einschaltet. In der Küche nimmt sie einen Krug vom Bord und macht sie sich daran, *nimbu pani* zuzubereiten. Ihr Mund und ihr Hals sind trocken. Auch die beiden würden durstig sein, sich auf das Getränk stürzen nach der staubigen Fahrt. Über die Arbeitsplatte gebeugt presst sie die kleinen grünen Fruchthälften so fest, dass ihre Adern auf dem Handrücken hervortreten, als ob sie durch pure Kraftentfaltung Jai und Ishaan herbeizwingen könnte. Unentwegt murmelt sie wie ein Mantra: »*Araam se, araam se.*« Sie füllt den Krug mit sterilisiertem Wasser aus dem Tank und rührt zwei Löffel Zucker hinein – süß, so mögen es beide. Dann, an die Arbeitsplatte gelehnt, legt sie ihre nach Limetten duftenden Hände über die Augen. In die Schwärze hinter ihren Lidern flüstert sie ihr Mantra und wird ruhiger. Schließlich lässt sie sich mit gekreuzten Beinen auf den Kissen im Zimmer nieder. Sie hält das kühle Glas an ihre Stirn und stellt den Fernseher an.

Ihr Herz macht einen Satz, als sie das Knattern des Rollers draußen in der Gasse hört. Mit wenigen Schritten ist sie auf der Veranda. Sie sieht Jai, der seinen Helm vom Lenker nimmt, doch sie kann Ishaan nicht ausmachen – nicht neben Jai, nicht am Tor. Sie japst nach Luft.

»Jai!«, Anjali springt die Stufen hinunter, fliegt über den Plattenweg, prallt aufs Tor, sodass die eisernen Rahmen mit einem grellen Scheppern gegeneinander schlagen: »Jai, wo ist Ishaan?«

Jai lässt die zum Gruß erhobene Hand sinken, sein Lächeln friert ein. »Ishaan? Wie? Ist er nicht hier?« Er öffnet den Riegel am Tor. »Was ist mit Ishaan? Was ist passiert?«

Anjali bleibt stumm, ihre Kehle ist zugeschnürt. In ihrem Kopf drehen sich die Worte. Ishaan ist nicht bei Jai. Ishaan ist nicht bei Jai. Sie merkt es kaum, dass Jai sie zum Haus führt, stolpert auf der ersten Stufe zur Veranda. Sie stützt sich auf und setzt sich. Stumm. Jai rückt neben sie.

»Anjali, bitte, sag mir, wo ist Ishaan?«

»Er ist ...«, sie ringt nach Luft, »... verschwunden.« Ihre Stimme scheint von weit her zu kommen, als sie erzählt, was sich am Nachmittag ereignet hat. Sie beugt sich vor und lässt das Gesicht in die Hände sinken. Dann fängt sie an zu weinen. Jai öffnet den Mund, als wollte er zum Sprechen ansetzen, doch es kommen keine Worte heraus. Schulter an Schulter mit Anjali wartet er, seine Hände ineinander verkrampft.

Schließlich beugt er sich zu ihr. »Wir müssen sie alle anrufen. Sofort. Die Eltern, die Lehrer. Wer weiß, mit wem er gegangen ist ohne nachzudenken – und die glauben, wir wüssten Bescheid.« Er reicht Anjali die Hand, zieht sie von der Treppe hoch. »Er muss bei jemandem sein. Jemand weiß etwas. Wir finden ihn!« Anjali blickt auf, sie schaut Jai an, nickt. Sie wischt sich mit der einen Hand die Tränen ab und hält sich mit der anderen am Verandageländer fest. Sie bezwingt ihre Panik und konzentriert sich.

»Ich hole die Telefonliste«, sagt sie mit fester Stimme. Vor der Tür zögert sie, packt Jais Arm. »Amma! Wir dürfen ihr nichts sagen, Jai. Das verkraftet sie nicht.«

»Unbedingt.« Jai nickt. »Kein Wort zu Amma. Ishaan ist für dieses Wochenende bei einem Freund. Okay? Kein Wort.«

Als Anjali mit der Liste nach unten kommt, hört sie Ammas Stimme aus der Küche. Jedes Wort ein Stich. ›Verdammt‹, denkt Anjali, ›sie ist schon zurück.‹

»Plötzliche Entscheidungen!« Glas klirrt. »Ein einziges Durcheinander! Hab ich recht? Keine Ordnung!«

»*Ji?*«, Jais Stimme.

Anjali stoppt an der Tür, sieht Ammas Rücken über die Einkaufstasche gebeugt, in der sie wühlt. Sie holt einen Kürbis heraus und lässt ihn in die Spüle plumpsen.

Anjali schlingt die Arme um sich. Wie soll sie Amma gegenübertreten? Wie ihre Panik verbergen? Jede Faser ihres Körpers drängt danach, sich in Ammas Arme zu werfen, wie damals, als sie fünf Jahre alt und gestürzt war. Sie presst die Faust vor den Mund, um ein Stöhnen zu unterdrücken.

Ammas Stimme wird immer lauter. »Wochenende! Ishaan ist nicht da. Ist bei einer fremden Familie. Ist das jetzt die neue Mode?« Mit einem Zischen stößt sie den Atem aus. »Er hat eine Familie! Hier! Da gehört er hin!« Ihr Zeigefinger fährt auf Jai zu. »Hab ich recht?«

Als sie nach dem Handtuch neben der Tür greift, entdeckt sie Anjali. »Neue Moden!« Ihr Zeigefinger spießt jetzt Anjali auf. »Du wirst schon sehen, wohin das führt.« Sie fuchtelt mit den Händen in der Luft, als ob sie Störungen aus dem Universum abwehren wollte. Dann holt sie den Kürbis aus der Spüle und setzt ihn mit Wucht auf der Arbeitsplatte ab.

»Weißt du überhaupt, ob er dort *pukka* Essen bekommt? Essen die etwa Fleisch?« Sie führt die gefalteten Hände an die Stirn. »*Hai Baghwaan!*«

Anjali schüttelt den Kopf, nickt, gibt ein krächzendes Geräusch von sich, doch Amma achtet gar nicht auf sie. Sie setzt das große Küchenmesser an, um den Kürbis zu teilen, stellt sich dabei auf die Zehenspitzen und hebt die Schultern. Jai tritt neben sie, berührt ihren Arm, nimmt ihr das Messer aus der Hand und legt den Kürbis auf eine steinerne Platte, wo er ihn mit einem Hieb spaltet.

»*Hai Baghwaan!*«, stößt Amma wieder und wieder aus. Sie gießt Öl in den Topf auf dem Herd und dreht den Gashahn weit auf. Als sie das Streichholz daran hält, entzündet sich das Gas mit einem Knall. Schnell zerkleinert sie getrocknete Chilischoten und wirft sie mit Schwung in den Topf. Das Öl zischt und kracht und Tropfen spritzen über den Rand. Im Nu ist die Luft erfüllt von Chilidunst. Amma und Jai husten. Anjali wedelt mit der Liste in ihrer Hand. Als sie niesen muss, schießen ihr wieder Tränen in die Augen.

»Und was ist eigentlich los mit dir?« Abrupt dreht sich Amma zu Anjali um, starrt sie an. Anjali froh, dass der Chili ihre verschwollenen Augen verantworten kann, sieht Amma ins Gesicht. Ohne eine Antwort abzuwarten, redet Amma weiter. »Was ist los? Schon seit Tagen gehst du umher, als ob *Raavan* dir im Nacken sitzt. Ist es die Arbeit? Du brütest doch irgendetwas aus. Irgendso eine neue Idee. Hab ich recht?« Sie rüttelt an dem Topf, wie um ihn zurechtzuweisen. »Ich ahne schon, du wirst wieder lange Tage aus dem Haus sein.« Sie schleudert eine Prise Cumin in das siedende Öl und schüttelt die Hand ungeduldig, um die daran haftenden Körner zu entfernen.

»Was soll das für ein Familienleben sein? Der Vater abwesend. Die Mutter ständig unterwegs. Das Kind in einer fremden

Familie.« Sie wischt sich mit dem Sarizipfel über die Augen. »Wenn *appa* wüsste ...«

Dann drängt sie Jai zur Seite, nimmt ihm das Messer ab und traktiert den Kürbis mit gezielten Schnitten. Den Kopf tief über die Arbeitsplatte gebeugt, murmelt sie: »Stimmt doch. Ich hab recht, *polam?*«

Jai nähert sich ihr von der Seite. »*Ji,* wir müssen noch schnell einige wichtige Papiere kopieren – ich bringe Anjali hin. *Five minutes only*«, er hebt beschwichtigend die Hand.

Amma schüttelt den Kopf, den Blick auf ihre Hände gerichtet.

Schnell schiebt Jai Anjali durchs Wohnzimmer hinaus.

Die Petromax-Lampe über dem *chai*-Kessel zischt. In einer Wolke hängt der Dampf des Teegebräus über Jai und Anjali, die auf der aus rohem Holz gezimmerten Bank vor der Bude sitzen.

Anjali lässt ihr Handy sinken. Vierzehn Anrufe. Nichts. Die Worte, die Fragen haben sie all ihre Kraft gekostet. Sie ist völlig erschöpft.

Vor jedem Anruf war sie voller Hoffnung, endlich zu hören: »Schön, dass Sie anrufen! Ishaan spielt auf der Veranda. Soll ich ihn rufen?« Jedes Mal von Neuem diese Hoffnung. Und dann der Sturz in die Wirklichkeit.

»Ach – Ishaan nicht zu Hause?«, die Stimme am anderen Ende spricht erst besorgt, dann begütigend. »Ein dummes Missverständnis, bestimmt. Das wird sich sicher bald aufklären.«

Jai telefoniert noch mit einem der Krankenhäuser in der Nähe. Dann schaut er Anjali an, schüttelt den Kopf. Nichts. Seine Stirn glänzt vor Schweiß. Er wischt sich mit dem Saum seines T-Shirts übers Gesicht, lässt die Arme sinken.

»Und nun?«, fragt sie.

»Die Polizei.« Er drückt seine Plastikteetasse zusammen und zielt damit auf den Abfallhaufen neben der Bude.

»Polizei?« Anjali hält den Atem an. Polizei. Das Wort klingt wie eine Drohung. Hilfe von denen? Würden die überhaupt einen Finger rühren, um Ishaan zu finden? Würden die sie mit Geldforderungen erpressen? Kürzlich erst hatten Polizisten ein Pärchen verhaftet. Erregung öffentlichen Ärgernisses. Sie hatten sich im Park geküsst. Da sie die Polizisten nicht schmieren konnten, wurden sie auf die Wache geschleppt. Dort wurde der Mann verprügelt und das Mädchen vergewaltigt.

Der Gedanke an diesen Vorfall macht ihr Angst. Und im gleichen Augenblick weiß sie, sie müssen die Polizei einschalten. Wenn überhaupt, hat nur sie die Möglichkeit nach Ishaan zu fahnden.

»Don't worry«, sagt Jai und drückt ihre Schulter. *»I am with you.«* Er legt das Geld für den *chai* auf den Tisch. *»Vaa!* Wir haben keine Wahl.«

Als er seinen Roller zwischen den dicht an dicht geparkten Motorrädern hervorgeschoben hat, setzt sich Anjali schräg auf den Sozius, zieht ihre *dupatta* über den Kopf. Mit einer Hand hält sie sich an Jais Schulter fest und presst mit der anderen den Stoff der *dupatta* gegen ihren Mund, um die erneut aufsteigende Panik beim Gedanken an Ishaan zu unterdrücken.

Die nächste Polizeistation liegt nur zehn Minuten von der kleinen Satchin Road und dem *chai-shop* entfernt. Anjali wünschte, sie läge am anderen Ende der Stadt, um den Augenblick der Konfrontation mit der Polizei hinauszuzögern. Sie wünschte, sie müsste nie dort ankommen.

Das orange Licht der Straßenleuchten, das durch die Bäume flutet, wirft flirrende Muster auf die dunkle Straße, durch die sich die Fahrzeuge wie ein funkelndes Band ziehen. Aus einem Tempel strömen ihnen festlich gekleidete Menschen entgegen. Die Frauen, schimmernd in ihren Saris, halten *diyas* mit dem heiligen Feuer vor sich, schützen die zitternden Flämmchen mit ihren Händen. Der Schein der Lichter weckt in Anjali eine heftige Sehnsucht unter diesen Menschen zu sein, geborgen und getröstet durch den Segen der Götter. Während Jai sich in Schlangenlinien durch den Verkehr fädelt, fallen ihr die Zeilen eines Gebets ein. Ein Gebet, das sie als Kind neben Amma kniend vor Ganesha im Tempel gesprochen hat. Eingehüllt vom Hupen und dem Getöse der Motoren spricht sie unhörbar die Worte »*Om gam ganapataye namah*«.

Jetzt biegt Jai auf den Randstreifen ein und stoppt. Anjali erkennt an der Kreuzung das zweistöckige Polizeigebäude. Die grob verputzte, abblätternde Front liegt im Halbdunkel. Eine einzelne Glühbirne, die über dem zweiflügligen Eingangstor baumelt, lässt die Stufen davor im Schatten. Am Fuß der Treppe, ein Bein aufgestützt, steht eine Wache. Den Riemen eines Automatikgewehrs quer über der Uniformjacke, die über seinem Bauch spannt, den Ellenbogen auf sein Knie gestützt, raucht er eine *beedi*. Sein Kollege, die Uniformmütze ins Genick geschoben, steht breitbeinig neben ihm. Jetzt dreht er den Kopf zur Seite und speit einen Strahl Betelsaft vor die Treppe. Er reckt sich, gähnt mit weit offenem Mund und geht langsam die Straße hinunter.

Anjali, die Augen starr auf das Polizeigebäude gerichtet, zieht ihre *dupatta* um die Schultern straff. Als Jai neben sie tritt, holt sie tief Luft und sie gehen los.

Plötzlich – grelles Scheinwerferlicht blendet sie. Ein Motorrad schießt auf sie zu. Anjali zuckt zurück, greift nach Jais Arm. Mit schleuderndem Hinterrad stoppt der Fahrer scharf vor ihr. Er beugt sich zu ihr, so nah, dass sein schwarzer Helm fast ihr Gesicht berührt. Er macht eine Kopfbewegung hinüber zur Polizeistation und sie hört seine Stimme dumpf unter dem Helm hervor. »*Don't even think about it!*«

Mit einer schnellen Bewegung greift er in seine Jacke, holt einen kleinen schwarzen Gegenstand heraus und wirft ihn Anjali zu. Reflexartig fängt sie das Ding mit beiden Händen auf. Im selben Augenblick gibt der Fahrer Gas und rast davon.

Anjali starrt auf den Gegenstand in ihrer Hand – ein Nokia.

Noch während sie ohne zu verstehen auf das Handy starrt wie auf ein giftiges Insekt, beginnt es zu vibrieren, schrillt los. Anjali zuckt zusammen, fast hätte sie das blinkende Gerät fallen lassen. Nun hält sie es am ausgestreckten Arm von sich, als ob sie es Vorrübergehenden anböte. Und es schrillt weiter und weiter, bis Jai auf den Knopf drückt und es mit Anjalis Hand zu ihrem Ohr führt. Er lehnt sich dicht neben sie und hört wie sie die Stimme. Eine Männerstimme rau, undeutlich.

»Hören Sie zu. Wir haben Ihren Sohn.«

»Ishaan! Wo ...«, schreit Anjali.

»Keine Fragen!«, schneidet die Stimme ihr das Wort ab. »Sie wissen, wo das Notizbuch ist.« Aus Anjalis Kehle dringt ein Krächzen. »Keine Fragen! Ich folge nur Anweisungen und Sie sollten dasselbe tun.« Anjali presst das Telefon mit beiden Händen an ihr Ohr. Sie hört Kaugeräusche. »Sehen Sie, das ist ganz einfach. Geben und nehmen.« Spucken auf der anderen

Seite. Anjali atmet nicht. Dann klingt die Stimme hart und klar. »Wenn Sie Ihren Sohn lebendig wiedersehen wollen, tun Sie, was ich sage.« Mit einem erstickten Laut atmet Anjali aus. »Keine Fragen! Halten Sie das Buch bereit beim nächsten Anruf.« Damit legt er auf.

»Hallo! Hallo!«, ruft Anjali verzweifelt in das Handy. Vornübergebeugt bleibt sie stehen. Ihr ist, als wäre eine gewaltige Steinlawine auf sie niedergeprasselt. Sie drückt hektisch alle Tasten, bis Jai ihr das Gerät aus der Hand nimmt.

»It's blocked.« Keine Rückrufnummer, keine Identifizierung. Ganz von allein wandern Anjalis Hände zu ihrem Gesicht. Es fühlt sich an wie aus Stein, als ob es gar nicht ihr gehört. Ihre Hand zittert, als sie sich mit dem Handrücken über die Stirn streicht. Als der Schwindel vorübergeht, wendet sie sich zu Jai.

»Nein«, sagt sie leise, »nein. Sag, dass das ist nicht wahr ist.« Sie schaut in die Richtung, in die das Motorrad verschwunden ist. Einen Moment stehen sie beide wie erstarrt. Dann strafft Anjali den Rücken und nimmt Jais Hände.

»Kümmere dich um Amma. Ich muss sofort Shakti erreichen. Er muss wissen, dass das Buch, das er in seinen Händen hält, das Unterpfand für Ishaans Leben ist. Er muss es mir geben. Wir müssen Ishaan auslösen. Sofort.« Sie tritt an die Straße und winkt eine Rikscha heran.

Schon von Weitem sieht sie das Blaulicht. In alarmierendem Rhythmus zuckt es über die Wand von Shaktis Haus. Die Gasse ist voller Menschen. Anjali umklammert ihre Tasche mit beiden Händen, spürt die Angst in sich aufsteigen. Was ist passiert?

»*Wait here!*« Anjali stoppt die Rikscha, streift im Aussteigen den Riemen ihrer Tasche über die Schulter und geht auf die Menschen zu. Der Rikschafahrer, ein kleiner Mann mit fast weißen Haaren und knotigen Händen, folgt ihr dennoch. Köpfe heben sich, wenden sich ihr neugierig zu, als sie vorübergeht. Sie spürt ihre Fremdheit hier, wo die Menschen vor ihren Häusern zusammenstehen. Sie blickt zu Boden, zieht ihre *dupatta* tiefer in die Stirn. Mit jedem Schritt wird der Druck auf ihrer Brust stärker.

Nahe am Haus hört sie die Laute. Hoch und durchdringend wie die Schreie der Falken. Sie verlangsamt ihre Schritte.

Vor Jahren war es. Nach erfolgreichem Abschluss ihres Masterstudiums in Mass Communication hatte sie ein Stipendium für ein Zusatzstudium an der Freien Universität Berlin erhalten – und einen Praktikumsplatz bei einer großen Berliner Zeitung. Nach nur drei Monaten war sie nach Hause zurückgekehrt. Ihr Vater war krank geworden. Ihre Mutter hatte Hilferuf um Hilferuf ausgesandt, um sie nach Hause zurückzubeordern. Als sie endlich wieder in Indien angekommen war und das Haus betrat, fand sie ihre Mutter auf dem Fußboden kauernd, von Frauen umringt. Der Raum war erfüllt von klagenden Lauten, Vogellauten gleich. Ihr Vater war gestorben.

Jetzt, durch die weit offene Tür zu Shaktis Haus, sieht Anjali drinnen Frauen auf dem Boden sitzen. Am Sari, dessen *pallu* eine Frau über Kopf und Gesicht gezogen hat, erkennt sie Shaktis Mutter in der Mitte des Kreises.

Benommen bleibt sie vor der Tür stehen.

»*Madam?*« Ein Polizist vertritt ihr den Weg, versperrt mit dem *lathi* den Eingang. »*Are you family?*« Anjali hebt den Kopf, sieht in ein dunkles, von scharfen Linien durchzogenes Gesicht. Ihre Hand, die den *lathi* zur Seite stoßen will, stoppt in der Luft. Sie greift in ihre Tasche zieht ihren Ausweis heraus.

»Press. I want to talk to Mr Shakti Mishra.«

Der Polizist mustert sie und verzieht dann den Mund zu einem Grinsen. *»Sorry, madam. Too late.«* Er dehnt die Schultern und streicht sich mit Daumen und Zeigefinger über seinen Schnäuzer. »*Accident.* Tödlicher Unfall.« Mit voller Wucht treffen Anjali die Worte. Ahnungen und Bilder, die sie die ganze Zeit unterdrückt hat, überwältigen sie. Das Schlimmste ist wahr geworden.

Als sie spricht klingen ihre Worte rau. »Was ist passiert? Sagen Sie!«

»No comment.« Der Polizist klopft ungeduldig mit dem *lathi* gegen sein Bein. Anjali macht einen Schritt auf ihn zu, die Hand mit dem Ausweis ausgestreckt.

»*Yenu!* Sagen Sie mir, was ist geschehen?« Ihre Stimme schrillt.

Der Polizist stößt ihr den *lathi* an die Schulter. »*You go!*«

Anjali umklammert ihren Ausweis und schlägt nach dem Stock. Da spürt sie, wie jemand ihren Arm packt. Sie fährt herum und sieht in das zerfurchte Gesicht des Rikschafahrers. Er schaut sie eindringlich an.

»Madam. Come!« Er zerrt an ihrem Arm. *»Come. Please!«* Mit einem Blick auf den Polizisten, in das Gesicht mit den zusammengekniffenen Augen, dem vorgeschobenen Kinn, begreift sie, dass sie keine Chance hat. Sie beißt die Zähne aufeinander, wendet sich ab und folgt dem Rikschafahrer durch den Kreis von Menschen, der sich um sie gebildet hat. Bei der Rikscha an-

gelangt, hält sie sich an den Verstrebungen fest, lehnt den Kopf an die Plastikplane. Ihr ist übel. Shakti. Ishaan. Shakti. Ishaan.

»*Madam*«, der Rikschafahrer tritt neben sie. »*Please, money for petrol. Now.*« Er hält die Hand auf. Erst versteht sie nicht, dann nickt sie. Sie sind eine lange Strecke gefahren, der Tank ist leer. Als sie sich aufrichtet und die Scheine aus der Tasche zieht, stutzt sie. In ihrer Hand entdeckt sie ein mehrfach gefaltetes Stück Papier. Verständnislos betrachtet sie es. Dann fällt es ihr wieder ein – Shaktis Nachricht.

Sie hat dieses Papier vollkommen vergessen. Diese rätselhaften Worte, sie konnte sie mit nichts in Verbindung bringen. Und nun dämmert ihr, dass dies der Hinweis auf das Versteck des Buchs sein muss. Es trifft sie wie ein Schock, dass sie diesen Hinweis einfach ausschalten konnte. Ihre Hand, die das Papier hält, zittert. Dieses Stück Papier ist das Einzige, das sie zu Ishaan führen kann.

Eilig zählt sie die Scheine in die Hand des Fahrers und zwängt sich auf den Rücksitz. In diesem Augenblick schrillt das Nokia in ihrer Tasche. Hastig greift sie danach und drückt auf Empfang.

Und da ist die Stimme wieder. »*Nodu!* Schauen Sie genau hin.«

Anjali öffnet den Mund, kein Ton kommt heraus.

»Diesmal ist es Shakti.« Ein Husten am anderen Ende.

»Wo ist Ishaan? Wo ist er? Ich will meinen Sohn!« Sie atmet schwer in die Stille im Hörer.

»Sie möchten Ihr Kind wiedersehen, *allava?*« Anjali bringt nur einen erstickten Laut hervor. Und schon spricht der Mann weiter. »Sie verstehen? Wir wollen das Buch. Einfach das Buch.«

»Aber hören Sie«, Anjali kann nur flüstern, »ich weiß nicht, wo es ist. Ich brauche Zeit und ...« Sie spricht ins Leere, die Verbindung ist unterbrochen. Sie schüttelt das Gerät. Das Telefon ist tot. Sie schlägt die Hände vors Gesicht. Wie lange kann sie das noch ertragen? Wie lange noch?

Und plötzlich, mit einem Gefühl im Nacken wie kriechende Kälte, begreift sie. Sie wird beobachtet. Die sehen sie. Die wissen, wo sie ist. Den Rücken steif, richtet sie sich auf, blickt sich um. Wo sind sie? Wer sind sie? Sie umklammert den Zettel in ihrer Hand.

Als sich die Rikscha in den Verkehrsstrom auf der großen Straße einfädelt, entfaltet sie den Zettel. Doch die vorbeifließenden Lichter lassen die Buchstaben tanzen. Schließlich biegt die Rikscha in eine schmale Straße ein. Vor einer Reparaturwerkstatt, wo sich Autoteile, Reifen und Haufen von Blech stapeln, hält der Fahrer. Er ruft dem Mann, der auf den Fersen neben einem Wagen im grellen Lichtschein des Schweißgeräts sitzt, ein paar Worte zu und ergreift eine Kanne mit langem Schnabel. Während er an der rostigen Pumpe die Kanne füllt, knüllt Anjali das Blatt mit der Nachricht in der Hand zusammen. Die Sorge um Ishaan blockiert jeden Gedanken. Ist es dunkel, da wo er jetzt ist? Er fürchtet sich doch so leicht im Dunkeln, wo er fremd ist. Hat er Angst? Weint er? Hat er zu essen? Bekommt er seinen geliebten Kokosnusssaft? Bananen? Und – der Gedanke lässt ihren Atem stoppen, er ruft entsetzliche Bilder hervor – ist er unverletzt?

Hinter ihr klappert die Kanne gegen das Blech der Rikscha. Und wieder beschleicht sie das Gefühl, beobachtet zu werden. Sie schaut sich verstohlen um. Sind sie dort drüben, dort, wo im Dunkel eine Zigarette aufglüht? Oder sind es die beiden neben dem Motorrad, halb hinter dem Truck verborgen? Oder vielleicht die schemenhaften Gestalten auf dem Vordersitz des Ambassadors gegenüber?

Beim Weiterfahren lehnt sich Anjali so weit wie möglich im Sitz zurück. Am liebsten würde sie sich dahinter verkriechen und weiß doch, dass sie so oder so im Visier ihrer Verfolger ist. An einer roten Ampel hält die Rikscha direkt vor einem *dhaba*, in dessen Hintergrund *Breaking News* flimmern. Anjali schaut hinüber, ohne wahrzunehmen, was sie sieht. Und plötzlich begreift sie – dort auf dem Bildschirm, das ist Shaktis Foto.

»*Wait!*«, mit einem Satz ist sie aus der Rikscha gesprungen und steht hinter den Menschen, die essend und redend den Tresen der Bude umringen.

»... am frühen Abend wurde dort der Leichnam des Anführers von *Action Green* gefunden. Aus Polizeikreisen ist nur zu vernehmen, dass es sich um einen Unfall handelt. Unbestätigten Berichten zufolge soll er jedoch einer Gewalttat zum Opfer gefallen sein. Es stellt sich die Frage, warum sein Tod als Unfall bezeichnet wird? Wer wird geschützt? Und warum? Ist es möglich, dass die Drohungen, die Shakti Mishra zuvor anonym erhalten hat, sich nun erfüllt haben?«

Der Mann vor Anjali mit dem schmierigen Kragen an seinem verschlissenen Hemd schüttelt die Hand mit einem abgerissenen Stück *chapati* zum Fernseher hin. »Na klar, ihr Klugscheißer! Mistkerle! Das ist es, was euch blüht.«

»Recht so!«, fällt der neben ihm ein. Auf dem Bildschirm schwenkt die Kamera hinüber und im Dunkel des Grabens, jenseits der Straße, wird undeutlich das Heck eines weißen Fiat

Punto sichtbar. Der Ort ist abgegrenzt mit gelb-schwarzen Banderolen und abgeschirmt von mehreren Polizisten, denen sich die Reporterin nun nähert. Anjali lehnt sich nach vorn. Die Kamera folgt der Reporterin, die auf einen der Polizisten zugeht. Noch bevor sie ihn erreicht hat, wird die Linse von einer Hand bedeckt. Unter den Männern vor der Bude wird Lachen und Klatschen laut.

»Gib's der Hure!«, ruft einer.

Die Reporterin ist wieder im Bild. »Mitglieder von *Action Green* haben in einem Statement gefordert, dass dieser Unfall von einer unabhängigen Kommission untersucht wird.« Großaufnahme der Sprecherin. »Trisha Bannerjee von Star TV.«

»Blablabla – *chutiyas,* alle zusammen!« Alle schreien jetzt durcheinander und Anjali kehrt schnell um und springt in die Rikscha, die auf sie gewartet hat. Der Fahrer startet sofort, dann dreht er sich um, schaut sie an.

»Madam, better be careful. Believe me.« Anjali nickt. Er meint es gut mit ihr.

Die Rikscha bewegt sich ruckweise vorwärts. Zehn Minuten schon steckt sie in einem Knäuel aus Fahrzeugen. Sie kriecht durch einen Abgasnebel, rot fluoreszierend vom Leuchten der Bremslichter. Auf dem Rücksitz nimmt Anjali das Hupen und Knattern kaum wahr. Mit einer Hand klammert sie sich an eine Stahlstange der Autorikscha. Alles, was sie in den letzten Stunden erlebt und erfahren hat, hat sich wie ein Nebel in ihrem Gemüt verdichtet. Wirklich scheint ihr nur, was sie in der Hand hält, und sie schließt ihre Finger fest um das fremde Nokia. Dieses kleine, leblose Ding ist ihre Verbindung zu Ishaan. Das gibt ihr Halt. Wenn sie es losließe, würde sie die einzige Möglichkeit verlieren, ihn zu erreichen. Sie legt es an ihre Wange. Und plötzlich zuckt sie zurück. Ihr ist, als ob es tickt. Hält sie eine Bombe in ihrer Hand? Wird der nächste Anruf sie zerreißen?

Dann, in einem Schwall aus Lärm und Abgasen, löst sich der Stau. Im Vorüberfahren sieht Anjali, wie Männer mit Turbanen einen Anhänger, auf dem sich Säcke türmen, zum Seitenstreifen schieben. Helle Linien von verstreutem Mehl oder Gips scheinen auf der Fahrbahn wie eine Leitspur nach Hause zu weisen. Nach Hause zu Amma. Nach Hause zu Jai. Nach Hause, wo Ishaan fehlt.

Mit quäkender Hupe drängelt sich die Rikscha durch das abendliche Gewühl im *bazaar.* Anjali beugt sich ungeduldig vor. ›Wenn es doch endlich voranginge‹, denkt sie und fürchtet sich gleichzeitig davor, was sie zu Hause erwartet. Vor Ammas missbilligendem Schweigen. Vor Jais stummer Hilflosigkeit.

Als der Fahrer abbiegen will, durchfährt es sie wie ein Blitz, als sie an der Ecke den von einer Petroleumlampe erleuchteten Laden sieht. Sie richtet sich auf. Gosh! Natürlich Gosh! Ihn muss sie fragen. Er könnte etwas wissen. Sie hat doch gesehen, dass Ishaan heute morgen wie immer an der Bude haltgemacht hat. Hat er mit Gosh geredet, ihm etwas anvertraut? Etwas, was ein Hinweis sein könnte?

Schnell hält sie die Rikscha an und bezahlt hastig. Die extra Scheine für den Fahrer als Dank für seine Hilfe flattern ihr aus den zitternden Fingern.

Sie langt schon am Laden an, als das Gefährt hinter ihr startet. Abrupt stoppt sie, als sie Mrs Gupta dort stehen sieht. Mit einem kleinen Sack Reis auf der Hüfte, eine Hand auf dem Glas mit den *jalebis,* lehnt sie sich über den vollgepackten Ladentisch.

Anjali schluckt trocken. Panik steigt in ihr auf. Sieht man ihr die Katastrophe an? Mrs Gupta wird sie mit ihren bohrenden Fragen um ihre Fassung bringen. Die Angst, dass jedes unbedachte Wort Ishaan gefährden könnte, macht ihre Kehle eng. Was kann sie überhaupt sagen? Später, entscheidet sie, sie wird später wiederkommen. Und da erkennt sie den jungen Mann im Laden – Goshs Neffen. Sie zögert. Wo ist Gosh?

In diesem Augenblick dreht sich Mrs Gupta um, entdeckt Anjali und wedelt sie aufgeregt heran. »*Ji!* Stellen sie sich vor, Gosh ist weg!«, ruft sie Anjali zu. »Zurück nach Kalkutta. Wussten Sie davon? Zu mir hat er kein Wort gesagt.«

Hilflos schüttelt Anjali den Kopf. Ein Gefühl, als ob sie etwas Wertvolles verloren hätte, überfällt sie. Gosh ist weg? Nun kann sie ihn nicht mehr befragen.

Anjali neigt sich zu dem jungen Mann, der mit gesenktem Kopf schweigend Erdnüsse in eine Papiertüte füllt.

»*Thambi, please,* wo ist der Onkel? Ich muss ihn dringend sprechen.« Sie atmet gehetzt. »Unbedingt. Sofort. *Please.*« Der Junge nimmt einen Stift aus seiner Hemdtasche und kritzelt Zahlen auf den Rand eines Zeitungfetzens.

»*His number*«, sagt er schroff und legt das Blatt auf den Korb mit dem Ingwer. Anjali ist befremdet von dem Verhalten des sonst so freundlichen jungen Mannes. Bevor sie etwas sagen kann, ist er verschwunden und taucht einen Augenblick später vor der Bude auf. Er nimmt die Beutel mit den Chips wortlos vom Haken und schließt mit einem Knall den hölzernen Fensterladen.

Anjali, die Mrs Guptas aufgerissenen Augen die Neugier ansieht, stammelt »*One minute, sorry*« und entfernt sich eilig, mit zum Lächeln verkrampften Mundwinkeln.

Sie ist erleichtert, als sie zurückschaut und sieht, dass Mrs Gupta den Weg nach Hause einschlägt. Gleich beim ersten Stand im *bazaar* bleibt Anjali stehen und tippt die Nummer vom Zettel in ihr Handy. Sie zuckt zusammen, als ein ohrenbetäubender Trommelwirbel ertönt und eine Stimme hoch wie Nadelstiche verkündet, dass diese Nummer »*doesn't exist*«. Augenblicklich wirbelt sie herum und sieht, wie sich Goshs Neffe vor dem Laden auf den Sozius eines Motorrads schwingt.

»*Arree!*« Anjali hält das Handy hoch und läuft los. Doch der junge Mann hat den Kopf abgewendet und das Motorrad fährt an ihr vorbei, taucht in der Menge auf der Straße unter.

Mit hängenden Armen bleibt Anjali stehen. Bilder in ihrem Kopf. Ishaan heute morgen am Laden, wie er auf und ab hüpft und wie im Triumph einen rotglänzenden Apfel schwenkt. Als sie am Laden vorbeigelaufen ist, war Gosh da dort gewesen? Und danach, als sie an der Straße auf eine Rikscha zur Redaktion gewartet hat, war das Gosh gewesen, den sie auf der anderen Straßenseite auf dem Roller vorüberfahren sehen hat? Und nachmittags, war er da im Laden gewesen? Sie beißt sich auf die Lippen. Irgendetwas stimmt nicht. Das spürt sie. Weicht er ihr aus? Sie kaut auf ihrer Unterlippe. Weiß er etwas, was sie nicht wissen darf?

Ihre Schritte werden schwer, als sie unter den erloschenen Straßenlampen den Weg zum Haus geht. Sie sieht Ishaan vor sich, sein Lachen, die Zahnlücke, seine braunen sehnigen Beine, die so dünn aus den Shorts ragen, der Rucksack, der auf seinem Rücken hüpft, das weiße Basecap, das von den viel zu großen Ohren aufgehalten wird. Sie möchte nach ihm greifen, ihn an sich drücken, ihn nie mehr los lassen. Sie bewegt ihre Finger, die sich schwach und kraftlos anfühlen. Dann hält sie inne und nimmt ihr Handy aus der Tasche. Wieder ruft sie Goshs Nummer auf. Wieder schrillt nur die Ansage in ihren Ohren. Sie greift noch einmal in die Tasche und holt das Nokia hervor. Wie erwartet, verzeichnet es keine Nachricht. ›Unerreichbar‹, schießt ihr durch den Kopf. Hilflos wiegt sie die Telefone in ihren Händen. Die Unerreichbarkeit der Menschen hinter den Geräten verstärkt das Gefühl der Lähmung seit Ishaans Verschwinden. Sie geht ein paar Schritte auf ihr Haus zu, sieht das Licht in den Fenstern. Dann dreht sie sich um und blickt die Gasse hinunter. Die Fenster der Häuser, gelb vom Licht der Kerzen und Petroleumleuchten. Familien aufgehoben in ihrem Heim. ›Wird es jemals wieder so für mich sein‹, fragt sie sich, ›so friedlich im Kreise der Familie?‹

Mit beiden Händen hält sie die Telefone vor sich. Unerreichbar. Sie spricht das Wort vor sich hin. Un-er-reich-bar. Wie immer schon.

Sie. Unerreichbar. Sie. Die Bestimmer, die Herrscher. Sie. Die Männer. Alle Männer. Sie machen sich unerreichbar. Sie spielen ihr Spiel, und sie hat sich immer fügen müssen. Vorstellungen über Vorstellungen sollte sie erfüllen, denen sie nicht gerecht werden konnte. Das hat schon damit begonnen, dass sie weder hell noch naiv genug war. Versagt. Gegen die selbstlose Rolle als Ehefrau hat sie sich im Innersten immer gesträubt. Verboten. In ihrer Arbeit als Journalistin will sie alles geben und sie wehrt sich gegen die Vorstellung eines Wesens mit beschränkten Fähigkeiten. Sie wollte Anerkennung und Wertschätzung. Vergeblich.

Und, sie gesteht es sich ein, es stimmt, dass sie sich in das Spiel gefügt hat. Sie wollte die Belohnung. Sie wollte die Liebe ihres Vaters, die Treue ihres Ehemanns, den Platz neben den Männern im Beruf. Sie lässt die Hände sinken. Und nun, als Mutter, benutzen sie sie in einem Spiel um Macht und Einfluss, funktionalisieren sie aufs Gemeinste. Sie bemächtigen sich ihres Kindes und lassen sie nach ihrer Pfeife tanzen. Ein Groll, der alt und tief ist, steigt in ihr auf und wird riesig. Wenn sie gut funktioniert, alles erfüllt, wird sie belohnt werden. So funktioniert das Spiel. Sie wird tun, was sie verlangen, und sie werden ihr ihr Kind wiedergeben. Sie holt tief Luft und hält sie an, um die aufsteigende Panik niederzukämpfen. Doch werden sie das wirklich tun? Werden sie unerreichbar aufs grausamste über ihr Kind entscheiden? Sie schleudert ihr Handy in die Tasche. ›Jetzt‹, denkt sie. ›Jetzt ist es genug. Jetzt ist es Zeit zu handeln. Jetzt. Jetzt geht es um mehr, als nur um sie allein. Jetzt geht es um Ishaan. Schluss mit dem Warten darauf, ob und was sie gemäß ihrer Vorstellungen tun werden – zum Teufel damit. Zum Teufel mit all dem Funktionieren.‹ Und plötzlich, als ob ein Schalter in ihrem Inneren umgelegt wurde, strafft sie die Schultern. Ihr Zorn zählt ihr die Schritte auf: Sie wird das Rätsel lösen, sie wird das Buch finden, sie wird die Verantwortlichen stellen, sie wird die Herausgabe von Ishaan erzwingen. Sie tritt fest auf, hebt ihre Faust und schüttelt das Nokia gegen die Dunkelheit. Schluss damit!

* * *

Seine Fingerknöchel schmecken salzig. Das kommt von den Tränen hat Amma gesagt. Salz ist in den Tränen. Und so ein großer Junge, der weint doch nicht. Er will doch gar nicht weinen. Die Tränen kommen von ganz allein. Wo ist Mummy? Gosh-*uncle* hat doch gesagt, sie holt ihn ab. Sie wollten doch zum Mynah gehen heute. Bald. Jetzt ist doch schon bald. Es ist schon dunkel. Warum kommt sie nicht? Gosh-*uncle* hat sich geirrt. Bestimmt. Er ist schon alt. Bald ist bestimmt ein bisschen später. Mummy kommt ein bisschen später. Im Büro wird es immer ein bisschen später. Das hat Gosh-*uncle* vergessen. Bestimmt. Morgens bei der Schule, am Bus, hat er ja auch gesagt, dass Jai kommt, um ihn abzuholen. Und dann ist Jai gar nicht gekommen. Nur Gosh-*uncle* war nach der Schule am Elefantenzaun. Und Mummy wollte hierher kommen, hat er gesagt. Bald. Ist jetzt bald? Und wo ist Mummy? Jetzt soll bald sein! Jetzt! Jetzt! Jetzt! Tränen fließen auf die Knöchel.

* * *

Blitzlichter zucken über die Menge. Unter dem Säulenportal des Luxushotels drängeln sich Reporter um den roten Teppich. Kameras geschultert knien sie am Rand, heben schwankend Fotoapparate hoch über den Kopf, wedeln mit Mikros an lang ausgestreckten Armen.

»Sneha, Sneha – here! Smile! Vijay! Great! Yes! Yes!«

Die Rufe, die die Ankunft der Stars und Sternchen begleiten, dringen hinüber zu Anjali. Im Dunkeln, halb verborgen durch eine Gruppe von Hibiskusbüschen, beobachtet sie die Szenerie vom Garten aus. Sobald sie sich bewegt, streichen die duftenden Blüten über ihre erhitzten Wangen. Immer wieder wird das, was sie beobachtet, von Ishaans Bild verdrängt und verzweifelte Gedanken überwältigen sie. Was tut sie hier? Sie sollte durch die Stadt laufen, an jede Tür klopfen, bis sie Ishaan in die Arme schließen kann. Sie sollte das Studio von *All India Radio* stürmen und einen Suchaufruf durch den Äther jagen. Einen Moment lang massiert sie mit den Fingern ihre Nackenmuskeln. Nur einen Augenblick noch, redet sie sich selbst gut zu. Gleich wird sie ihren Job für den *Messenger* machen. Wie es ihr Auftrag ist. Wie immer. Sie wird Fragen stellen, Beobachtungen notieren. Wie immer. Doch heute ist es kein Job, heute ist alles anders für sie. Sie denkt an Ishaan. Und sie denkt an den Plan, mit dem sie gekommen ist.

Was sich dort im Hellen abspielt, kennt sie gut. Zu gut. Immer das gleiche Theater: das Spalier der mit Turbanen und Schärpen als Inder verkleideten Angestellten, das Funkeln des Schmucks und der Saris, die Goldketten in den bis auf den untersten Knopf geöffneten Hemden der Männer, die kurzen Röcke und Stilettos der Sternchen, die dezenten europäischen Anzüge der Bosse und die klassischen *veshtis* der Politiker vom rechten Flügel.

Alles wie immer, beruhigt sie sich, da sie ihre Anspannung bis in die Fingerspitzen spürt. Ihr Plan, ein einziger Gedanke, beherrscht sie – Tandon. Tandon, der führende Kopf von ISTO, der große Sponsor der Partei. Er ist der Drahtzieher hinter Ishaans brutaler Entführung, davon ist sie überzeugt. Wut ballt sich in ihrem Magen, steigt bitter in ihre Kehle. Wie kann er es wagen, sich an Ishaan zu vergreifen? Sie presst die Zähne aufeinander.

Und sie braucht ihn. Sie braucht einen Verbündeten, um Ishaan zu schützen. Die fremde Stimme am Telefon, so kalt und distanziert, ist irreal, der Mensch dahinter unerreichbar, funktioniert gemäß Anweisungen. Sie will einer Person gegenüber stehen. Sie will Tandon einbinden. Tandon, ihr schlimmster Feind, muss ihr Verbündeter werden. Er hat die Macht, in den Ablauf einzugreifen. Nur ihm kann sie klar machen, dass das Buch noch unauffindbar ist und dass sie es ihm, sobald sie es in den Händen hält, übergeben wird. Ihn muss sie überzeugen, dass sie alles tun würde dafür, dass Ishaan nichts geschieht. Er muss ihr den Rücken frei halten. Er muss die *goondas* zurückpfeifen.

Deshalb will sie unter allen Umständen ein Gespräch unter vier Augen mit Tandon erreichen, abseits der Partygäste. Sie kennt den Köder, den sie auswerfen muss, und sie hasst ihn. Brust raus, lächeln, lächeln, die Hand am Hals, vorgeschobene Hüfte, Blicke von unten – das ganze Programm. Seine hungrige Männlichkeit wird den Köder schnappen. Ihr Hals ist wie zugeschnürt. Einen Augenblick hat sie das Gefühl, dass ihr der Plan wie Sand durch die Finger rinnt. Dann besinnt sie sich. Sie muss alles auf eine Karte setzen.

Am Eingang hat der Strom der Neuankömmlinge nachgelassen. Die Stimmen sind leiser geworden. Anjali ist rechtzeitig gekommen – sehr spät. Bald werden die Gewichtigen der Stadt eintreffen, je später, desto wichtiger. Tandon wird einer der Letzten sein. Er wird nicht lange bleiben. Dieser Empfang, von einer Agentur organisiert, dient einzig und allein dem Auftraggeber. Der Amerikaner ist ein Joint-Venture mit dem größten

Produzenten für Halbleiter eingegangen. Er hat einen Preis gestiftet für den besten Videoclip zu Bangalore als Wirtschaftsmagnet und IT-Dorado, der heute Abend verliehen werden soll. Dafür will er mitspielen im Kreis der Mächtigen und Schönen. Wie alle will er seine Wichtigkeit abgebildet sehen in den Berichten der TV-Stationen und der Presse, und – sie seufzt – das ist genau ihre Aufgabe. Immer das Gleiche. Im Grunde könnte sie ihre zehn Zeilen jetzt sofort niederschreiben.

Der Amerikaner ist unwichtig, Tandon steht im Zentrum ihrer Aufmerksamkeit. Nur einmal hat sie ihn interviewt, bei einem seiner spektakulären Auftritte auf der Rennbahn. Sie erinnert sich noch an das unangenehme Gefühl, Teil einer inszenierten Show zu sein. Ihnen von der Presse fiel offenbar die Rolle der Sklaven zu. Sie hätten Fächer aus Pfauenfedern tragen sollen und stumm nicken.

Jetzt schiebt sich vor die innere Wahrnehmung seiner Person immer wieder Tandon der Kriminelle. Sie hat in ihrem Kopf das Bild eines Verbrechers gezeichnet und fragt sich, ob sie richtig liegt mit ihrer Einschätzung. Hat er es nötig, zu solch kriminellen Mittel zu greifen? Ist er wirklich so abgebrüht, um für seine Interessen ein Kind in seine Gewalt zu bringen? Ist er derjenige, der mit sauberen Fingern ein schmutziges Geschäft steuert?

Wenn sie alle Fakten zusammenzählt, steht für sie fest, dass er der Verantwortliche im Zentrum des Verbrechens ist. Bei allem, was für ihn auf dem Spiel steht, muss er es sein. Er hat zu viel zu verlieren, wenn die Aufzeichnungen publik werden. Als Initiator und Finanzier von ISTO will er mit dem prestigeträchtigen Projekt seinen Namen und seine Geschäfte aufwerten –

und seine Gewinne maximieren. ›Ja‹, denkt Anjali bitter, ›Millionär, Manager und Förderer der Wissenschaft – Geld, Macht und Respekt – eine perfekte, unangreifbare Kombination.‹ Seit Monaten wird der Technikpark auf allen Kanälen beworben. Sein als visionär bezeichnetes Konzept, das Standortentwicklung, Forschung und Lehre vereinen soll, wird als unverzichtbarer Fortschritt für die Stadt verkauft. Wenn für Nehru die Staudämme die neuen Tempel Indiens waren, so scheinen die Tempel Indiens im 21. Jahrhundert die Technikparks zu sein. Im Wahlprogramm der herrschenden BNP nimmt das Projekt einen herausragenden Platz ein, ein Zugpferd für die Wahlen im nächsten Jahr. Keine Frage, der Erfolgsdruck für Tandon ist extrem hoch. Und darum ist auch das gewählte Mittel der Erpressung so extrem – das Leben eines Kindes.

Sie nähert sich den Stufen des Hotels. Im Gedränge unter den Medienleuten entdeckt sie den Fotografen des *Messenger.* Und hinter ihm Raju. Erleichtert atmet sie auf. Er wird da sein, wird nach der Veranstaltung auf sie warten. Sie hat ihn angerufen und um Unterstützung gebeten. Noch weiß er nichts von Ishaans Entführung. Sie wird ihn um Hilfe dabei bitten, das Buch zu finden. Was auch immer hier geschieht, wie auch immer Tandon reagieren wird, Raju wird da sein.

Mit einem gezwungenen Lächeln nickt sie ihrem Kollegen mit der Kamera zu. Der hebt anerkennend den Daumen. Anjali schaut an sich herunter. ›Nett gemeint‹, denkt sie. Das Kompliment für ihre Erscheinung im Zentrum von *Tinsel-Town* gilt einem Sperling unter Pfauen. In ihrem besten *salvar kameez* aus grüngoldener Seide spielt sie in der untersten Liga. Immerhin hat sie, als Zugeständnis an die Rolle der modernen jungen

Frau, in der sie hier auftritt, ihr Haar gelöst, das jetzt in Wellen über ihren Rücken fällt.

Nach ein paar tiefen Atemzügen hat sie ihre Nervosität niedergezwungen, ihre Gedanken ausgeschaltet und überlässt sich einem Strom aus Gewohnheit und Vertrautem. Alles wie immer, sagt sie sich wieder und wieder. Sie wird den Amerikaner in aller Kürze abfertigen, die Preisträger notieren und sich dann auf Tandon konzentrieren. Und so gelingt es ihr, die Schultern gerade zu halten und mit erhobenem Kopf zu lächeln. Sie presst die kleine Tasche, in der das Nokia lauert, an sich und händigt ihre Einladung aus.

* * *

Gosh geht auf und ab. Auf und ab. Im Licht der Petroleumlampe bewegt sich sein Schatten über die Wände. Mit auf dem Rücken verschränkten Händen geht er von der Tür zum Fenster und vom Fenster zur Tür. Die Augen des Jungen folgen ihm. Der sitzt dort auf der Matte, klammert sich an seine Knie. Sagt keinen Ton. Sieht ängstlich aus. Warum? Er hat ihm doch nichts getan. Er meint es gut mit ihm, hat *samosas* auf dem Teller neben ihn gestellt. Die stehen noch immer da. Nicht mal angerührt hat er sie. Und sagt keinen Ton. Er spürt den Blick zwischen den Schulterblättern. Dort, wo Manoj den Schlag gelandet hat.

Er drückt die Arme in die Seite und schlingt seine Hände fester ineinander. Vorhin, als der Anruf kam, war er zuerst erleichtert. Er war sicher, jetzt geht's los. Und dann nur Angeschnauze. Brocken hat Billou ihm hingeworfen. »Warte. Alles verzögert sich. Rühr dich nicht. Bleib, wo du bist.« Ist er ein Hund, dass der so mit ihm spricht? Verdammt, sein Zug fährt in ein paar Stunden ab. Das war so abgemacht. Doch dieser *goonda* hat ihn gar nicht ausreden lassen. Hat einfach abgehängt.

»Schlaf jetzt«, herrscht er den Jungen an.

* * *

Auf dem Marmorboden der Halle hört Anjali ihre *chappalis* klacken und sieht zwischen ihren Zehen die Steine blitzen. War es wirklich erst Mittwoch, als sie die Schuhe im *bazaar* gekauft hat? Sie erinnert sich an ihre Freude an diesem Tag. Damals, als die Welt noch in Ordnung war. Als Ishaan noch bei ihr war. Abrupt bleibt sie stehen. Genau diese Gedanken hat sie sich verboten. Nein, sie darf jetzt nicht an Ishaan denken. Kurz schließt sie die Augen und konzentriert sich. Dann schaut sie auf und tritt in den großen Saal. Von der Decke flirrt Licht, reflektiert von tausenden Kristallprismen und lässt den Raum und die Menschen im Rhythmus der Musik aus den Lautsprechern schwingen. Blütengirlanden, die die Wände bedecken, verströmen süßen Duft. Anjali sieht viele bekannte Gesichter in der Menge. Alles wie immer. Gläser werden erhoben, Arme ausgebreitet, Hände zum Gruß gefaltet, Schultern geklopft, Stimmen und Gelächter steigen und fallen und alle lächeln, lächeln. Und dort, an einem der Tische, die um den freien Platz vor der Bühne gruppiert sind, entdeckt sie ihre Kollegin vom *Mirror,* die mit einem Filmproduzenten spricht. Sie winkt ihr zu. ›Ach ja, der steht auch noch auf meiner Liste‹, denkt sie unwillig.

Als sie den Polizeichef erkennt, stutzt sie. Shinde hier? In seiner khakifarbenen Paradeuniform, die ihm auf den Leib gebügelt scheint, mit einem Glas in der Hand, redet er auf einen kleinen Mann ein. Sie runzelt die Stirn. Kaum war Shaktis Tod bekannt geworden, hat es in der Stadt Protestaktionen gegeben. Mitglieder von *Action Green* und hunderte junger Leute haben sich unverzüglich über Twitter und Facebook organisiert und am High Court versammelt. Shakti hat für sie die Hoffnung personifiziert, gegen die verrottete Riege aus Politik und Geld aufstehen zu können. ›Ach Shakti‹, denkt Anjali, und spürt ihre Kehle eng werden. Sie nehmen die Erklärung seines Unfalls nicht hin. Sie schreien Mord und fordern die Einsetzung einer Untersuchungskommission. Die Verantwortlichen der Stadt haben mit dieser plötzlichen und intensiven Welle des Protests nicht gerechnet. ›Wie immer‹, denkt Anjali. Ihre arroganten Kommentare haben die Wut auf der Straße noch angefeuert. Nun stehen draußen Polizisten mit *lathis* den Demonstranten gegenüber. Und hier feiert der Polizeipräsident.

Anjali nimmt ein Glas vom Tablett, das ihr einer der Turban-Inder entgegenhält, hebt es und grüßt damit hinüber zu drei älteren Frauen, deren stattliche Figuren in voluminöse, goldglänzende Saris gehüllt sind. Dieses Trio kennt Anjali von vielen Veranstaltungen. Es sind Gattinnen reicher Geschäftsmänner. Mit ihrer Wohltätigkeitsarbeit schmücken und veredeln sie die Geschäfte ihrer Männer – wie viele der anwesenden Ladies. Anjalis Aufgabe ist es, alles in einem glänzenden Rahmen öffentlich zu präsentieren. Wieder einmal wird ihr bewusst, dass sie hier, inmitten des Glitzerns und Strahlens, den Platz einer bedürftigen Verwandten einnimmt. So wie ein armes Mitglied, das in eine Großfamilie aufgenommen wird und mit seiner Existenz Zeugnis ablegen muss von der Großzügigkeit und Loyalität der Familie, so muss sie hier Zeugnis ablegen vom Glanz und der Großartigkeit der privilegierten Schicht. Muss zum Dank für die wohlwollende Aufnahme verlässlich und vertrauenswürdig gefällige Informationen nach draußen vermitteln.

Freundlich zurückhaltend erwidern die drei ihren Gruß, neigen die Köpfe nur andeutungsweise. Anjali ist froh, dass keine etwas von ihr will. Sie weiß nicht, woher sie heute die Kraft nehmen sollte, interessiert nickend der Selbstbespiegelung der Damen zu lauschen.

Sie berührt mit den Lippen den Rand ihres Glases und sucht mit den Augen die Menge ab. Um zu Tandon vorzudringen, braucht sie jemanden, der die Mauer seiner Exklusivität überwinden kann. In einer Gruppe Männer entdeckt sie einen jungen Schauspieler, Newcomer im Filmgeschäft, der ihr einen Artikel über sein Debut verdankt. ›Nein‹, entscheidet sie, ›der kommt nicht infrage, noch ist er lediglich ein einflussloser, abhängiger Aufsteiger mit gegelten Haaren und blitzenden Zähnen.‹

Sie nickt ihm zu und spürt die taxierenden Blicke der anderen Männer. Groll steigt in ihr auf. Sie denkt daran, zu welchen Tricks sie gezwungen ist, um unter diesen ständig aufgereizten Jägern unbelästigt ihren Job zu erledigen. Ihr *thali,* das sie als Ehefrau ausweist, und das Rot des *sindoor* in ihrem Scheitelansatz, das nur verheiratete Frauen tragen, soll die Männer auf Abstand halten. ›Schön wär's‹, denkt sie. Ihr Groll über die Männer ruft Rams Bild in ihr auf. Gleichzeitig spürt sie einen scharfen Schmerz. Er ist Ishaans Vater – und wo ist er? Sie muss den Kampf um ihr Kind ganz allein führen. Sie schüttelt den Kopf, um den Gedanken zu vertreiben.

»*Magale*«, Anjali spürt eine Hand im Rücken und dreht sich um. Shobbha Hanaadi, klein und zierlich, im weißen Sari, steht vor ihr, begrüßt sie mit herzlichem Lächeln. Shobbha ist eine Filmlegende. Anjali hat die Playback-Sängerin vor Kurzem mit einem ausführlichen Artikel zu ihrem sechzigsten Geburtstag geehrt. Jetzt fühlt sie eine Welle der Erleichterung. Shobbha ist die Richtige, um ihr den Weg zu Tandon zu ebnen.

»*Meet the host.*« Shobbha nimmt sie an der Hand. Sie zeigt auf den Mann an der Bar, der von einer Menge belagert wird. Er überragt die meisten um mehr als einen halben Kopf, seine blassen Wangen haben rote Flecken und das blonde Haar klebt ihm in Strähnen auf der Stirn. Shobbha blinzelt Anjali zu.

»*Pardesi,* Ausländer!« Sie rollt die Augen zur Decke. »Stellen Sie ihm schnell Ihre Fragen, dann haben Sie das größte Stück Arbeit erledigt und ich kann Ihnen etwas über mein neues Projekt erzählen.«

»Danke Shobbha*ji*«, Anjali drückt ihre Hand. »Ich habe auch noch eine Bitte.«

Als sie die Bar erreichen, begrüßt sie der Amerikaner atemlos.

»*What a party!*« Er deutet mit dem Glas in den Raum, dessen Licht nun abgedimmt ist, erfüllt von wummernden Rhythmen. Im Lichtkegel auf der Bühne wirbelt eine Frau, lange Beine, langes Haar, mehr Schmuck als Stoff am Körper. Tänzer in schwarzem Leder umringen sie, lassen die Hüften kreisen. Pfiffe, Klatschen und Rufe aus dem Pulk der Männer vor der Bühne heizen die Szene an. Anjali lacht.

»*That's India!* Sie wissen doch, *over the top* ist unser Normalzustand.« Sie wiegt auf übertrieben indische Art den Kopf und öffnet ihre Tasche. »Schenken Sie mir ein paar Minuten.« Als sie ihr Aufnahmegerät herausholt, streift sie das Nokia und hält für einen Moment den Atem an.

Als sie mit einem Blick über ihre Schulter sieht, dass Tandon den Saal betritt, lässt sie das Gerät zurück in die Tasche fallen. Ohne hinzuschauen nimmt sie ein Glas aus der Hand des Amerikaners entgegen, und während sie fasziniert von der Szene, die sich ihr bietet, kleine Schlucke trinkt, beobachtet sie den Auftritt von Tandon.

Massig in einem pfauenblau leuchtenden Anzug – selbst auf die Entfernung kann Anjali erkennen, dass er aus reiner Seide ist – durchquert er den Raum. Das Hemd, von blendendem Weiß, lässt seine kräftigen dunklen Wangen glänzen. Ein kurz getrimmter, eisengrauer Bart umrahmt volle Lippen und das von Silbersträhnen durchzogene Haar wölbt sich in einer Welle über der hohen nussbraunen Stirn, über wachen dunklen Augen. Drei Männer, deren Muskeln ihre T-Shirts zu sprengen drohen, folgen ihm dicht auf. Und trotz seines exzentrischen Auftretens ist Anjali wie schon oft widerwillig beeindruckt von der Souveränität, die er ausstrahlt, und davon, wie jede seiner Bewegungen Machtbewusstsein ausdrückt. Heute signalisiert ihr seine unbekümmerte Exzentrik jedoch vor allen Dingen eines: Gefahr. Denn mit dieser Haltung demonstriert er, dass er auf nichts und niemanden Rücksicht nehmen muss.

Mit geschmeidigen Schritten, die Arme locker an der Seite, und mit einer in jedem Schritt erkennbaren Zielstrebigkeit durchschreitet er eine Gasse aus ihm zugewandten lächelnden

Gesichtern, an deren Ende er auf den Polizeichef trifft. Die beiden Männer begrüßen sich mit einer kurzen Umarmung. Tandon neigt sich zu Shinde, legt ihm den Arm mit dem schweren goldenen Armband auf die Schulter und deutet mit einer Bemerkung auf die Bühne. Beide lachen. Als Tandon den Kopf zurückwirft, blitzt ein Brillant in seinem Ohrläppchen auf.

Jetzt nähert sich ihnen der Parteisekretär, der in Vertretung Govindas hier ist. Im korrekten dunklen Anzug, das geölte Haar zusammengeklebt, der Schnurrbart ein schwarzer Balken über seinen Lippen. Beide Männer wenden sich ihm zu, und fließend formieren sie sich zu einem geschlossenen Kreis an der Bar.

Verborgen im Kreis der laut palavernden Gruppe um den Amerikaner beobachtet Anjali im Spiegel über der Bar die Unterhaltung der Männer mit Tandon. Sie fixiert Tandon, lässt den Blick nicht von ihm, als ob sie in seinen Gesten und seiner Mimik etwas über das Schicksal Ishaans lesen könnte. Tandon hat seine Hand auf die Schulter des Parteisekretärs gelegt, er lächelt nicht mehr. Anjali sieht seine Hand zupacken, meint, den eisernen Griff zu spüren, unter dem der Mann fast unmerklich in die Knie zu gehen scheint. Sie macht ein paar Schritte hinüber zum Barmann, sodass sie mit dem Rücken näher an der Gruppe um Tandon steht, und versucht, ihre Stimmen zu erfassen. Doch der Sound, der unerbittlich, trommelgetrieben den Raum füllt, hämmert auf ihre Ohren. Im grölenden Lachen der Männer neben ihr gehen die Stimmen unter. Doch plötzlich, als ob dem DJ der Faden gerissen wäre, bricht die Musik ab. In die kurze Stille hört sie Tandon sagen »... absolut klar sein. Nicht mein Problem. Ein Kontakt existiert nicht. Ihr Boss löst das Problem, oder ...«

Ein Trompetenstoß, gefolgt von einer Männerstimme, die einen Urwaldschrei in den Saal jagt, schneidet Tandons Worte ab. Die Musik setzt wieder ein. Anjali hält sich am Rand der Bar fest mit Blick auf die Hände des Barmanns, der mit geschickten Bewegungen bunte Drinks auf einem Tablett arrangiert. »Das Problem lösen ... Das Problem lösen ...«, die drei Worte haben alle anderen Gedanken aus ihrem Kopf verdrängt. Mein Gott, wenn Ishaan das »Problem« ist, was bedeutet dann »lösen«?

»Kommen Sie mit«, der Amerikaner steht plötzlich neben ihr und weist zur weit offenen Terrassentür, »dort ist die Verständigung besser. Meinen Sie nicht?« Anjali nickt automatisch und folgt ihm hinaus.

Auf der Terrasse, im schwimmenden Licht des türkis leuchtenden Pools, ist es ruhig. Einen Augenblick wendet Anjali ihr Gesicht der warmen Brise zu, die aus der Dunkelheit herüberweht. Der Duft der Frangipaniblüten und das Rascheln der Palmblätter mit ihrer Sanftheit beruhigen und trösten sie. Dann, während in ihrem Kopf die Gedanken um Tandon und seine Bemerkung kreisen, stellt sie routiniert ihre Fragen. Sie hört kaum, was der Amerikaner zu sagen hat. Ihr Lächeln und ihr Dank am Ende des Interviews erfolgen auch ganz routinemäßig. Doch vielleicht hätte sie sich das Lächeln sparen sollen, denn nun fühlen sich die Männer aufgefordert, ihre vom Alkohol angefeuerte Männlichkeit auszuspielen.

»Charming company, beautiful evening, Miss, just one glass – let's celebrate!« Trotz ihres Neins lassen die Typen nicht ab. Als ein kleiner Dicker versucht, ihr den Arm um die Taille zu legen, wendet sie sich entschieden zurück zum Saal. Doch das angetrunkene Lachen, die vernuschelten Stimmen sind dicht

hinter ihr und sie meint, den Atem der Männer in ihrem Nacken zu spüren. Unter der Tür dreht sie sich gereizt um, breitet die Arme aus: »*Gentlemen, please ...*« Als sie sich hastig abwendet, prallt sie unversehens gegen einen Körper, wird am Arm gepackt und sieht sich einem der Muskelguards von Tandon gegenüber. Hinter ihm erscheint Tandon mit hochgezogenen Augenbrauen. Anjali schnappt nach Luft. Bevor sie etwas sagen kann, löst sich Shobbha von Tandons Seite und geht auf Anjali zu. Tandon, der stehengeblieben ist, eine unangezündete Zigarette zwischen den Fingern der linken Hand, mustert Anjali.

Shobbha, streckt die Hand aus. »*Ji, may I introduce you ...*« Sofort lässt der Guard Anjali los. Sie macht einen Schritt auf Tandon zu, öffnet die Hände in einer überraschten Geste, lächelt.

»Anjali Mathur vom *Messenger.*« Sie wirft den Kopf zurück und streicht die Haare in den Nacken. »Sehr erfreut, Sie zu treffen«, sagt sie und legt ein Strahlen in ihre Stimme. ›Und ja‹, denkt sie grimmig, es stimmt, sie freut sich, ihn zu treffen. Ihn zu sehen, facht ihre Wut an, steigert ihre Entschlossenheit. Sie schaut Tandon direkt in die Augen. Ihre Blicke treffen sich über der Flamme des Feuerzeugs, das der Guard Tandon hinhält. Während er den Rauch inhaliert, mustert er Anjali unter halb geschlossenen Augenlidern.

Sie neigt den Kopf vor und schürzt die Lippen. »Gestatten Sie mir ein paar Fragen?« Tandon nickt, zieht an seiner Zigarette, ein Lächeln in seinen Mundwinkeln. Anjali triumphiert. Sie wird ihn dahin bekommen, wo sie will. Sie wird ihn verpflichten. Und sie fährt fort: »Mit großem Interesse haben wir die Entwicklung des ISTO-Projekts verfolgt. Heute Abend, da sich die Kontroverse zuspitzt«, sie macht eine Bewegung mit der Hand über die Gartenanlage hinweg hinaus in die Stadt, »würde ich gern von Ihnen wissen, welche Absicht ...«

Das Schrillen eines Telefons stoppt sie. Das Nokia! Ishaans Entführer. Unfähig, noch ein Wort hervorzubringen, unfähig zu denken, hält sie inne, schaut auf ihre Tasche. Als sie schließlich aufblickt, begegnet sie dem irritierten Blick Tandons und eine Welle der Panik erfasst sie. Sie schließt die Augen, dann reißt sie ihre Tasche auf.

Erst als sie das Nokia in der Hand hält, sieht sie aus den Augenwinkeln, wie Tandon, gefolgt von seinen drei Gorillas, weitergeht zur anderen Seite des Pools und die Zigarette in einem Bogen aus roten Funken über die Brüstung der Terrasse hinaus ins Dunkel der Nacht schnippt. Ihr gegenüber steht Shobbha. Die Handflächen in einer ratlosen Geste nach oben gewendet, schaut sie sie entgeistert an. Anjali dreht sich abrupt weg, schirmt ihr Gesicht mit der Tasche ab, während sie spricht.

»Hallo?« Und da ist sie, die Stimme.

»Don't even think about it ...«

Aufgelegt.

In diesem Augenblick, das verstummte Handy am Ohr, spürt Anjali die Wut, die sie zurückgehalten hat, wie eine Druckwelle. Sie schaut vom Telefon in ihrer Hand zu Tandon, der sich auf der anderen Seite des Pools lässig auf die Brüstung der Terrasse lehnt. Wie getrieben, die Faust um das Nokia geballt, geht sie mit großen Schritten auf den pfauenblauen Rücken zu.

»Mister Tandon!« Ihre Stimme überschlägt sich. »Erklären Sie diesen Anruf aus ihrer Zentrale.« Sie wedelt mit dem Nokia in der ausgestreckten Hand, ringt nach Luft. Tandon ist herumgefahren. Anjalis Stimme steigert sich zu einem Schrei. »Ein Anruf aus Ihrer Zentrale der Verbrecher, Ganoven, Entführer und Erpresser.« Mit jedem Wort steigt ihre Stimme eine Stufe höher. »Und was sind Sie, Tandon? Ein Monster? Es ist ein Kind, ein Kind ...«

Ehe sie weitersprechen kann, wird sie herumgerissen. Die Guards packen sie links und rechts an den Schultern, drehen ihr die Arme auf den Rücken. Ihre Tasche fällt zu Boden. Sie bäumt sich auf, will sich herauswinden aus der Umklammerung. Fäuste drücken ihre Schultern nach vorn und reißen ihre Arme über den Rücken hinauf. Der Schmerz presst ihr den Atem mit einem Stöhnen aus dem Mund. Ihr Kopf schleudert nach vorn, die Haare fallen ihr übers Gesicht. Sie ist unfähig, sich zu rühren. Grob zerren die Guards sie vorwärts, drücken ihr die Hände auf Schulter und Nacken. Mit gebeugtem Rücken und gesenktem Kopf schleppen sie Anjali durch die Tür, durch den Saal, durch die Lobby, hinaus auf die Auffahrt. Anjali, deren Blick zum Fußboden niedergezwungen wird, stolpert zwischen ihnen her. Durch ihren eigenen keuchenden Atem hindurch nimmt sie nur undeutlich die Stimmen um sich herum wahr. Endlich draußen lassen die Männer sie los.

»Go!«, sie werfen ihr ihre Tasche vor die Füße und drücken ihr das Nokia in die Hand.

»Go!«

Sie bleibt benommen stehen, hält ihre schmerzenden Arme fest.

»Hey, Sie da!«, der uniformierte Türsteher fuchtelt mit der Hand in der Luft: *»Lady! Go! Go!«* Langsam bückt sie sich und hebt ihre Tasche auf, dann geht sie mechanisch, unsicher einen Fuß vor den anderen setzend, die Auffahrt unter den Palmen hinunter.

Am Tor kommt ihr eine Person entgegen, groß und dünn, und erst als er ganz dicht vor ihr steht, erkennt sie Raju. Sie streckt die Hand nach ihm aus, lässt sie dann wieder fallen.

»Anjali, was ist passiert in drei Teufels Namen?« Raju beugt sich zu ihr hinunter. Sie schaut ihn an und blinzelt angestrengt, um die Tränen, die ihr in die Augen steigen, zurückzuhalten, bedeckt ihre Wangen mit den Händen. Sie holt Atem, als ob sie etwas sagen wollte, doch dann stößt sie einen gequälten Laut, wie ein Röcheln, aus.

»Ach, Raju«, sie presst die Lippen aufeinander und lässt den Kopf hängen. »Mein Gott, vielleicht habe ich gerade einen katastrophalen Fehler gemacht.« Sie spricht leise, wie zu sich selbst. »Raju, es ist alles noch viel schlimmer, als es aussieht.« Sie drückt die Finger auf ihre Augen. »Ich habe das Gefühl, ich könnte jeden Augenblick auf eine Mine treten und eine tödliche Explosion auslösen – und vielleicht habe ich das auch gerade getan.«

Raju, der sie verständnislos ansieht, runzelt die Stirn. »Wovon redest du?«

Und dann erzählt sie ihm, immer wieder stockend, um Worte ringend, von Ishaan, den Anrufen, der Erpressung, dem Zusammenstoß mit Tandon.

»Alles, was ich tue, bringt Ishaan in Gefahr. Ich weiß nicht mehr aus noch ein.« Sie nimmt die Hände von den Augen und schaut Raju verzweifelt an. »Meine einzige Chance ist das Buch, und ich habe keine Ahnung, wo es sein könnte.« Sie schüttelt den Kopf »Ich weiß nicht, was ich machen soll, Raju. Ich weiß es nicht.«

Raju zögert keine Sekunde.

»*Come!*«, er nimmt ihren Arm und zieht sie hinüber zu den wartenden Taxis.

»Lass uns in die Redaktion fahren! Hast du den Zettel? Wir werden ganz systematisch vorgehen. Wir überprüfen alle Unterlagen. Wir forsten alles durch.« Er öffnet die rückwärtige Tür des Ambassadors und lässt Anjali einsteigen. »Kopf hoch. Es muss einen Anhaltspunkt geben. Es muss.«

* * *

Es ist weit nach Mitternacht, als Anjali zu Hause eintrifft. Das Durchfilzen aller Unterlagen zu Shakti und *Action Green* hat sie erschöpft und deprimiert. Nichts ist dabei herausgekommen. Nichts. Das Gewicht der Vergeblichkeit, die Niederlage und die Demütigung durch Tandon, die Angst um Ishaan drücken sie zu Boden. Sie könnte hier, wo das Taxi sie abgesetzt hat, zu Boden sinken. Morgen, morgen. Wenn sie wieder Kraft hat, tröstet sie sich selbst, dann wird sie weitersuchen. Mit Raju hat sie verabredet, dass sie noch einmal Shaktis Mutter aufsuchen würden, um sie zu befragen. Auch Abdul, Salim und andere wollen sie aufsuchen. Morgen.

Langsam geht sie auf das Haus zu, das im Dunkel liegt. Das Tor zum Garten öffnet sie leise. Sie will niemanden wecken. Vor allen Dingen will sie eine Begegnung mit Amma vermeiden. Wie soll sie ihr denn in die Augen sehen und den Schrecken des vergangenen Tages verbergen? Mit einem Blick zu Jais dunklem Fenster im oberen Stockwerk fragt sie sich besorgt, ob er Amma beruhigen konnte.

Auf bloßen Füßen läuft sie lautlos zur Treppe. Sie fährt herum, als sie plötzlich aus dem Dunkel Ammas Stimme hinter sich hört.

»So also sieht für dich das Familienleben aus. So stellst du dich den Aufgaben einer Mutter. Und so ist dein Einfluss auf Jai, der sich nächtelang herumtreibt.« Amma zieht scharf die Luft ein. »Kein Wunder, dass Ram ...« Anjali erkennt ihre Mutter auf den Polstern. Ammas Überfall bringt sie völlig aus der Fassung.

»Was willst du?«, herrscht sie Amma an. »Willst du mitten in der Nacht Streit anfangen? Hier gibt es nichts, was es Wert wäre, außer du machst es dazu.« Sie ist laut geworden und dämpft jetzt ihre Stimme. »Ich komme von meiner Arbeit, Ishaan besucht einen Freund und Jai engagiert sich für eine wichtige Sache. Also. Was ist?« Anjali hört, wie Amma nach Luft schnappt. Sie erhebt sich von den Polstern. Als sie spricht, klingt ihre Stimme schwach. »Was habe ich falsch gemacht, dass meine eigene Tochter so zu mir spricht, mir den Respekt verweigert?«, jammert sie. »Was habe ich getan?« Dann geht sie geradewegs zum *puja*-Zimmer, lässt Anjali stehen und schließt die Tür hinter sich.

Anjali verharrt noch einen Augenblick wie betäubt. Dann geht sie langsam Stufe um Stufe hinauf ins obere Stockwerk. In der offenen Tür ihres Zimmers hält sie inne und lauscht. Und da ist nichts. Nur schwarze Stille. Sie legt die Hand über ihren Mund.

Vor Ishaans Matratze kniet sie sich hin und berührt die festgesteckte Decke. Ihre Hände wandern hinauf zum Kopfkissen, wie in der Hoffnung, unter dem Stoff die sanfte Biegung des kleinen Körpers zu ertasten. Und jetzt fällt ihr wieder ein, dass sie heute den Mynah abholen wollten. Sie und Ishaan. Gemeinsam. Nicht eine Sekunde hatte sie mehr daran gedacht – und nun ... Sie stützt die Arme auf die Matte und lässt den Kopf hängen. Als ihre Augen sich an die Dunkelheit gewöhnt haben, erkennt sie auf dem Kopfkissen die Umrisse eines Stofftiers. Singham, der kleine Löwe. Ihre Hand berührt das Fell des abgewetzten Spielzeugs. Sie drückt ihr Gesicht in den nachgiebigen Körper des Stofftiers. Sie atmet den Geruch aus dem Fell ein und nimmt einen Hauch von Ishaan wahr: warmes Kokosöl, Kreidestaub und das Grün der Limetten.

* * *

Gosh schwitzt. Von der Stirn rinnt Schweiß über sein Gesicht. Jetzt sitzt er fest. Gefangen. Mit gespreiztem Daumen und Zeigefinger streift er die Nässe von den Wangen. Er hätte abhauen sollen. Sofort nach dem Anruf.

Sein Blick geht durch den Raum und er sieht aus dem Augenwinkel den Jungen stocksteif auf seiner Matte sitzen. Die Matte und ein Karton in der Ecke, auf dem die Petroleumlampe steht, mehr gibt es nicht im Raum. Fußboden und Wände sind aus nacktem Beton.

Seine Idee, das Versteck in diesem Haus. Manoj hat ihm auf die Schulter geklopft und gegrinst. Zusammengezuckt ist er. Er fasst sich mit der Hand auf seine Schulter. Ja, seine Idee war gut. Niemand kommt je hierher, obwohl die Straße nur ein paar hundert Meter entfernt ist. Vor wie vielen Jahren wurde der Bau gestoppt? Zehn, zwölf? Der Deal um die Genehmigung war wohl geplatzt. Zu wenig Schmiermittel. Alles vollkommen überwuchert jetzt. Als er noch im Schnapsbusiness war, kannte sein Auftraggeber den Platz. Hier hat er den Fusel versteckt. Mit einem Stück Pappe fächelt er sich Luft zu. Ein Witz, dass jetzt ISTO genau hier, direkt am *Valley*, sich ein tausendmal größeres Gebiet unter den Nagel gerissen hat – einfach so.

War leicht, hierher zu kommen. Hinterm Dorf, am kaputten Zaun, hat er den Jungen abgeholt. Ohne Murren ist der die Strecke bis zum Haus gelaufen, quer durch den Wald. Er hat ihm eine Gandhi-Geschichte erzählt. Gandhi unterwegs im Dschungel. Clever ausgedacht. Ganz easy alles.

Und jetzt sitzt er hier fest. Wenn irgendwas schief geht, ist er dran. Zuallererst. Am liebsten würde er die Tür aufreißen und so schnell wie möglich abhauen. Sein Scooter steht an der Straße. Und dann? Wohin? Sie würden ihn finden. Dreitausend Kilometer weiter im Norden – *no problem*. Er greift in die Brusttasche seines Hemds und holt eine ovale, metallene Dose hervor. Seine Finger zittern, als er den Deckel öffnet. Er nimmt das *paan* heraus und schiebt es sich langsam in den Mund.

Sie finden dich.

* * *

Singham ist fast so alt wie Ishaan selbst. Er hat ihn überallhin geschleppt und abends im Bett Geheimnisse in seine zerfaserten Ohren geflüstert. Auf der linken Seite des Löwengesichts fehlen die Barthaare. Da hat Ishaan, zwei Jahre alt, die Schere erwischt und Singham verschönert. Anjali streicht über die Bartstoppeln. Ishaan. Wie klein er damals war. ›Ach, und wie klein und verletzlich er immer noch ist‹, denkt sie und die Angst presst ihr Herz zusammen.

Sogar zur Einschulung musste der Löwe dabei sein – im Rucksack versteckt. Erst nach der Feier, als sie mit Ishaan an der Hand im *Valley* den Hügel hinaufstieg, zu der Bank unter dem Baum, durfte er auftauchen. Ishaan hatte ihn hoch gehoben. »Siehst du, das ist unser Neembaum. Und hier ...«, mit der Pfote des Löwen hatte er auf sein T-Shirt mit dem Emblem der Schule, dem Hügel, dem Baum und der Bank getippt, »... hier ist er auch. Siehst du?«

Anjali richtet sich auf: der Neembaum! Und dann sieht sie überdeutlich die Worte vor sich. Aber ja, Shaktis Nachricht!

Schnell zündet sie eine Kerze an und kippt den Inhalt ihrer Tasche auf den Boden. Da ist es, das Stück Papier. Sie fischt es heraus und streicht es auf den Fliesen glatt. Dann liest sie.

Erinnere dich! Vor langer Zeit schon, unter dem Neembaum, hat K die Freundschaft mit Bäumen gelehrt. Dort findest du ihn noch immer, zusammen mit Pupul, die sein Leben aufgezeichnet hat. Zwischen ihnen das Fremde.

»*Hai bhaghwan!*«, stößt Anjali aus. Im *Valley*. Das Buch ist im *Valley*. Natürlich. Sie drückt die Handflächen auf die Wangen und presst die Finger auf die Lider. Wie blind sie gewesen ist! Längst könnte Ishaan wieder bei ihr sein.

Ein Geräusch hinter ihr lässt sie herumfahren und sie sieht, wie sich im flackernden Licht der Kerze die Tür einen Spalt breit öffnet.

»Anjali?« Jais Stimme. Sie atmet hörbar aus.

»*Come in!*«

Jai tritt ins Zimmer, die Haare zerzaust, am Arm den Motorradhelm.

»Wo bist du gewesen?«

Er legt den Helm aufs Bett. »Ich war am High Court. Sie halten eine Mahnwache dort, die Demonstranten. Hab mit *Action Green*-Leuten gesprochen.« Er breitet die Arme aus, lässt sie dann resigniert fallen. »Ich war mir so sicher, irgendeine Spur, irgendeinen Hinweis, zu entdecken, der zum Buch führen könnte. Viel hab ich nicht erfahren. Vielleicht hilft es uns weiter. Vielleicht auch nicht.« Er beißt sich auf die Unterlippe. »Klar«, er hebt abwehrend die Handflächen, »kein Wort über Ishaan.« Während er sich das grüngemusterte Tuch vom Hals wickelt, setzt er sich mit verschränkten Beinen auf den Boden neben Anjali.

»Amma schläft. Sie war okay, als ich gegangen bin. Sie hat sich beruhigt. *Don't worry.*«

»Nichts da, von wegen beruhigt«, erwidert Anjali »sie hat mir aufgelauert. Und mir Vorwürfe gemacht, wirklich heftig. Es scheint, als ob alles, was schon lange in ihr rumort, was ihr nicht passt an mir und meinem Leben, plötzlich an die Oberfläche kommt.«

Jai zieht sein Kapuzenshirt über den Kopf, seine Stimme klingt dumpf. »Ach, du kennst sie doch. Sie macht sich wirklich Sorgen um Ishaan.« Er zerrt an seinen Ärmeln. »Sie spürt doch, dass da etwas ist. Sie wird keine Ruhe geben. Sie ist gewöhnt, dass sie das Ruder in der Hand behält – eine Mutter eben.« Als er aus dem Shirt auftaucht, schickt er Anjali ein schiefes Lächeln hinüber, »*Mother India – for ever.*«

Anjali nickt. Jai hat recht, Amma ist die Inkarnation der indischen Mutter. Zuhause tyrannisiert sie alle mit erdrückender Fürsorge und fordernder Liebe, mit ehernen Verboten und Geboten. Draußen, das Geschäftliche, Politik, alles außerhalb ihrer vier Wände überlässt sie Ehemann, Vater oder Sohn. In der Familie muss sie immer alles im Griff haben und natürlich hat sie immer das letzte Wort. Anjali selbst konnte sich Amma gegenüber nie durchsetzen, nie nein sagen. Und nicht nur bei ihr ist das so. Es ist offensichtlich eine indische Schwäche, konstatiert sie. Nachdem Amma der Triumph, einen Sohn zu gebären, verwehrt war, richtet sie all ihren Stolz auf Ishaan – samt ihrer wirklich tiefen Zuneigung. Am liebsten hätte sie Trommeln schlagen und Muschelhörner blasen lassen, wie bei der Ankunft eines Königs, um seine Geburt zu verkünden.

Anjali nimmt Jai das Shirt aus der Hand und faltet es gedankenverloren ordentlich zusammen, bis sie plötzlich stutzt, auf ihre Hände schaut und mit Erschrecken feststellt: auch sie selbst – im Muttermodus.

»Und Vorsicht!«, fährt Jai fort. »Morgen will sie bei Ishaans Gasteltern anrufen, hat sie angekündigt! Sie macht das, bestimmt.« Er zerwühlt sich die Haare, sodass sie in Büscheln hochstehen. »Wie sollen wir sie bloß davon abhalten?« Seine Stimme ist lauter und lauter geworden.

Anjali legt den Finger auf die Lippen, deutet zur Tür. »Morgen ist vielleicht schon alles anders. Hier …«, sie reicht Jai den

Zettel. »Lies das!« Ihre Augen leuchten auf. »Das ist sie, die Spur. Endlich!«

Jai greift nach dem Papier, liest die Zeilen. »Was? Was soll das bedeuten?«

Anjali nimmt ihm das Papier aus der Hand. »Das ist Shaktis Nachricht. Das Buch. Ich weiß jetzt, wo es ist.« Jai stutzt, doch Anjali nickt. »Dort hat er es versteckt – im *Valley.*« Sie rückt neben ihn und fährt mit dem Zeigefinger Wort für Wort auf dem Papier nach, entschlüsselt die rätselhaften Worte:

Das »K«, das für Krishnamurti steht, der Neembaum, unter dem er gelehrt hat, heute das Symbol für Institut und Schule im *Valley,* Krishnamurti präsent in seinen Schriften in der Bibliothek des Instituts und dort auch in der Biographie von Pupul Jayakar. Dazwischen das Fremde – das Notizbuch aus der Parteizentrale.

Jai lacht auf. »Hoffentlich hat es sich noch nicht durch das Regal gebrannt, so heiß, wie sein Inhalt ist.« Er wird sofort wieder ernst. »Und nun?«

Anjali richtet sich auf. »Ich fahre ins *Valley.* Sofort.« Sie beginnt, Stück für Stück ihre Sachen vom Boden aufzulesen und in ihre Tasche zu werfen. Stift, Börse, Block, das Nokia ... da hält sie inne.

»Jai, ich hab sie gesehen. Sie warten vorn, gegenüber von Goshs Laden – die Anrufer oder ihre Helfershelfer.« Sie deutet auf das Gerät. »Diese Verbrecher. Seit dem ersten Anruf verfolgen sie mich auf Schritt und Tritt.« Sie legt das Nokia in ihre Tasche, vorsichtig, als könnte eine Erschütterung, ein Schlag die Verbindung unterbrechen, diese hauchdünne, dunkle Verbindung zu ihrem Kind. »Wenn ich ins *Valley* fahre, werden sie mich verfolgen. Die wollen das Buch. Sie werden es mir abnehmen.« Sie stockt. Ein Gedanke blockiert jeden anderen. Verlöre sie das Buch, stünde sie mit leeren Händen da. Machtlos, ausgeliefert. Nichts kann sie dann in die Waagschale werfen. Und dann? Was geschieht dann mit Ishaan? Verlöre sie ihn?

»Und wenn ich für dich fahre?« Jai tritt neben sie.

»Nein. Ich muss das selbst tun. Du musst bei Amma bleiben.« Ihr Blick fällt auf das Stofftier auf Ishaans Bett. Singham. Löwe. Sie sieht ihn vor sich, Suriya, den Superhelden aus dem *Tamil*-Film. Wie ein Löwe hat er gekämpft. Sie meint, noch die Trommeln zu hören, die seine wirbelnden Fäuste begleitet haben. Und sie weiß, sie wird wie eine Löwin kämpfen um Ishaan. Sie wird ihn niemals verlieren. Niemals.

Tiefe Dunkelheit herrscht, als Anjali durch die Küchentür in den kleinen Hof an der Rückseite des Hauses tritt. Dennoch geht sie zielsicher zu einer ganz bestimmten Stelle in der Hecke, die den Hof vom Nachbargrundstück trennt. Sie teilt die Zweige mit der Hand – und da ist es, das Loch im Zaun. Einst entstanden, als der *mali* ungeschickt mit der Heckenschere hantiert hat, und später von Ishaan immer weiter aufgebogen. Damit hat er sich einen kurzen Weg zu Salman, seinem Freund auf der anderen Seite, gebahnt.

Sie zieht den Kopf ein, duckt sich und presst sich mit der Schulter voran durch die Hecke. Sie muss lächeln, das würde Ishaan Spaß machen. Sie hört ihn flüstern: »Wir sind Agenten! Wir schleichen, schleichen ...« Er hätte natürlich seine Laserkanone dabei – mindestens eine. Wie gern sie die auch dabei hätte! Sie kann regelrecht ihren Finger am Abzug spüren. Wie sie alle wegfegen würde, die Verfolger, Tandon, die Telefonstimme ...

Anjali fürchtet, dass jeden Augenblick im Nachbarhaus Licht angezündet werden könnte und Stimmen laut werden. Als sie sich durch den Zaun gequetscht hat, bleibt sie stehen und lauscht. In ihren Ohren rauscht ihr Blut und sie spürt ihr Herz klopfen. Alles bleibt still, nur weiter weg bellt ein Hund. In Zeitlupe tastet sie sich am Haus entlang, wagt kaum zu atmen. Jetzt darf nichts schief gehen. Alles hängt davon ab, dass sie unbemerkt auf die parallel verlaufende Gasse gelangt.

Und plötzlich wird ihr bewusst, wie peinlich es wäre, von den Nachbarn entdeckt zu werden. Was würden die denken, wenn sie sie mitten in der Nacht auf ihrem Grundstück fänden? Während sie sich noch die Situation ausmalt, merkt sie, wie vollkommen egal ihr das ist. Und ihre ewige Besorgnis über das, was schicklich, angemessen, anständig ist, löst sich in einem Gedanken auf: Nichts zählt, nur das, was dem Plan Ishaan zu finden dient.

So einfach ist der Gedanke, dass sie beschwingt die niedrige Mauer an der Vorderseite des Nachbarhauses überklettert. Nur ein leises Rascheln der Cannapflanzen und sie steht in der Gasse. Und dieses eine Mal ist sie dankbar für den Stromausfall. Die Schatten unter den Bäumen zu beiden Seiten des Wegs sind so tief wie das Universum. Ein paar Schritte weiter duckt sie sich unter die Zweige eines Kaminibuschs. Hier wartet sie auf Jai.

Werden sie hinter ihm her sein? Ihre Gedanken gehen wieder und wieder den Plan durch. Wird es ihr gelingen, ungesehen in den Wagen zu schlüpfen? Werden die Verfolger aufgeben, wenn sie Jai alleine auf einer Mission für die Demonstranten glauben?

Dann hört sie, wie hinter den Häusern ein Auto angelassen wird – und abstirbt. Noch einmal. Mit einer Fehlzündung würgt der Motor ab. Anjali presst die Hände vor die Brust.

»Jai, bitte, bitte ...« Da springt der Wagen an. Wenig später fährt er heran, ihr kleiner, klappriger Maruti mit der schiefen Stoßstange und den zu hoch eingestellten Scheinwerfern.

Hinter ihm ist die Gasse leer. Anjali vermutet die Verfolger an der Kreuzung, im Dunkel der Biegung.

Jai hält an, dicht neben dem Busch, sodass seine Zweige das Heck des Wagens berühren. Wie verabredet steigt er mit einem Packen Flugblätter aus, klappt den Sitz nach vorn und lässt die Fahrertür offen. Dann überquert er den Weg und klemmt die Papiere in die Streben des Eisentors gegenüber. Als er zurückkommt, hat sich Anjali bereits einem Schatten gleich auf die Rückbank geschlängelt, die Decken, die Jai vorher demonstrativ aus dem Haus getragen hat, über sich gebreitet.

»*Ready?*«, fragt er ohne nach hinten zu schauen. Diesmal springt der Maruti sofort an. Jai wendet. An der Kreuzung stoppt er, zündet sich eine Zigarette an, hält das Streichholz dicht vor sein Gesicht, bevor er es aus dem Fenster wirft. Sie sollen ihn sehen. Ihn allein unterwegs.

»Es ist ein Minibus. Zwei Typen«, sagt er durch die Zähne. »Sie folgen uns. Großer Abstand.«

Unter den Decken bricht Anjali der Schweiß aus. Sie könnte schreien. Alles hinaus schreien. Ihre Beklemmung. Ihre Angst. Ihre Wut.

»Wir sind da«, sagt Jai wenig später. »Ich fahre jetzt einmal die Straße ab.« Kurz darauf stoppt er.

»Salim!«, hört Anjali ihn rufen. »*One minute!* Ich habe die Decken. Gleich!« Sie spürt, wie der Wagen anfährt, nach einer Weile über einen Bordstein oder Steine holpert und gleich darauf anhält. Jai beugt sich nach hinten, häuft die Decken auf seine Arme.

»Warte. Ich rufe dich an, wenn sie weg sind. Rühr dich nicht bis dahin«, flüstert er ihr zu. »*Good luck!*«

Die Minuten verstreichen. Anjali, reglos auf dem Rücksitz, erscheint die Zeit endlos, bis ihr Handy läutet. Endlich – sie sind weg. Sie wartet noch einige Minuten, bevor sie sich nach vorn windet und auf den Fahrersitz rutscht. Tief im Sitz, hinter dem Lenkrad verborgen, kann Anjali undeutlich erkennen, dass am High Court Menschen in Gruppen auf dem Boden sitzen, andere stehen zusammen, scheinen zu debattieren. An den Gittern vor dem dunkelroten Gebäude sieht sie weiße Banner und davor flackern Lichter, eine Insel von Kerzen. Die Polizei hat das Tor mit gelben Aufstellern abgesichert und sich davor postiert. Anjali kann Jai nicht sehen und weit und breit keinen Minibus ausmachen. Als sie den Maruti anlässt, dankt sie im Stillen den Göttern, dass er augenblicklich anspringt und sie ihn unauffällig aus der Lücke fahren kann.

SAMSTAG

Die Straße aus der Stadt hinaus ist ruhig. Am Himmel steht die schmale Sichel des Mondes, einem zerbrochenen gläsernen Armring, einem *bangal,* gleich. Es ist vier Uhr morgens, ganz Indien schläft noch. Selbst in der Schneise der Metrobaustelle, die sich kilometerlang neben der Straße durch die Stadt zieht, ruhen neben den Pfeilern Riesentiere, die Kräne, Bagger und Bulldozer. Das Licht der Scheinwerfer streift Pariahunde, die zusammengerollt auf Sandhügeln schlafen. Vor den Hütten der Bauarbeiter, faltigen Erhebungen aus Plastikplanen zwischen Schutt und Sandbergen, sind die Feuer erloschen. Wie groß die Stadt nachts ist, denkt Anjali. Der leere Raum dehnt sich vor ihr schier endlos in die Dunkelheit. Hin und wieder donnert ein Truck an ihr vorüber. »*Horn Please!*«, fordern tanzende, bunte Buchstaben, kunstvoll auf seine Rückseite gemalt, auf. Unbeleuchtet, wie er ist, verschluckt ihn die Dunkelheit sofort.

Sie lockert die am Lenkrad verkrampften Finger und bewegt ihren Unterkiefer. Zum x-ten Mal biegt sie den Innenspiegel in die richtige Position und bei jedem Holpern verdreht er sich wieder. Der Außenspiegel existiert nicht mehr. Hatte sie je einen? Immer wieder dreht sie den Kopf, um über die Schulter zu schauen, und spürt schmerzhaft ihren Nacken.

Plötzlich von kaltem Scheinwerferlicht überflutet, zieht sie den Kopf ein. Sind sie das? Sind sie hinter ihr? Ein SUV zieht an ihr vorbei, lässt die Straßenränder in scharfen Schatten hervortreten. Kühe, die am Rand lagern, heben die Köpfe. Anjali atmet auf. Sie kann die breit gefächerten Rücklichter des SUV, ein rotes Glühen, noch lange sehen, bis sie verschwinden.

Bald ist sic sich sicher, dass niemand ihr folgt. Sie ist auf dem Weg und niemand wird sie aufhalten. Ihre Schultern lockern sich. Sie betrachtet ihre Hände, die sich eben zittrig angefühlt hatten und jetzt ruhig und stark das Lenkrad fassen. Mit ausgestreckten Armen hält sie das Lenkrad. Sie kann jetzt klarer denken. Ihr ist, als ob sie Ishaan näher und näher kommt.

Dann fischt sie ihr Handy vom Nebensitz und tippt mit einer Hand eine SMS an Raju, der sicher schon schläft: *Victory! Book @valley ... on the road ... c u 2morrow morning.*

Bald wird sie die Abzweigung erreichen, dort, wo sich eine schmale Straße durch den Sand, über Hügel und Felder zum Dorf, zur Schule und zum Institut der Krishnamurtistiftung schlängelt. Anjali kneift die Augen zusammen. Sie erkennt vieles nur noch undeutlich. In den Augenwinkeln spürt sie die Müdigkeit wie Sandkörner gegen die Lider schaben. Sie blinzelt. Auf keinen Fall darf sie den Weg ins *Valley* verpassen. An anderen Tagen hat Mohanlal sie gefahren. Nur ein unscheinbares gelbes Schild dient als Wegweiser zur Schule. Einmal, zum ersten Elterntag, hatte es sogar Mohanlal übersehen und sie mussten kilometerweit zurückfahren.

Kurz bevor sie die ersten Häuser des Dorfes erreicht, stoppt sie und schaltet die Scheinwerfer aus. Die Hände auf dem Lenkrad bleibt sie reglos sitzen. Sie versucht, an nichts zu denken, doch ihre Gedanken lassen sich nicht abstellen. Ist sie am Ziel? Wie geht es weiter, wenn sie das Buch gefunden hat? Wie kann sie sicher sein, dass sie ihr Ishaan schließlich wirklich übergeben? Und Ishaan, schläft er? Hat er Angst? Geht es ihm gut? Sie umfasst das Lenkrad mit den Armen, lässt den Kopf darauf sinken und schließt die Augen.

* * *

Als er aufwacht, ist die Kerze heruntergebrannt. Die Luft ist stickig. Alles fühlt sich klamm an. Er richtet sich auf, stöhnt und wischt sich mit dem Saum des Hemds übers Gesicht. Dann schaltet er sein Handy ein. Halb fünf. Er muss raus. Pissen.

Gestern Abend, als er den Jungen rausgebracht hat, ihn am Arm gepackt hat, hätte er ihn fast wieder losgelassen. So dünn, so wenig Mumm. Nix hat er in der Hand gehabt. Einmal fest zugepackt und – *krax*. Er beißt sich auf die Zähne, kneift die Augen zusammen, als ob er Kreide über die Tafel quietschen hören würde. Verdammt. Das hätte er nicht gedacht. Er war bestimmt kräftiger in dem Alter. Er hat ja auch auf dem Feld gearbeitet. Die Ochsen geführt.

Jetzt schläft er endlich. Das Weinen hat nicht aufgehört. Das ist ihm auf die Nerven gegangen. »Stopp«, hat er ihm gesagt. Hat ihm immer wieder gesagt, er soll aufhören. Er hat ihn geschüttelt. Dann hat der Junge gewürgt. Und gehustet. Und gehustet. Da ist er panisch geworden und hat ihn angeschrien. Das musste aufhören. Was, wenn dem die Luft wegblieb? *Shit! Shit!* Die hätten ihn wie verabredet abholen sollen!

Er öffnet die Tür. Draußen ist es dunkel. Nur auf den Kronen der Bäume schimmert Mondlicht. Er pisst in den Busch neben der Tür. Er seufzt. Geht ins Haus zurück.

Das Kind schläft.

* * *

Anjali schreckt auf. Etwas dort draußen im Dschungel hat sie geweckt. Sie richtet sich auf. Wie lange sie wohl geschlafen hat? Und dann hört sie das Geräusch, entfernt, doch durchdringend wie ein Fanfarenstoß. Elefanten! Es muss schon bald Morgen sein, die Herde ist unterwegs zur Tränke, drüben jenseits des Hügels im Dschungel. Bald wird die Sonne aufgehen.

Sie reibt sich mit den flachen Händen über die Wangen, die feucht sind. Von Tränen? Plötzlich ist das Gefühl zurück, in das sie der Traum gehüllt hat. Jetzt weiß sie es wieder, sie hat geweint im Traum. Jemand ist hinter sie getreten, hat ein Lied gesummt. Anjali hat es erkannt. Ein tamilisches Schlaflied. Amma hat es oft für sie gesungen, als sie klein war, *»mayilo togai mayilokuyilo koovum kuyilo …«* Das Lied auf den Lippen hat sie sich umgedreht, und da war Ram. In seinen Armen trug er ein Baby – Ishaan. Er hielt ihn, wiegte ihn, so wie er es immer getan hat. Damals.

Ram, wie er Ishaan umhergetragen hat, um ihn zu beruhigen. Von Zimmer zu Zimmer. Und wie er sie geneckt hat, wenn er mit ihm auf dem Arm in die Küche kam.

»Vorsicht *thambi, Mummy* kocht – keine Sorge, wir überleben das.« Und wie er gelacht hat, wenn sie ihn mit dem Handtuch hinausgejagt hat. Und wie Ishaan fröhlich gekräht hat, wenn er ihn in die Luft geworfen und sie panisch »Vorsicht!« geschrien hat. Und wie Ram dann die Hand an ihre Wange gelegt und seine Stirn an ihre gelehnt hat. »Hab keine Angst, ich werde ihn immer beschützen.« Ram mit seinem Lachen, seiner Wärme, der sie zum Lächeln und ihr Herz zum Klopfen gebracht hat. Ram, der liebevolle Vater. Ram, der zärtliche Partner. Und – Anjali presst die Lippen zusammen – Ram, der untreue Ehemann. Entschieden steigt sie aus dem Wagen.

In geringer Entfernung erkennt sie gegen den nun schon im Übergang von der Nacht zum Tag graugefärbten Himmel die Umrisse eines Banyanbaums. Mit seinen mächtigen Luftwurzeln, bildet er einen kleinen Hain, in dessen Mitte Anjali ein Blinken bemerkt. Drinnen vor dem Baumstamm flackert das Licht einer Öllampe und erhellt in der Höhlung des Hauptstamms eine Statue. Es ist Murugan, Shivas Sohn, der Gott mit dem schwarzen Gesicht. Als sie näher tritt, sieht sie Shivas Dreizack daneben in den Boden gerammt. Auf den Spitzen sind Limetten als Opfergaben aufgespießt und der Schaft ist mit Bändern geschmückt. Davor und daneben erkennt Anjali eine Götterversammlung – praktisch ein Familientreffen –, kleine Statuen von Parvati und Ganesha, mit brokatenen Stoffen umwickelt und mit Blüten geschmückt.

Der Platz, geborgen unter dem Dom, den die Luftwurzeln bilden, bringt den Zauber ihrer Besuche im Tempel als Kind mit Amma zurück. Die Freude, wenn sie hochgehoben wurde, um eine Girlande aus Marigoldblüten um Ganesha zu drapieren. Die Heiterkeit, wenn sie mit Amma und den Tanten die *cella* gemäß des Sonnenlaufs umkreiste. Die Geborgenheit, zu wissen, dass der Gott ihr Leben in der Hand hielt und es gut und richtig war. Und schließlich die Köstlichkeit der gerösteten Kichererbsen. Ein Picknick im Kreise der Frauen, im Dämmerlicht auf dem Boden, mitten im Tempel.

Sie berührt die Stirn Murugans und flüstert: »Schütze meinen Sohn.«

Auf dem Weg zurück zum Wagen sieht sie den Sonnenstreif am Horizont. Wie lange hat sie den Sonnenaufgang nicht mehr bewusst erlebt. Und wie auf das Zeichen eines Dirigenten hin beginnt ein Trillern, Pfeifen und Flöten. Das Konzert der Vögel begrüßt den neuen Tag, feiert die aufgehende Sonne. Und der magentarote Ball steigt und steigt. Sein Licht färbt die Hügel erst rosa, dann golden und mit der Farbe kommt die Wärme. Anjali spürt die Steifheit der Nacht in ihren Gliedern. Sie bewegt ihre Finger, streckt dann ihre Arme über den Kopf und ihre Gedanken fliegen mit dem Licht über die Wipfel der Bäume. Bald wird sie das Buch in den Händen halten, ihr Unterpfand für Ishaan. Mit festen Schritten, die warmen Sonnenstrahlen im Rücken, geht sie auf das Dorf zu.

An der Wegkreuzung biegt sie ab, lässt das Zentrum des Dorfs links liegen und geht auf das Schulgelände zu. Als sie das Backsteinhäuschen am Tor erreicht, findet sie die Wächter mit *chai*-Gläsern in der Hand und um die Köpfe gewundenen Schals schwatzend gegen die Gitter gelehnt. Hinter ihnen führt ein breiter Weg zu den Schulgebäuden, von dem ein Pfad unter Bäumen und Schlingpflanzen hinunter zum See läuft und dann wieder hinauf zum Institut abzweigt. Die beiden Wächter kennen Anjali von ihren früheren Besuchen und salutieren mit freundlichem Lächeln. Die Erklärung für ihr frühes Erscheinen hat sie sich zurechtgelegt, eine Teilnahme am Retreat des Instituts. Die Wächter lösen die Kette am Tor und weisen ihr mit wedelnden Handbewegungen die Richtung. Sie lässt die Pavillons der Klassenzimmer, die sich unter Bäumen um einen luftigen Versammlungsplatz mit dem traditionellen Palmblattdach gruppieren, hinter sich und geht den Pfad zum See hinunter.

Jeder Schritt auf dem Weg ist für sie ein Schritt in die Welt Ishaans. Hier ist er zu Hause, wenn er nicht bei ihr ist. Hier lebt er in seiner Welt ohne sie. Hier am Teich, wo die Schildkröten durchs Wasser paddeln. Hier, wo der Reiher auf dem umgestürzten Baum am Ufer sie stumm beäugt, und hier, wo plötzlich in einem Wirbel aus Farben der Kingfisher ins Wasser taucht. Sie erkennt die Vogelstimmen, den Koyal, die Papageien und das Rotkehlchen. Ishaan hat sie belehrt. »Spitze deine Ohren – *tüüwittwitt* – hörst du? Das ist eine Bulbul.« Ja, sie hatte es gehört und war stolz auf ihren kleinen Professor, glücklich über seine Leidenschaft.

Nach einem kurzen Anstieg erreicht sie das Institutsgebäude, ein langgestrecktes Haus mit einem überwölbenden Dach. Es ist umringt von alten Bäumen, die einen Baldachin formen, eine grün-schimmernde Unterwasserwelt kreieren. Auf der ausschwingenden Treppe stehen viele Paar Schuhe, die Teilnehmer des Retreats sind schon da. Als sie ins Innere tritt, findet sie sie in der Halle im Kreis auf dem Boden sitzend versammelt. Sie grüßt still mit zusammengelegten Händen.

Einen Augenblick lehnt sie an der Tür der Bibliothek, die sie hinter sich geschlossen hat, lässt die Augen über die Regale wandern. Zu ihren Füßen breiten sich Kissen aus vor niedrigen Tischen, die mit Stapeln von Büchern bedeckt sind. Schon manches Mal ist sie hierhergekommen, hat in den Büchern geblättert, hat die Stille genossen, während sie auf Ishaan gewartet hat.

Dann fährt sie mit dem Finger die Bücherreihen entlang. Hier die Schriften Krishnamurtis. Und hier die Veröffentlichungen über ihn und hier – die Biografie. Das Bändchen daneben, braun, ohne Aufdruck auf dem Rücken, fügt sich unauffällig in die Reihe der Bücher ein. Ihre Hand greift zu, zieht es heraus. Sie schlägt es auf – ein Notizbuch. Die Spalten wie in einem Kontobuch, sind dicht beschrieben. Zahlen, Namen, Namen, Zahlen. Sie überfliegt Seite um Seite. Eingang. Ausgang. Summen. Daten. Ungläubig hält sie das Buch auf Armeslänge, als ob alles dadurch wirklicher würde. Ihr dreht sich der Kopf von all den Nullen. Das ist doch nicht möglich! Jemand hat akribisch Buch geführt darüber, wer wann in welcher Höhe geschmiert wurde. Punkt für Punkt. Summe für Summe. Sie schluckt. Sie hält einen Schatz in der Hand. Oder eine Waffe?

»Langsam, ganz langsam«, sagt sie sich. Sie schlägt das Buch zu. Ihr Blick fällt auf den Stuhl vor dem Tisch am offenen Fenster. Eine Welle der Erleichterung erfasst sie und Tränen steigen ihr in die Augen. Sie setzt sich, schaut hinaus. Das Grün der Bananenstauden flutet den dämmrigen Raum. Sie stützt die Arme auf, birgt die Stirn in den Händen. Und nun, wie weiter?

Draußen auf dem Peepalbaum hat sich eine Affenhorde niedergelassen. Ganz ruhig sitzen sie da, die Blicke auf den

Küchenpavillon gerichtet. Auf dem Rücken eines Muttertiers klammert sich ein Kleines fest. Als die Küchentür geöffnet wird und der Trupp in Bewegung gerät, greift die Affenmutter das Kleine mit sicherem Griff, schützt es an ihrer Brust. Anjali schaut den Affen nach. ›Wie ähnlich wir uns sind‹, denkt sie unwillkürlich und richtet sich auf.

Mit schnellen Schritten durchquert Anjali die Halle des Instituts und das Gelände der Schule. Nahe am Tor wählt sie Rajus Nummer.

»Und?«, meldet er sich augenblicklich.

»Raju, es ist monströs, es ist unglaublich, es ist komplett irre, es ist fantastisch, schockierend – es ist die Wahrheit!« Sie merkt, dass sie schreit und hält eine Hand über Mund und Telefon. »Ich kann es kaum glauben, doch einer dieser Pedanten aus der Parteizentrale hat alles klein-klein aufgelistet, jede Rupie! Das sieht aus, als ob jemand Nullen über den Zahlen ausgekippt hätte.« Sie holt Luft und legt von Neuem los. »Stell dir vor, zum Beispiel 20 *lakh,* einfach so an einen Sachbearbeiter rübergereicht. Raju, das könnte ich in Jahren nicht verdienen ...« Sie macht ein paar Schritte auf das Tor zu. »Und alles wurde in der Baubehörde korrekt, gemäß den Hierarchien, verteilt. Vom Behördenchef bis zum Hausmeister jeder ist dabei. Monströs!«

Sie hört ihm zu. »Ja. In einer Stunde. Ja, ich komme zu dir in die Redaktion. Ich fahre so schnell ich kann. Du sollst das mit eigenen Augen sehen. Und jetzt, wo ich das Buch habe, will ich die Übergabe von Ishaan sofort. Sie werden bald wieder anrufen. Jetzt habe ich den Trumpf in der Hand. Du musst mir helfen. Wir müssen ganz gezielt vorgehen.«

Sie stockt. Etwas ist da, etwas bohrt sich in ihr Bewusstsein, in ihre Ohren. Etwas passt nicht, etwas läuft schief ... Und da hört sie den Laut, diesen bestimmten Laut. Er dringt durch ihre Aufregung und die vielen Worte, die sie kaum aufhalten kann – *whee-ooo whee-ooo.*

Und plötzlich sieht sie Ishaan vor sich. Ishaan, der auf den dunkel gefleckten Vogel mit dem kurzen kräftigen Schnabel zeigt. »Das ist der Koyal«, sagt er. »*Mummy,* das ist doch nicht schwer, den kannst du leicht unterscheiden. Jeder kennt den Schrei des Koyal.«

Und da ist er wieder.

Whee-ooo whee-ooo. Sie hört ihn ganz nah, irgendwo dort in dem Baum jenseits des Tors. Und sie hört ihn im Telefon. Sie hält den Atem an – und da ist er wieder.

Whee-ooo whee-ooo.

Hier und dort. Dort und hier.

Rajus Stimme übertönt den Ruf des Vogels im Telefon. Anjali bleibt stumm. Was hat er gerade gesagt? Er wartet in der Redaktion auf sie? Sie versucht, tief durchzuatmen. Ein Röcheln dringt aus ihrem Mund.

»*Don't worry* ... Ich ... ich glaube, ich ... sollte los.« Sie stolpert über die Worte. »*No problem,* ich fühle mich nur etwas müde ... *Appuraam!* Bis gleich«, antwortet sie mühsam gefasst auf Rajus besorgte Frage.

Als sie die Aus-Taste gedrückt hat, bleibt sie starr stehen. Es dauert eine Weile, bis sie die Realität erfasst hat. Dort, vor dem Tor, wartet Raju. Raju hat sie verraten. Raju. Ihr Kollege. Raju. Ihr Vertrauter. Raju. Ihr *rhaki*-Bruder. Langsam sickert die Wahrheit in ihr Bewusstsein. Es nimmt ihr den Atem, dass

Raju einer von denen ist, der an Ishaans Entführung beteiligt ist. Kalt und berechnend. Einer von denen, die so gemein und brutal sind, ein kleines Kind in ihre Gewalt zu bringen, es festzuhalten und es als Köder zu benutzen. Raju. Dort draußen wartet er, um sie abzufangen. Wer noch? Was werden sie tun? Er will das Buch. Und dann? Was geschieht dann mit Ishaan? Sie schließt die Augen. Ihr wird übel, als sie daran denkt, dass Raju jeden Schritt von ihr, Shakti und *Action Green* ausspioniert hat und an die Gangster geliefert hat. Von Anfang an. Sie versucht, tief durchzuatmen, doch es fällt ihr schwer und sie schnappt nach Luft. Sie versucht sich daran zu erinnern, wie Raju sich in den letzten Tagen verhalten hat. Gab es Zeichen für seinen Verrat? Und plötzlich sieht sie ihn wieder vor sich, wie er zum Fenster gewandt in sein Telefon gesprochen hat, an dem Tag, als sie ihm alles über Shaktis Anruf und das Buch mitgeteilt hat. Und sie erinnert sich wieder, dass sie irgendetwas an seiner Haltung und daran, wie er sie angesehen hat, irritiert hat – das schnelle Abwenden des Blicks, das leichte Zucken seiner Lippen. Es trifft sie wie ein Schlag, als ihr bewusst wird, dass sie in dem Augenblick, als sie Raju den Fund des Buchs anvertraut hat, Shaktis Todesurteil unterschrieben hat. Sie presst die Hand auf den Magen – darunter der Schreck, das Entsetzen. Und so klar wie mit Weiß auf eine dunkle Wand geschrieben, wird ihr plötzlich noch etwas anderes klar: ›Jetzt bin ich ganz allein. Allein gegen eine brutale Macht. Allein mit Ishaan.‹ Sie atmet kaum, als das Gefühl des Ausgeliefertseins und der Hilflosigkeit langsam tief in sie eindringt. Dann gibt sie sich einen Ruck.

Weg hier!

Ohne zu zögern, läuft sie los, läuft den Weg zurück, hinunter zum See, weg vom Tor. Nach einigen Minuten stoppt sie. Die Arme dicht am Körper, sodass die Umhängetasche mit dem Buch hart auf ihre Hüfte drückt, bleibt sie stehen. Der erste Gedanke, den sie fassen kann, ist, dass sie sofort zurück in die Stadt fahren muss. Sie muss das Buch in Sicherheit bringen. Das Buch ist alles, was sie hat. Sie muss vorbereitet sein, wenn die Entführer sie wieder kontaktieren. Sie schaut sich gehetzt um. Es gibt nur einen Weg hinaus aus dem umzäunten Gelände – durch das Tor. Dort warten ihre Verfolger. Dort steht ihr Auto – unerreichbar. Panik überfällt sie. Sie steckt in der Falle. In Kürze werden ihre Verfolger sich Zugang zum Gelände verschaffen und bevor sie Hilfe holen könnte, hätten sie sie überwältigt.

Ihr ist übel. Ihr ist heiß. Ihr ist kalt. Sie kann keinen klaren Gedanken fassen. Ein Zittern, das von ihrer Körpermitte ausstrahlt, breitet sich in ihr aus. Sie streckt die Hand nach dem Baum hinter ihr aus, lehnt sich mit dem Rücken dagegen. Ohne es zu wollen, rutscht sie langsam am Baumstamm hinunter in die Hocke.

Sie drückt ihre Fäuste gegen die Zähne, die wie im Fieber aufeinanderschlagen.

»Hilfe! Hilfe!«, flüstert sie hinter ihren Fingerknöcheln. Dann kauert sie auf ihren Fersen, den Kopf auf den Knien, die Hände kraftlos neben sich auf dem Boden. Hinter ihren geschlossenen Augen erhebt sich eine Mauer. Undurchdringlich. Unüberwindlich. Dahinter – Ishaan. Sie wiegt sich vor und zurück, fängt an zu summen *»mayilo togai mayilokuyilo koovum kuyilo …«* Und plötzlich hört sie sie wieder, die Stimme aus dem Traum. Rams Stimme. »Ich werde ihn immer beschützen.«

Sie öffnet die Augen und sieht das Telefon, das neben ihr am Boden liegt. Kurz hält sie den Kopf schief, als ob sie lauschte, der Stimme aus dem Traum lauschte. Dann greift sie nach dem Gerät und mit einem Tastendruck gibt sie Rams Nummer ein. Langsam steht sie auf. Das Zittern hat nachgelassen. Sie duckt sich unter einem Canagabusch hindurch, geht auf dem Pfad immer weiter weg vom Tor, während sie mit angehaltenem Atem dem Freizeichen lauscht.

»*Ji?*«, die Stimme am Telefon ist weiblich. Reflexartig drückt Anjali auf den Aus-Knopf und lässt das Telefon sinken. Und dann, ohne zu zögern, ruft sie die Nummer noch einmal auf. Diesmal ist es Ram.

»Anjali, was ist passiert?«

* * *

Sind das Schritte draußen? Er neigt den Kopf zur Tür, lauscht so angestrengt, dass die Kerbe über seiner Nasenwurzel sich tief in seine Stirn eingräbt. Möglich, dass Billou heute wieder von Manoj begleitet wird. Er kratzt sich im Nacken. Der Gedanke macht ihn nervös. Und immer dieses Jucken. Der Ausschlag ist über Nacht aufgetaucht, schuppig und trocken. Am liebsten würde er ein *Scotch Brite* nehmen und drüber gehen.

Manoj. Wie der ihn mit Billou am Laden abgefangen hat. Hund! Wegen dem Scheißgeld. Die Drohungen. Und später die Fäuste. Unwillkürlich streicht er mit den Fingern von der rechten Augenbraue bis zur Lippe. Die Schwellung hat nachgelassen, sein Gesicht ist bestimmt noch immer zerschunden.

Klar hat ihn Ishaan angestarrt, als er ihn am Bus angesprochen hat. »Da bin ich mit ’nem Ochsenkarren zusammengestoßen«, hat er gesagt. »Und die Ochsen sind umgepurzelt.« Wie er da gelacht hat, der Junge. Manoj, der dreckige Bastard, hat ganze Arbeit geleistet. Eiskalt der Typ. Halb so alt wie er selbst. Kein Respekt vor dem Alter. Er kennt diese Bürschchen. Bildet sich was darauf ein, beim Boss ein und aus zu gehen. Und ist doch bloß ein schmieriger kleiner Handlanger. *Bhenchod.* Dreckskerl. Der würde alles tun, um sein Ziel zu erreichen.

Draußen ist es still, bis auf den Vogellärm. Verdammte Vögel! Seine Finger zucken. Und der Junge? Gosh löst sich von der Wand unter dem mit Brettern vernagelten Fenster. Licht fällt zwischen den Ritzen hindurch in unregelmäßigen Streifen auf den Fußboden.

Er sieht zu dem Jungen hinüber. Reglos liegt er auf der Matte, einen Zipfel seines T-Shirts hält er umklammert. Schläft er noch? Gosh steht auf und macht einen Schritt in seine Richtung. Ishaans Augen sind offen, starr zur Decke gerichtet. Und geweint hat er auch schon wieder. Tränenspuren auf den Wangen. Gosh spürt Ärger aufsteigen. Seine Hand fährt zum Nacken. Und stoppt am Kinn. Er reibt über die Bartstoppeln. Dann verschränkt er die Arme.

Kein Wunder, dass er nervös ist. Er weiß immer noch nicht, was sie mit dem Jungen vorhaben. Das dauert alles schon viel zu lange. Er hat sich vorgestellt, wie reibungslos alles klappen würde. *No problem,* ihn hierher zu lotsen. Die paar Stunden, bis zum Austausch, hätte er ihn ruhig halten können. Hat er auch. Geschichten und Süßigkeiten. *No problem.* ›Und‹, sagt er sich immer wieder, ›Hauptsache, keine Gewalt.‹ Er hat sich nichts vorzuwerfen. Die haben ihn gezwungen. Er konnte nicht anders. Schnell abgewickelt sollte alles sein. Kleiner Abenteuerausflug für den Jungen. Und er hatte sein Ticket nach Howra praktisch schon in der Tasche. Und Ende.

»Hast du Hunger?«

Ishaan dreht den Kopf zur Wand.

* * *

Anjali greift in die Maschen des Zauns. Ihre Hände biegen sich um die starken Drahtschlingen. Sie legt den Kopf in den Nacken und blickt nach oben.

Viel zu hoch. Der Zaun ist viel zu hoch.

Weg vom Tor, weg von den Verfolgern ist sie dem Pfad durch das Dickicht gefolgt. Jetzt steht sie am anderen Ende des Dorfs. Zwischen den Häusern sieht sie Rauch aufsteigen – Frühstückszeit.

Als sie mit Ram gesprochen hat, ist ihr ein Name wieder eingefallen. Satiadev. Satiadev hat Shakti hier unterstützt. Er lebt drüben im Dorf. Er ist ihre einzige Chance, hat sie Ram gesagt. Sie wird ihn um Hilfe bitten. Erschöpft drückt sie ihre Stirn gegen das Metall. Wird er ihr helfen? Wird er sie in die Stadt bringen können, unentdeckt von den Verfolgern? Sie schließt die Augen. Und sogleich befiehlt sie sich: weiter! Sie folgt dem Pfad entlang des Zauns, weicht Dornenranken aus, biegt herabhängende Zweige zur Seite, überklettert aufgeworfene Wurzeln. Weiter, weiter.

Und da ist sie. Die Öffnung. Der Zaun, aus seiner Verankerung gerissen, wurde auf den Boden gepresst. Anjali atmet auf. Gesegnete indische Schlamperei! Der Zaun ist noch immer nicht repariert. Elefanten sind hier vor zwei Wochen durchgebrochen. Haben eine Schneise zum See hin gezogen. Sie könnte weinen vor Erleichterung.

Vorsichtig überquert sie den Einschnitt und geht auf die Häuser zu. Noch einmal wendet sie sich um. Niemand ist hinter ihr.

Gleich als sie das erste Haus des Dorfs erreicht hat, kommt ihr eine Herde Ziegen entgegen, lärmend und schubsend, wie eine Schulklasse. Hinter ihnen her läuft ein kleiner Junge, barfuß, der die Tiere mit einem Kricketschläger steuert. Auf ihre Frage nach Satiadev weist er mit dem Schläger den Weg.

»*Alli!* Dort!«, er grinst mit Zahnlücken – wie Ishaan. Anjalis Herz stolpert. Sie schaut ihm hinterher. Er stößt einen Schrei aus und stürzt den Ziegen hinterher, die sich über die Geranien auf der Treppe des nächsten Hauses hergemacht haben.

Satiadevs Haus ist ein mintgrün gestrichener Bau mit einer bunten, reich verzierten Balustrade auf dem flachen Dach. Auf der Veranda trifft Anjali eine alte Frau, die auf dem Boden vor einem Hügel Tamarindenfrüchte sitzt, aus denen sie das Fruchtfleisch herauslöst. Als Anjali die Hände zum Gruß faltet und sich verbeugt, hält die Frau die Hand über die Augen, betrachtet sie eingehend. Dann ruft sie zur Eingangstür gewendet Satiadevs Namen.

Der Mann, der mit nacktem Oberkörper erscheint ist dunkel und kräftig, mit einem breiten schwarzen Schnurrbart im runden Gesicht. Den karierten *lungi* trägt er lässig um die Hüften geschlungen. Links und rechts von ihm tauchen Kinder mit blanken Augen auf und mustern Anjali neugierig.

»Ich komme wegen Shakti«, sagt Anjali.

Ohne Umstände bittet er sie ins Haus. Ihm gegenüber auf der Matte am Boden sitzend, schaut sie ihn schweigend an. Zum ersten Mal seit Shaktis Tod spürt sie den Schmerz. Sie schaut auf ihre Hände und bleibt still. Als sie aufblickt, sieht sie die Tränen in Satiadevs Augen. Und um seinen fest verschlossenen Mund die Wut. Sie nickt. Ihr ist, als ob sie in einen Spiegel sieht. Dann legt sie den Kopf in die Armbeuge und weint.

Als sie eine Berührung an ihrer Schulter spürt, schaut sie auf, wischt mit dem Ärmel ihres *kameez* die Tränen fort. Menakshi, Satiadevs Frau, reicht ihr die Hand und führt sie zu einem kleinen *puja*-Raum. Satiadev folgt ihnen mit einem Foto. Er hält es ganz vorsichtig in seiner von der Feldarbeit rauen Hand. Vor der Messingstatue des Gottes Venkatesvara, wo Räucherstäbchen glühen, nimmt Menakshi ein Silbertablett auf und entzündet die Kampferleuchte darauf. Satiadev stellt das Foto inmitten der Blüten zu Füßen des Gottes auf.

»Shakti«, sagt er leise zu Anjali. Sie neigt sich hinunter und erkennt einen Schuljungen in kurzen Hosen, barfuß, die Arme an die Seiten gepresst, die dunklen Augen unter dem Haarwust ernst. Ein Junge, kaum älter als Ishaan. Es versetzt Anjali einen Schock, dieses Kind zu sehen. Sie nimmt eine Blüte auf, hält sie zwischen ihren aneinandergelegten Händen, und während Menakshi mit weicher klarer Stimme ein Mantra intoniert, schaut sie dem Kind auf dem Foto in die Augen.

Menakshi bewegt den Teller mit dem Licht in kreisenden Bewegungen vor den Gesichtern von Anjali und Satiadev. Sie schauen in die Flamme, ihre Gedanken bei Shakti.

Schließlich läutet Menakshi ein silbernes Glöckchen. Sie tippt den Mittelfinger der rechten Hand in das purpurne *kumkum* und zeichnet das dritte Auge auf ihren Stirnen nach. Anjali fühlt sie sich seltsam erleichtert. So lange hat sie nicht mehr an der Zeremonie des *aarti* teilgenommen, wenn Amma es am Morgen zelebriert hat. Ihr ist, als ob die Anrufung der Gottheit etwas bewirkt hat. Nichts hat sich verändert. Shakti, Ishaan, die Drohung – alles ist wie vorher, und doch fühlt sie sich getröstet und gekräftigt.

Nun fällt es ihr leicht, ihre Bitte vorzubringen.

Auf der Fahrt zurück in die Stadt schweigen Anjali und Satiadev. Sie haben den Umweg über die Zufahrt zur Nationalstraße gemacht, sind praktisch hinter dem Rücken der Gangster entwichen. Schräg auf dem Sozius des Motorrads, duckt Anjali sich hinter Satiadev. Sie denkt an Ram. Seine Stimme am Telefon. Sein Erschrecken. Und dann seine spontane Entscheidung, mit dem nächsten Flug hierher zu kommen, gemeinsam mit ihr den Kampf um Ishaan aufzunehmen. Wie erleichtert sie war. Wie sie sich aufrichten konnte. Wie sie weitergehen konnte. Wie plötzlich Hoffnung aufkeimte, dass alles gut würde.

Sie sind unterwegs nach Lal Bagh Gardens. Anjali hat sich für den Park als Treffpunkt mit Ram entschieden. Es ist ein Ort, an dem sie unauffällig im Getriebe der Besucher untergehen würden. Ihr eigenes Zuhause steht unter ständiger Beobachtung, ist unerreichbar für sie. Doch auch wenn es anders wäre, sie würde nicht wollen, dass Ram ihren privaten Raum beträte. Fremd und fern ist er ihr nach all den Jahren – und so soll es auch bleiben. Lal Bagh Gardens ist ideal. Ohne Aufsehen zu erregen kann sie dort, unter den Familien, als Frau allein auf Ram warten. Allein als Frau. Beim Gedanken daran spürt sie die altbekannte Wut in sich aufsteigen. ›*Damn, damn, damn*‹, denkt sie. ›*Damn you,* Mister Ramanjuam Mathur.‹ Als Frau allein gelassen. *Damn.* Sie schluckt. Und jetzt braucht sie ihn. Ihre Enttäuschung und Wut sind zweitrangig, jetzt, wo es um Ishaan geht. Bis Ram eintrifft, wird sie mit ihrer Angst um Ishaan allein sein. Ja, sie braucht ihn, Ishaan braucht seinen Vater. Was werden sie tun? Was geschieht mit Ishaan gerade jetzt?

Sie versucht ihre Gedanken, die sich im Kreis bewegen, anzuhalten, zu ordnen. Vergeblich. Energisch zieht sie ihre *dupatta* um den Kopf straff und drückt ihre Schultertasche mit dem Buch fester an sich. Ram würde da sein, das war sicher. Sie hat seiner Stimme angehört, wie erschüttert er war. Er würde da sein für Ishaan.

Am Straßenrand, bei einer Ansammlung von Buden und Händlern, hält Satiadev an.

»So«, sagt er mit fester Stimme, »du musst etwas essen.«

Die Hände gegen ihren Magen gepresst, wehrt Anjali ab. Allein der Gedanke an Essen erzeugt Übelkeit in ihr.

»Keine Widerrede!« Er zwinkert ihr zu. »Wie soll der Ochse den Karren ziehen ohne Futter?«

Anjali muss lachen, sie macht mit den Fingern das Zeichen der Hörner am Kopf. »Nun gut«, willigt sie ein.

Als er sich in die Menge vor dem *dhaba* drängt, fällt Anjalis Blick auf die Blumenfrau, die daneben ihre Plastikplane auf dem Boden ausgebreitet hat. Angezogen von dem feuchtsüßen Duft der Blumen, der von der Sonne angeheizt in Wellen herüberzieht, tritt sie näher heran. Die Händlerin, die mit untergeschlagenen Beinen am Boden sitzt, lächelt ihr zu. Die Stoffbahnen ihres gelben Saris sind im Schoß mit Chrysanthemenblüten gefüllt – eine rosafarbene Wolke. Ihr linker Arm hält ein etwa dreijähriges Mädchen umfangen. Es lehnt sich an die Mutter und seine Augen sind auf Anjali gerichtet. Anjali atmet tief ein. Wie oft hat sie Ishaan so gehalten. Wie nah sie ihm war.

Die Händlerin schiebt ihre Armreifen mit einem hellen Klingeln zurück und taucht ihre Hand in die mit Wasser gefüllte Blechschale neben sich. Mit einer ausholenden Handbewegung schüttelt sie einen Glitzerregen über die Blüten. Dann nimmt sie den Hanffaden, pickt eine Blüte aus ihrem Schoß und knüpft sie fest. In schneller Folge fasst sie Blüte um Blüte. Ihre Finger arbeiten in einem graziösen Tanz mit höchster Präzision.

Anjali wird plötzlich bewusst, dass ihre eigene Hand auf dem Ansatz des Zopfs in ihrem Nacken ruht. Damals, in ihrem ersten Ehejahr, hat Ram den Wagen oft auf dem Weg zur Arbeit bei den Händlern am Tempel angehalten und einen Strang Jasminblüten für sie gekauft. Lächelnd, mit einem Augenzwinkern und der Bemerkung »Der Segen deines Ehemannes möge dich verfolgen«, hat er die Blüten in ihrem Nacken befestigt. Seine Hände haben sie gestreift und ein Rieseln an ihrem Rücken ausgelöst. Den ganzen Tag über war der Duft der Blüten um ihre Schultern geflossen und hatte sie an Rams zärtliche Geste erinnert. Wie glücklich sie war. Ram hatte das Ritual der Blütengabe, die traditionell für eine südindische Frau ein Kompliment des Ehemanns an ihre Schönheit darstellt, übernommen. Eine Geste, die den Frauen im Norden, wo er herstammt, fremd ist.

Sie legt die Hand auf ihr *thali,* die goldene Schmuckmünze an der Kette, dem Zeichen einer verheirateten Frau, das sie immer noch trägt. Immer noch tut es weh, an die Trennung von Ram zu denken, trotz der Wut, die alles überlagert.

Schließlich nimmt das Kind den Strang der Blüten in Empfang und legt ihn auf dem leuchtenden Blau der Plane nieder, wo Perlenschnüre aus Jasminblüten zu weißen Hügeln aufgerollt sind. Es klatscht in die Hände, hüpft im Arm der Mutter, sodass die gedrehten Zöpfchen wippen.

Satiadev kommt zurück, in jeder Hand ein Palmblattschälchen, gefüllt mit dampfenden *idlis* und *sambar.* Der Duft des Essens lässt Anjali spüren, wie hungrig sie ist. Beide lehnen sich an das Motorrad und beginnen zu essen. Ein heißes *idli* zwischen den Fingern, nickt Anjali Satiadev zu. »Der Ochse dankt.«

Satiadev lächelt kauend. Dann legt er sein *idli* zurück in die Schale.

»Shakti …«, beginnt er zögernd, »weißt du, wir hatten so viel Spaß zusammen, Shakti und ich. Wir waren wie Brüder.« Er schaut stumm auf die Schale in seiner Hand. Dann lächelt er. »Zu Diwali haben wir einmal Kracher in den Hühnerstall vom Lehrer geworfen. Alle Hühner sind panisch geflohen, wir haben es vom Dach aus beobachtet.« Er lacht laut auf. »Der Lehrer und seine Kinder sind ewig herumgeirrt, bis sie alle wieder eingefangen hatten. Geschah ihm Recht. Wie der mich immer verprügelt hat.« Anjali nickt zustimmend, und

Satiadev verliert sich in Geschichten und Anekdoten von zwei Bengeln auf Entdeckungsreisen. Schließlich lachen beide zusammen über die Streiche, die er und Shakti ausgeheckt haben. Anjali fühlt sich besser, sogar ein wenig zuversichtlich, als sie aufbrechen.

* * *

Heute Abend. Übergabe. Wird verdammt auch Zeit. Das kotzt ihn an hier. Er hat die Nase voll von Babysitting. Seine Füße zucken. Er steht auf. Geht hinüber zur Tür, wo die Wasserflasche steht. Er öffnet sie, legt den Kopf in den Nacken und hält sie hoch über seinen Mund. Er trinkt mit großen Schlucken.

»Trink was!«, sagt er laut. Ishaan, den Kopf auf den Knien, die er mit den Armen umschlungen hält, rührt sich nicht. Gosh bleibt vor ihm stehen. Seine Finger schaben über die Stelle im Nacken. Was werden die heute Abend mit dem Jungen machen? Der wird doch quatschen – nachher. *Hundred percent* Risiko. Was geht ihn das an? Jedenfalls ist er dann weg. Er ist sauber.

Die Stelle am Nacken beginnt zu brennen. Er lässt das Kratzen und dreht den Kopf hin und her, sodass der Kragen seines Hemds darüber reibt. Er schließt die Augen.

Er hebt den Metallbecher auf, der über den Boden gerollt ist, und füllt ihn. Stellt ihn vor Ishaans Füße. »Trink!«, befiehlt er. Er wendet sich wieder zur Tür. Öffnet sie. Ein Schwall Hitze wogt herein. Er kneift die Augen zusammen. Die Sonne sticht.

Mist. Dieses Jucken.

Sie haben ihn reingelegt. Was, wenn jemand gesehen hat, wie er mit dem Kind am Morgen hinter dem Bus gesprochen hat? Dann ist er dran. Er, ein Kind gekillt? So war das nicht abgemacht. So nicht.

* * *

Es ist fast Mittag und die Sonne dringt in blendenden Streifen durch die Zweige der Bäume. Über ihr der Gulmoharbaum, mit den brennend roten Blüten, sendet immer wieder eine seiner züngelnden Blütenflammen zu ihr hinunter. Anjali hält eines der zarten Gebilde in der Hand und erinnert sich an jenen Morgen mit Ishaan. Sie tastet mit zwei Fingern nach ihrem Ohr. Dort hat er die Blüte befestigt.

Als ihr Handy klingelt, weiß Anjali, dass das Amma ist. Seit dem frühen Morgen hat Amma versucht, sie zu erreichen. Anjali ist nicht ans Telefon gegangen. Sie hat Amma eine SMS geschickt: *Don't worry, call you soon.*

Und sie hat sie nicht angerufen. Die Anspannung und das Lügen, sie hatte einfach nicht die Kraft dazu. Dann kam der Anruf von Jai. Amma hatte ihm so zugesetzt, war drauf und dran, die Eltern von Ishaans Freund anzurufen, wollte sofort mit Ishaan sprechen. Und nun weiß sie alles. Jai hat versucht, ihr schonend beizubringen, was mit Ishaan passiert ist, aus Angst vor einem Zusammenbruch. Aber die Wahrheit hat sie eher befeuert als niedergeworfen. Sie hat triumphiert. Sie hat es doch von Beginn an gewusst, dass da etwas nicht stimmte. Sie hat es gefühlt. Ihrer festen Überzeugung nach ist Ishaan noch in der Schule, im *Valley*. Das sagt ihr ihr Gefühl. Sie verlangt, dass dort etwas unternommen wird. Am liebsten würde sie das Militär aufrufen, um Ishaan draußen zu suchen.

Anjali legt die Finger an die Schläfen, schließt die Augen, möchte alles ausblenden. Dann drückt sie die Taste und kaum hat sie das Gespräch angenommen, schrillt ihr Ammas Stimme ins Ohr: »Falsch! Falsch! Alles falsch, was ihr tut. Wie könnt ihr nur diesen Verbrechern nachgeben. Ein Fehler, ein riesengroßer Fehler, sage ich ...«

Anjali verzieht das Gesicht und hält das Telefon einen Augenblick vom Ohr weg. Dann schneidet ihre Stimme scharf durch den Wortschwall, der ihr entgegenschlägt.

»Amma! Bitte, halte dich da raus. Im Interesse von Ishaan. Ram und ich tun unser Bestes, damit Ishaan nichts geschieht. Wir ...«

»Was denn? Diesen Kriminellen nachgeben?«, fällt ihr Amma ins Wort.

»Sobald ich mit Ram gesprochen habe, hörst du von mir. Ich halte dich auf dem Laufenden. Versprochen. Hilf uns. Bleib ruhig. Warte.«

Das letzte, was Anjali von ihrer Mutter hört, bevor sie auflegt, ist ein empörtes Schnauben. Sie lehnt sich auf der Bank zurück und schaut in den Himmel. Nicht weit von hier, nur ein paar Kilometer weit weg, geht Amma vielleicht jetzt auf der Veranda auf und ab. Verdammt zum Nichtstun.

Anjalis Schultern schmerzen, sie stützt die Arme auf die Knie, lässt sich hängen. Ihr Blick geht hinüber zu den farbenprächtigen Ornamenten im Grün des Rasens. Sie sieht Frauen in festtäglichen Saris, Mütter mit Babys auf dem Arm, Männer, Väter, Großväter, in Gespräche vertieft, kleine Mädchen in Flatterkleidern, mit Federballschlägern, die Sandwege entlang schlendern. Überall sind Gruppen von Familien, die unter Bäumen lagern, schwatzen, lachen, über den Park verteilt. Die Buntheit, die fröhlichen Menschen, die Normalität dieses schönen Tags beruhigen sie. Lange schaut sie zu. So war es auch einmal für sie. Als sie eine Familie waren. Ram, Ishaan und sie. Mit einem kurzen Schrecken wird ihr plötzlich bewusst, dass sie genau hier bald wieder mit Ram zusammentreffen wird. ›Seltsam‹, denkt sie, ›nach so langer Zeit wieder an diesem Ort.‹

Hier war es, wo sie zum ersten Mal mit Ram allein war. Hier saßen sie auf einer Bank, beide verkrampft und angespannt. Die Begegnung, von ihren Familien verordnet, sollte ein letzter Aufruf für zwei hartnäckig Unverheiratete sein. Hoffnungslose Fälle beide. Und dann gab es so viel Hoffnung. Und Erfüllung. Das ist lange her.

Und lange ist es her, seit damals der Telefonanruf kam. Diese Stimme, die sie nicht kannte. Eine Frau. Anjali schließt die Augen. Sie will nicht daran denken. Doch hinter den geschlossenen Lidern läuft der immer gleiche Film ab – wie seit Jahren. Großaufnahme. Sie sieht Ram, wie er hinter die Frau tritt. Sie presst sich gegen ihn. Ihre Brüste in seinen Händen. Seine Stimme – »Liebste«. Anjali springt von der Bank auf. ›Nicht hinsehen, nicht hinsehen‹, sagt sie sich. Vergeblich. Sein Mund auf ihrem Hals, seine Hände in ihren Haaren. Er greift um ihre Taille, dreht sie zu sich. Er biegt ihren Kopf nach hinten, schließt ihren Mund mit seinen Lippen. Anjali atmet heftig. Sie stützt sich auf die Lehne der Bank, das Kinn gesenkt, die Augen geschlossen. Stopp, stopp! Sie stampft mit dem Fuß auf. Schluss! So viele Jahre sind vergangen. Im *filmi*-Universum hätte dieser Film den vordersten Platz für den längsten ohne Unterbrechung aufgeführten Streifen: 4 Jahre oder 208 Wochen oder 1460 Tage. Einfach bizarr. Es ist vorbei! ›*Steady, steady*‹, redet sie sich zu. Langsam beruhigt sich ihr Atem und ihre Gedanken kehren zu Ishaan zurück. Sie holt tief Luft, öffnet die Augen und richtet sich auf. Einzig wichtig ist in diesem Augenblick – Ram würde da sein. Mit seiner Ernsthaftigkeit, seiner Entschlossenheit. Er würde da sein für Ishaan.

Sie berührt den Zopf über ihrer Schulter. Er ist nur noch lose zusammengefasst. Sie schaut an sich herunter. Völlig verschwitzt fühlt sie sich. Ihr blaugemusterter *salvar kameez* hat Knitterfalten und Grasflecken. Ram dagegen. Es war ihr immer ein Rätsel, wie er so gepflegt durch den Tag kommen konnte, durch Hitze, Monsungüsse und Staubwirbel. Stets erschien er abends zu Hause wie frisch aus einer Erbsenschote gepuhlt, das Poloshirt hell und weich, kein Fleck, kein Stäubchen. Und sie? Ishaans Spuckflecken auf ihrer Schulter, unter ihren Armen Schweißringe und die Haare strähnig. Krampfhaft wischt sie auf den Grasflecken herum, die nur noch tiefer in den Stoff eindringen. Entschlossen steht sie auf und geht zu den Waschräumen.

Um zu den Waschbecken zu gelangen, muss sie über Pfützen springen, schnatternde Frauengruppen umkreisen und einen Bogen machen um eine alte Frau im lappigen Sari, die gebückt mit dem kurzen Palmfaserbesen den Boden wischt. Anjali hält die Schale ihrer Hände unter den Wasserstrahl, fühlt die kühlende Frische und schließt die Augen. Dann spritzt sie sich Wasser ins Gesicht und trocknet sich mit ihrer *dupatta* ab. Mit dem nassen Zeigefinger fährt sie die Brauen nach, bevor sie ihren Zopf löst. Sie schüttelt die Haare nach vorn über den Kopf und lockert sie mit den Fingern. Dann, mit jeder Strähne, die sie in den Zopf flicht, spürt sie Ammas Finger auf ihrem Kopf, so wie an dem Tag, als sie ins Haus ihrer Mutter zurückgekehrt ist.

Ohne Ankündigung hatte sie vor Amma gestanden, Ishaan auf ihrem Arm. Sie war bis auf die Knochen erschöpft von der langen Fahrt mit der Bahn und der Kummer hatte dunkle Ringe um ihre Augen gezeichnet.

»*Ayoo!*«, hatte Amma ausgestoßen und war zurückgewichen. Sie hatte Anjali am Arm gepackt und sie hastig ins Haus gezogen. Dann war sie zum Taxifahrer hinausgeeilt und hatte ihn angewiesen, die Gepäckstücke auf die Veranda zu bringen. Im Zimmer hatte Anjali ganz benommen auf der Couch gesessen und ihre Wange an Ishaans Rücken gelehnt. Die Augen geschlossen, hatte sie die vertrauten Geräusche um sich her wahrgenommen: das Quietschen des alten Ventilators an der Decke, das Scheppern des Kühlschranks in der Küche, die Rufe der Krähen auf dem Dach und das *Wush-Wush* von Radhas Besen im Hinterhof. Zu Hause.

Als Amma mit einem Glas Wasser zurückgekommen war, hatte sie es ihr stumm gereicht, sich neben sie gesetzt, ihr das schlafende Kind aus den Armen genommen und an ihre Schulter gelegt.

»*Enna?*« Die Strenge in Ammas Stimme hatte Anjali erschreckt. »Wo ist Ram?«

»Ich bin allein hier. Er wird nicht kommen. Ich gehe nicht zurück nach Chennai.«

»*Nalladu.*« Amma saß Anjali aufrecht gegenüber und musterte sie mit gerunzelter Stirn. Anjali, den Blick auf das *tilak* aus rotem *kumkum* auf Ammas Stirn gerichtet, fing gehetzt an zu reden.

»Diese Frau. Eine Affäre. Er hat mich betrogen. Er hat Ishaan betrogen. Er hat unsere Familie zerstört. Ich bin fertig mit ihm. Ich will nie mehr zurück.« Ihre Stimme wurde mit jedem Wort leiser. Sie hielt die Augen gesenkt, sprach zu den Fäusten in ihrem Schoß. Tränen blinzelte sie weg. Schließlich hob sie den Kopf, streckte das Kinn vor und sah Amma direkt in die Augen. »Nie mehr.«

»Unsinn!« Ammas Stimme, laut wie ein Schuss. »Eine Frau gehört an die Seite ihres Mannes. Das ist ihr Platz. Du kannst dir das Selbstmitleid sparen. So ist das für alle Frauen. Und – ein Sohn braucht seinen Vater.«

Später, nach der Dusche, saß Anjali vor ihrer Mutter auf den Kissen am Boden. Mit kräftigen Strichen massierte Amma Kokosöl in ihre Haare. Der Druck ihrer Finger auf Anjalis Kopf schien ihr den Weg frei zu machen – wie bei ihrem Dampfdrucktopf – für eine Tirade aus Vorwürfen und Befürchtungen. Anjali verschloss ihre Lippen. Hätte sie nur auch die Ohren verschließen können.

»Und wovon willst du leben? Wer soll dich beschäftigen in deinem Alter?« Mit harten Händen strich Amma die Strähnen an den Schläfen zurück. »Eine Mutter mit einem Kind allein – beschämend!« Amma fasste die Haare im Nacken mit einem Ruck zusammen. »Was für eine Frau soll das sein? Wie soll ich das *maamaa* mitteilen? Wie kann er für Sharmila einen anständigen Bräutigam finden mit diesem Fleck auf der Familie? Ich sage dir, alle werden dir das übel nehmen. Das gab es noch nie.« Sie drehte die Haare so fest zusammen, dass Anjalis Kopf zurückzuckte. »Diese Schande!« Sie sprach laut und scharf. »Die Nachbarn werden reden und reden. Mit dieser Frau stimmt doch etwas nicht, werden sie sagen. Und sie haben recht.« Anjalis Hand fuhr zum Kopf. Mit jeder Strähne, die Amma zum Zopf flocht, zerrte sie an Anjalis Kopfhaut. Wie um sich zu schützen, legte Anjali die Hand auf ihren Scheitel. »*Hai Bhagwan,* hoffentlich hat dich niemand an der Tür gesehen.« Amma warf den Zopf, dick und glänzend vor Öl, mit einer heftigen Bewegung über Anjalis Schulter. »Ich sage dir, morgen fährst du zurück. Podum!«

Anjali hatte sich erhoben und auf Amma hinuntergesehen. »Niemals!«

Hier steht sie nun mit diesen Gedanken und blickt in den Spiegel. Die dunkle Haut unter ihren Augen ist noch dunkler als sonst. Sacht klopft sie mit den Fingerkuppen darauf. Dann streift sie das Gummiband über das Ende des Zopfs.

»Niemals.«

Das Wort in ihrem Kopf ist riesengroß. Ein riesengroßer Wall, der sie abschirmt gegen Ram, der sie tief verletzt hat und sie all dessen beraubt hat, was ihr Halt gegeben hat. Ein Wall, der sie abschirmt gegen die Zweifel, ob nicht doch alles hätte gut werden können, wenn sie bloß eingelenkt hätte. Ein Wall, der sie abschirmt gegen das Gefühl der Schuld Ishaan gegenüber, der seinen Vater nur selten sieht. Und heute hat sie die Tür, die sie mit diesem Wort zugeschlagen hat, wieder geöffnet. Die Tür, die sie unbedingt verschlossen halten wollte. ›Geöffnet für Ishaan‹, denkt sie. Nur für Ishaan. Und – mit einem schmerzhaften Bedauern – sieht sie in diesem Augenblick klar, wie lange sie diese Tür schon für Ishaan verschlossen gehalten hat.

* * *

Jetzt sind sie da. Er hört ihre Stimmen. Sie sind zu zweit. Als die Tür aufgeht, erscheint zuerst Billou. Er nimmt die Sonnenbrille ab, mustert den Raum. Manoj schiebt sich an ihm vorbei und kommt direkt auf Gosh zu, der unwillkürlich zurückweicht. Der Andere stellt sich neben die Tür.

»Weck ihn auf«, Manoj deutet auf Ishaan. Gosh, die Hand im Nacken, dreht sich langsam zur Matte. Manoj macht einen Schritt auf ihn zu. »Mach schon!« Gosh zuckt zusammen und beugt sich hastig zu dem Kind hinunter. Ishaan wirft sich herum, als er ihn an der Schulter berührt. Er stößt Goshs Hand weg und beginnt zu schreien.

»*Mummy! Mummy!*« Seine dünne Stimme füllt den ganzen Raum. Das Geschrei sticht in Goshs Ohren und er packt den Jungen am Arm. Ishaan windet sich und schlägt mit Armen und Beinen um sich. »Nein! Nein! Nein! Ich will meine *Mummy!*« Da stößt Manoj Gosh zu Seite und packt zu. Er ergreift das Kind an Hemd und Hose und reißt es hoch. Mit der anderen Hand hält er den dünnen Hals wie mit einer Klammer.

»*Nillu!* Schluss mit dem Theater.« Er reicht das Bündel hinüber zu Billou, greift in seine Hosentasche und holt sein Handy heraus. Die Augen auf Billou und das Kind gerichtet, wartet er, nachdem er eine Taste gedrückt hat.

Goshs Blicke flitzen zwischen Billou, dem Kind und Manoj hin und her. Er atmet mühsam. Auf seiner Brust, auf seinen Armen spürt er Billous Griff.

»*Lady*«, Manojs Stimme steht schwer im Raum. »*Lady,* das war ein Fehler. Alles wäre einfacher, wenn Sie das Buch geliefert hätten.« Er macht eine Pause. »Sie sollten wissen, dass Fehler Folgen haben. Fragen Sie ihren Sohn.« Er reicht das Handy Billou, der es Ishaan hinhält.

»Hier hast du deine *Mummy.*« Billou dreht dem Jungen den Arm auf den Rücken und drückt ihn auf die Matte. Ishaan, der still geworden ist, die Luft angehalten hat, stößt einen schrillen Schrei aus.

Manoj nimmt das Handy wieder an sich.

»*Lady,* das war nur ein umgedrehter Arm. Möchten Sie wissen, wie sich ein gebrochener Arm anhört? Nein? Dann halten Sie sich an unsere Abmachungen.«

* * *

»*Mummy! Mummy!*« Anjali hört noch immer Ishaans Schreie. Seine schmerzerfüllte Stimme. Noch immer steht sie neben der Bank, von der sie aufgesprungen ist, als der Anruf kam. In der Hand hält sie das Nokia, die andere Hand hat sie über ihren Mund gepresst, als ob sie den Atem zurückhalten wollte.

»Ishaan!«, hat sie gerufen, doch da war die Stimme.

»*Keli!* Hören Sie!«, hat sie ihr befohlen. Sie hat sie kaum verstanden. Sie hat nur Ishaans Weinen gehört. Kalt ist ihr geworden. Nur ungenau hat sie die Worte aufgenommen:

»Das Buch ... Anruf ... heute Abend ... BTM Layout ... genaue Anweisungen ...«

»Mein Kind, geben Sie mir mein Kind!«, wollte sie schreien.

Schwerfällig geht Anjali den Weg hinunter. Sie nimmt die Menschen, die ihr entgegen kommen, kaum wahr. Der Zusammenprall mit einer älteren Frau lässt sie taumeln. Fast wäre sie gestürzt, doch die Frau fängt sie mit starken Armen auf, Anjali wird gegen ihren weichen Sari gepresst. Nach einem Blick in Anjalis Gesicht führt die Frau sie zu einer Bank. Ein Pulk Familienmitglieder folgt ihnen wie ein Kometenschweif und stellt sich rund um sie auf. Alle mustern Anjali neugierig. Sie sitzt da, drückt ihre Hände an ihre Brust, unfähig ein Wort zu sagen, unfähig zu denken, unfähig zu fühlen.

»*Neeru!*« Mit einer herrischen Handbewegung verlangt die Frau, dass eins der jungen Mädchen die Wasserflasche aus einer großen Tasche hervorholt. Ein kleines Mädchen nähert sich Anjali mit einem metallenen Becher. Anjali nimmt den Becher entgegen, umschließt ihn mit beiden Händen, hebt ihn über ihren offenen Mund. Als sie trinkt spürt sie das lauwarme Wasser wie einen Trost ihre Kehle hinunter rinnen.

Viel später kauert Anjali noch immer auf der Bank. Sie hört ihren eigenen gepressten Atem. Der Anruf, wann würde er kommen, der letzte Anruf? Ist das BTM Layout der Ort, an dem sie Ishaan wiederbekommen wird?

Das lange Warten hat sie ganz stumpf werden lassen. Die Angst um Ishaan. Die Brutalität dieser Verbrecher liegt schwer auf ihrer Brust und lähmt ihre Glieder. Sie hat aufgehört zu weinen. Wann kommt Ram? Seine Maschine aus Chennai müsste längst gelandet sein, und er unterwegs im gemieteten Wagen. Es ist kurz vor Sonnenuntergang, in der Abendsonne werfen die Bäume lange Schatten über den Boden. Lal Bagh Gardens würde bald schließen.

Als Ram anruft, strafft sie die Schultern.

»Endlich!« Die Anspannung lässt ihre Stimme scharf klingen.

»*Aaram se, aaram se* – ich bin gleich bei dir.« Anjali beißt sich auf die Lippen. Ram. Sie schluckt. Herr der Lage. Sie fächelt sich Luft zu. Wie kann er so ruhig bleiben? Seine unerschütterliche Gelassenheit vermittelt ihr wieder einmal das Gefühl überempfindlich und labil zu sein. ›Hallo, Mister Mathur‹, möchte sie ihm zurufen, ›*Master of the Universe,* jetzt geht es nicht um die Entwicklung von Machbarkeitsstudien oder um durchschlagende Argumente für ein neues Projekt, jetzt geht es um deinen Sohn!‹ Sie könnte ihn packen und schütteln. Und gleichzeitig wird ihr bewusst, dass er an ihrer Seite sein wird. Sie wird nicht mehr allein sein mit ihrer Angst um Ishaan.

»Beeile dich! Du musst dich beeilen!« Kaum hat sie es ausgesprochen, fast hätte sich ihre Stimme überschlagen, wird ihr der Widersinn klar. Ist er Supermann? Kann er den Verkehr fliegend überholen? Wie albern von ihr. Und wie typisch. Und wie ungewohnt mit Ram zu sprechen. Und wie vertraut.

* * *

Rakshasas. Ishaan wimmert. Sie sind reingekommen. Acht Arme, vier Köpfe. Glühende Augen und Krallen. Ja, Krallen, wie Messer so scharf. *Rakshasas.* Er kennt die. Er hat die schon gesehen. Er hat ein Heft, da sind die drin. Immer hat er sie angeschaut. *Grrr.* Er schaudert. Und wenn es dunkel war, haben sie am Fenster gekratzt. »Amma! Amma!«, hat er gerufen. Amma hat gesagt, dass sie nur unartige Kinder fressen. Aber vorhin, er schluchzt auf, beinah hätten sie ihn gefressen. Beinah. Am Hals haben sie ihn gepackt. Die Mäuler so riesig. Ein Zittern läuft durch seinen Körper. Zähne wie Dolche. Bestimmt war er unartig. Wann? Er weiß es nicht. Seine Zähne machen Geräusche. Klappern. Er versucht, den Mund zu schließen. Es geht nicht. Er zieht die Nase hoch. Überall laufen die Tränen heraus. Laufen und laufen. Er wischt sich übers Gesicht. *Bäääh!* Schleim. Mit der Hand streicht er den Schleim über die Matte. Dann zieht er sein Hemd über die Knie und steckt den Kopf in den Kragen. Sie finden ihn nicht, wenn sie wiederkommen. »Weißt du, was das ist?«, fragt der eine *Rakshasa.* »Bloß ein Kissen«, sagt der andere. »Wir müssen woanders suchen.« Und mit einem Fauchen fliegen sie durchs Fenster. Jetzt sind sie aber immer noch hier. Draußen. Vor der Tür. Gosh-*uncle* hat auch Angst vor ihnen. Er konnte sie riechen, die Angst von Gosh-*uncle.* Wie eine Girlande umgehängt. Mitgenommen haben sie ihn. Nach draußen. Er hört sie. Knurren und Zischen und Gosh-*uncles* Stimme wie die von Aamir mit der Narbe am Mund. Leise sagt er vor sich hin: »Aamir und Rahul und Usha und Salman und Radha und Mohanlal und – *Mummy.*« Da laufen die Tränen und laufen und machen seine Knie nass. Er schluchzt. Mummy durfte nichts sagen am Telefon, die *Rakshasas* wären ganz doll wütend geworden. Alles muss so gehen, wie sie es wollen. Sonst spucken sie Feuer und schleudern Blitze aus den Augen. Jetzt muss Mummy ihn wirklich holen. Gosh-*uncle* muss Mummy anrufen. »*Mummy* anrufen. *Mummy* anrufen«, schluchzt er.

* * *

Als Ram auf Anjali zukommt, braucht sie ein paar Sekunden, um zu erfassen, dass er tatsächlich da ist. Sie sieht die Falten neben seinem Mund. Falten vom Lachen, jetzt tiefer. Sie sieht den bitteren Zug um die Mundwinkel. Sie sieht die Wärme der braunen Augen, ihren Glanz. Beide zögern, bleiben einen Schritt voreinander stehen. Ram streckt die Hände aus. Anjali presst ihre Arme an die Seite.

»Ishaan ... er hat geweint.« Sie ballt die Fäuste. »Wenn sie ihm etwas antun ...« Sie wendet sich ab. Sie spürte die Tränen aufsteigen. Sie will jetzt nicht weinen. Sie schluckt angestrengt.

»Ja«, sagt Ram, »das darf nicht geschehen.«

Später, als sie im Auto neben Ram auf dem Parkplatz von Lal Bagh Gardens sitzt, stützt sie ihre Arme auf die Knie und verbirgt das Gesicht in ihren Händen.

»Und nun? Was nun?« Sie muss sich beherrschen, um nicht zu schreien. »Was können wir tun? Was?« In den Stunden des Wartens in Lal Bagh Gardens hat sie einen Plan nach dem anderen verworfen. Zu viele Fragen ohne Antwort, zu viele Ängste haben ihr Denken blockiert. Ram glaubt, eine Lösung gefunden zu haben. Ein Austausch, bei dem er das Buch erst aushändigt, wenn Anjali mit Ishaan in Sicherheit ist. Er wiegt den Kopf, als er Anjali den Plan erklärt. Er seufzt. Anjali will im Grunde gar nicht wissen, ob er glaubt, dass der Plan gelingen könnte. Sie will einfach, dass er es glaubt. Sie hat Angst, dass Zweifel den Plan zum Einstürzen bringen könnten. Und der Plan ist alles, was sie haben. Das Einzige, was sie tun könnten.

Alles klingt so logisch, so einfach.

Zu einfach. Das sagt ihr ihr Verstand gegen ihre Hoffnung. Das sind wirkliche Verbrecher, denen sie ausgeliefert sind. Das ist dic Unterwelt. Würden diese Gangster sich darauf einlassen? Wenn sie Ram mit dem Buch erst mal hatten, gab es da noch irgendeinen Grund, irgendwen zu schonen? Sie schließt die Augen, um die Bilder auszublenden, die auftauchen. War es nicht vielmehr so, dass für diese Bastarde ein Leben nichts wert war? Ishaans Leben, Rams Leben, ihr Leben. In unregelmäßigen Schlägen hämmert ihr Herz gegen ihren Brustkorb. Sie gibt sich einen Ruck. »Und, was denkst du?«

»Anjali, ich weiß nicht«, Ram presst die Fingerknöchel gegen die Augen und schaut dann auf seine Hände. »Ich weiß nicht, ob es funktionieren kann.« Er wendet sich zu ihr. Als er ihre Hand fassen will, zieht Anjali sie schnell weg. Er legt die Hände aufs Lenkrad. »Lass mich überlegen. Ich will alles noch einmal überdenken. Wir tun einfach das Notwendige. Ja?«

Anjali sinkt vornüber, legt den Kopf auf die Knie. »Ja, wir tun es«, sagt sie.

Ram startet den Wagen.

Die Fahrt zum BTM Layout führt quer durch die Stadt. Wochenende. Die Straßen sind verstopft. Traditionell besuchen alle Großfamilien sich gegenseitig.

Familien. Familien.

Anjali stöhnt. Als ob in Kürze ein Kontaktverbot ausgesprochen würde, ist ganz Indien unterwegs zu Familienzusammenkünften. Nur an Feiertagen ist es noch schlimmer. Sie schaut aus dem Fenster, die Hände um das Nokia gekrampft. All die Autos, Scooter, Motorräder vollgepackt mit glücklichen Familien. Kindern, Tanten, Eltern, Großeltern ... ›Dieser Kampf auf den Straßen ist mir immerhin die letzten Jahre erspart geblieben‹, denkt sie bitter. Seit sie von ihrem Mann getrennt lebt, stellt sie einen Schandfleck auf der Familienehre dar. Es ist fast, als wäre sie verwitwet. Wie eine Witwe aus dem gesellschaftlichen Leben verbannt. Sie wird stillschweigend nicht mehr eingeladen und niemand sucht sie auf. Mit ihrer gescheiterten Existenz will die Großfamilie nichts zu tun haben. Nur ihre Schwester Priya hat immer zu ihr gehalten, besucht sie, hält den Kontakt. Jai, den sie für seine Collegezeit in ihre Obhut gegeben hat, war und ist immer die Brücke.

Sie merkt, dass Ram sie von der Seite mustert. Instinktiv rutscht sie auf dem Beifahrersitz ein Stück weiter weg von ihm.

»Erzähl mir von Ishaan«, fordert er sie auf. »Ich habe ihn so lange nicht gesehen. Ich weiß so wenig von ihm.« Anjali dreht den Kopf zum Seitenfenster. ›Was erwartet er denn‹, denkt sie und schweigt. Hinter ihren zusammengepressten Lippen hält sie Worte zurück. ›Deine Schuld, alles deine Schuld‹, möchte sie am liebsten sagen. Selbst schuld. Die Schulter gegen das Fenster gepresst sieht sie unbewegt hinaus.

»Und?« Ram wendet den Blick von ihr und starrt mit finsterer Miene auf die Straße. »Nichts, kein Wort?« Dann bricht es aus ihm heraus. »Was machst du mit mir?« Als sich eine Autorikscha vor ihn quetschen will, versetzt er dem Lenkrad einen Hieb. »Willst du mir nicht einmal ein paar Worte gönnen? Ist das die Bestrafung? Du nimmst mir meinen Sohn. Bestrafung. Ich sehe ihn für ein paar armselige Wochen im Jahr. Bestrafung? Und jetzt nicht einmal Worte. Bestrafung. Bestrafung. Hast du überhaupt eine Ahnung, was das für mich bedeutet?« Den Finger auf die Hupe gepresst, drängt er die Rikscha zur Seite. »Ishaan fehlt mir. Ich denke jeden Tag an ihn.« Er bremst scharf, knapp bevor er das Gefährt rammt. »Ich vermisse ihn.« Die Bremslichter vor ihnen erlöschen, die Fahrzeugschlange rollt wieder. »Und denkst du nie daran, was es für Ishaan bedeutet? Was du ihm antust?« Ram lehnt sich im Sitz zurück. »Ishaan. So vieles, was ich nicht von ihm weiß.« Anjali hört, wie er mit einem tiefen Seufzer die Luft ausstößt. »Sind ihm seine Jackenärmel zu kurz geworden? Singt er mit der Zahnbürste im Mund? Schiebt er die Erbsen aus dem Byriani zur Seite? Stottert er, wenn er schwindelt? Wie wacht er auf? Wie schläft er ein?« Er tritt auf die Bremse. Stillstand. Anjali hat den Kopf gesenkt. Sie schweigt noch immer. Eine Träne tropft auf den Ärmel ihres *kameez.*

Ram wendet den Blick von der Straße, um sie anzusehen. Er legt ihr die Hand auf den Arm. Anjali zuckt zusammen und zieht ihren Arm enger an den Körper. Er greift nach dem Nokia in ihren Händen. Aufgeschreckt lässt Anjali es los. Er hält es hoch. »Zusammen werden wir diesen Angriff abwehren. Ich weiß, dass wir das können. Zusammen. Und ich will eine Lösung danach. Zusammen. Eine faire Lösung. Zusammen mit dir will ich eine Lösung finden.«

»Ja«, Anjalis Stimme klingt gepresst. »Ja, das will ich auch.«

* * *

Dreckskerle. Tiere. Was die mit dem Jungen gemacht haben. Gosh schaut auf Ishaan hinunter, der zusammengesunken auf dem Rand der Matte kauert. Ein Häufchen Elend. Der Junge muss was trinken. Sein kleines Gesicht so spitznasig, gar nicht gut. Ishaan schaut zu Boden. Gosh beugt sich hinunter. Mit dem Zeigefinger hebt er das Kinn des Jungen an, bis sich ihre Augen treffen. Ishaan schaut, ohne zu blinzeln. Gosh zeigt auf die Wasserflasche. »Trink«, sagt er, »deine *Mummy* hat gesagt du musst trinken.« Ishaan nickt fast unmerklich.

»Kommt sie dann?«

»Ja, ja, sag ich doch.«

»Rufst du sie an?«

»Ja, trink jetzt.« Und Gosh hält die Flasche so, dass das Wasser in kleinen Schlucken in Ishaans weit aufgesperrten Mund läuft. Dann gibt er ihm den Teller mit den kalten Samosas. Kleine Bissen macht er, kaut lange und schaut dabei Gosh an mit diesen runden Augen.

Gosh knetet seine Finger. Er wendet sich weg. Dreht Ishaan den Rücken zu, reibt sich mit der flachen Hand die Brust. Versucht, das Bild loszuwerden. Manoj, der Ishaans Hals packt. Er zieht an den Fingern, bis sie knacken.

Er hat sie gesehen. Die Pistole unter Manojs Jacke. Manoj hat keine Skrupel. Das steht fest. Hauptsache der Junge kann nicht quatschen. Und die Frau ist aus dem Weg. Risikobeseitigung. Er kennt die Methoden. Die machen reinen Tisch. Er reißt an seinen Fingern. »Denk doch mal weiter«, hat Manoj gesagt. Seine dreckige Lache. Und jetzt denkt er weiter.

Gosh reißt die Tür auf. Zum Ersticken die Bude. Er presst die Hände gegen seinen Kopf. Bloß ein paar Schritte. Durchatmen. Er bleibt stehen, schaut ins Dunkel. Die Straße. Es sind bloß ein paar Minuten. Der Scooter ist im Gebüsch versteckt. Und dann zum Busbahnhof. Egal wohin. Bloß weg. Geld. Er braucht Geld. Siddhart muss zum Busbahnhof kommen. Sein Kopf. Er stöhnt. Und was wird dann aus dem Kind? Verdammte *goondas.* Sie haben ihn gelinkt. Total. Wie blöd war er denn? Er kriegt doch auch alles mit, kann auch quatschen. Was hat er sich denn vorgestellt? Dass die ihn so einfach gehen lassen? Idiot. Er fasst sich an den Hals. Wo werden sie den Jungen hinbringen? Oder passiert es hier? Und dann? Er tastet nach seinem Handy in der Hosentasche. Hat er es drinnen liegen lassen?

* * *

Kaum sind sie in die Seitenstraße eingebogen, um den Stau zu umgehen, ist klar, dass auch dieser Weg blockiert ist. *Baraat!* Die ganze Straße ist blockiert von einer Hochzeitsgesellschaft. Anjali dreht sich um. Hinter ihnen schieben sich bereits Fahrzeuge heran – umkehren unmöglich. Dicht an dicht, zwischen den Läden und Ständen, zu beiden Seiten der Straße, wogt eine Menschenmenge in einem beschwingten Zug. Vorneweg marschiert, in prächtigen, goldbetressten Uniformen, eine Musikkapelle. Das blecherne Geschmetter dringt durch die geschlossenen Autofenster. Dicht auf folgt der Wagen mit dem Brautpaar, das unter einem Bogen aus blinkenden Lichtern wie lebensgroße Puppen in Szene gesetzt ist.

Plötzlich richtet sich Ram auf.

»Dort drüben«, er deutet auf das gelbe Schild – XEROX. »Kopien!« Er drückt die zusammengelegten Fingerspitzen an die Stirn. »Natürlich! Wir müssen unbedingt Kopien machen.«

Mit einem Ruck setzt sich Anjali auf. »Ich will keine Kopien«, sagt sie mit Nachdruck. Sie hat sich entschieden. Sie nimmt die Drohung ernst, die die Stimme gleich zu Beginn am Telefon ausgesprochen hat. »Sollten je Kopien auftauchen, wird es keinen einzigen Augenblick der Sicherheit mehr für Ihren Sohn geben. Wir wissen immer, wo er ist. Denken Sie daran.«

Ram hält den Wagen an. Er wendet sich zu Anjali. »Und du glaubst, dass du Fairness von diesen Verbrechern erwarten kannst, wenn du dich an ihre Regeln hältst?« Er stößt ein bitteres Lachen aus. »Diese Menschen werden nicht das kleinste Risiko eingehen, sie werden jeden Zeugen eliminieren. Das sind Profis. Rohe Gewalt ist ihr Geschäft.« Er fährt sich mit der Hand durch die Haare. »Jedes, aber auch jedes Mittel ist recht, wenn wir sie damit unter Druck setzen können.« Er deutet auf die Bude. »Ich weiß noch nicht, wie das mit den Kopien funktionieren soll, aber ich will die Chance nicht aus der Hand geben.«

Anjali drückt ihren Rücken gegen die Lehne. Ihre Hände sind feucht. Ihr wird eiskalt bei dem Gedanken, diesen Verbrechern hilflos ausgeliefert zu sein. Ram hat recht, *fair play* zu erwarten ist naiv. Im Grunde wusste sie es schon. Also werden sie Kopien machen.

Die XEROX-Bude, kaum größer als eine Duschkabine, bläulich von einer Leuchtstoffröhre beleuchtet, quetscht sich zwischen einen Frisör und einen Elektroladen. Davor lungern dünne Jungs mit gegelten Tollen, die zur Seite weichen, um Ram und Anjali Platz zu machen und dann sofort neben dem Laden einen Beobachtungsposten einzunehmen. Der *shop-wallah,* ein Junge wie die anderen, lümmelt überm Tresen und fummelt an seinem Handy herum. Ohne aufzusehen sagt er »*Black and white only*«. Auf Rams »okay« hin klappt er ohne hinzusehen den Deckel des Geräts hinter sich auf. Neben einem roten Plastikstuhl füllt das Kopiergerät, auf einem wackeligen Hocker postiert, den Raum vollkommen aus. Während der Junge mit dem Daumen seiner linken Hand weitertippt, streckt er die rechte Hand aus. Anjali öffnet ihre Tasche und reicht ihm das braune Buch. Er stutzt kurz, und lässt es über der Platte schweben. »*Ella?* Das Ganze?«, fragt er und legt es nach Anjalis »*Yes*« aufgeklappt auf die Platte.

Seite um Seite leuchtet der Apparat auf, als plötzlich, mit einem Aufflackern, die Neonröhre über ihnen erlischt. Schlagartig ist die ganze Straße dunkel.

»*What the hell* ...«, stößt Ram aus. Schreie, Flüche und Lachen schwirren durch die Luft. Nur der Brautwagen blinkt weiter, verbreitet ein romantisches Leuchten – er hat seinen eigenen Generator im Schlepptau – und die Kapelle schmettert unbeirrt einen alten *filmi*-Song, als wollte sie die Dunkelheit grüßen. Anjali lehnt die Stirn gegen die Wand. Am liebsten möchte sie mit der Faust auf etwas einschlagen. Wieder eine Verzögerung. Natürlich weil Ram unbedingt die Kopien haben musste! Sie holt tief Luft.

»*Forget it. Let's go!*« Sie macht einen Schritt auf die Straße und reißt sich von Ram los, der sie an der Schulter gefasst hat.

»*No problem, no problem*«, der Junge hebt das Tresenbrett hoch, bückt sich hinunter, und mit einem Ruck an einem Seil wirft er einen Minigenerator, kaum größer als eine Kaffeemaschine, an. Mit Husten, Knattern und Stottern legt die Maschine los und sofort ist die Luft verpestet vom Gestank des Zweitakteröls. Überall in der Straße dröhnen Generatoren los.

Zuckend erwacht die Neonröhre zum Leben und der Kopierer gibt summende, klickende Geräusche von sich. Schon leuchtet das grüne »*on*«-Lämpchen auf. Zum ersten Mal schaut der Junge seine Kunden an und lächelt.

»*Aayithu!* Vollbracht!«, sagt er voller Genugtuung, mit einer ausholenden Handbewegung zum Kopierer, als ob er gerade den Urknall initiiert hätte. Als alle Seiten kopiert sind, läuft er über die Straße und besorgt einen Umschlag.

Weiter geht's im Kriechgang hinter dem Hochzeitszug her. Anjali sinkt erschöpft gegen die Sitzlehne. Sie haben BTM Layout noch nicht erreicht, da geschieht es. Das Nokia in ihrem Schoß schrillt. Sie setzt sich kerzengerade auf, dreht sich zu Ram und sieht ihn fest an. Dann drückt sie Annahme. Der Lautsprecher ist eingeschaltet und die Stimme dringt in den Wagenraum. Diese Stimme, die sie fürchtet, seit sie sie zum ersten Mal gehört hat. Diese Stimme mit der kehligen Rauheit, abgehackt.

»*Lady.*« Atmen. »Hören Sie genau zu. Ihr Kind.« Atmen. Anjali beugt sich tief über das Telefon in ihrer Hand. Ist das Ishaan im Hintergrund? Sie hält den Atem an. Sie glaubt, sein Weinen zu hören. »Noch lebt es. Sie wollen doch nicht, dass ihm etwas geschieht?« Ausatmen, als ob der Sprecher Rauch ausstößt. »Das Buch. Kommen Sie allein. *8 p.m. Sharp.* N 120. Richtung Malgudi, Kilometer 15,5. *Over.*«

Stille in der Leitung.

Anjali lässt das Nokia in ihren Schoß sinken. Sie schweigt. Sie zittert.

Ram ist links herangefahren. Er steigt aus, kommt um den Wagen herum, öffnet die Tür.

»Lass uns einen Tee trinken. Der wird dir guttun«, er fasst Anjali am Ellenbogen, die es geschehen lässt. Sie ist so erschöpft von Schmerz und Angst, sie braucht einen Augenblick zum Verschnaufen. Mit unsicheren Schritten folgt sie ihm zu der Bude.

Über der Glasvitrine mit dem Gebäck hängt ein Fernseher. Blau-Rote Newsticker-Bänder laufen unter dem Bild einer Sprecherin. *Breaking News.* Die Worte der Nachrichtensprecherin sind kaum zu verstehen, eine süßliche, hoch angeschlagene Frauenstimme, ein *filmi*-Song, aus dem Gemüseladen nebenan, überlagert alles.

Sie stehen schweigend nebeneinander und in Anjalis Gedanken, in jeder Zelle ihres Körpers, breitet sich die Angst aus. Sie wärmt ihre eiskalten Hände an dem Glas mit dem Tee. Sätze wie Ratten im Laufrad gehen ihr im Kopf herum. Das Buch für Ishaan. Ishaan für das Buch. Das Buch. Ishaan. Die *goondas.* Der Plan. Sie hat ihre tiefsten Befürchtungen Ram gegenüber zurückgehalten. Jetzt beobachtet sie ihn von der Seite. Immer wieder fährt er sich mit der Hand über die Wange. Die Bewegung verrät ihr seine Besorgnis. Sie spürt seine Angst. Seine Angst um Ishaan, dessen Leben auf dem Spiel steht. Beide wollen sie ihre Angst verbergen, um ihren Plan zu schützen. Der Plan ist alles, was sie haben. Was können sie sonst tun?

Ram hat sich mit dem Arm auf den Tresen gelehnt und den Blick auf den Fernseher gerichtet. Anjali neben ihm sieht auf dem Bildschirm eine Wagenkolonne, sieht Motorräder, die vorwegbrausen, flatternde Fahnen. Sie sieht einen Scorpio vorfahren. Zwei Männer, Girlanden um die Schultern, winken von ihrer Position über dem offenen Verdeck den Menschen zu, die die Straße säumen. Und jetzt schwenkt die Kamera zur Seite, zeigt ein Heer von Polizisten vor gelben Sperren und davor erkennt sie eine Masse Menschen. Schilder werden geschwenkt, Fäuste geschüttelt, Parolen geschrien. Anjali tritt näher zum Gerät, um die Sprecherin besser zu verstehen.

»Auf einer großen Wahlkampfveranstaltung in den Palace Grounds wird MLA Govinda, Parteivorsitzender der BNP, seine Anhänger auf den kommenden Wahlkampf einschwören. Protestierende haben sich nach einem Aufruf von *Action Green* und anderen Aktivistengruppen versammelt, um ihre Forderungen direkt ins Zentrum der Partei zu tragen. Sie fordern einen Stopp der Pläne für ISTO und verlangen eine Untersuchung des Todes von Shakti Mishra. Seit dem späten Nachmittag ist die Menge der Protestler angewachsen. Es wird geschätzt, dass es sich um etwa 6.000 Teilnehmer handelt und es haben sich noch weitere angekündigt. Die Polizei rechnet mit Übergriffen und ist bereit, mit aller Härte einzuschreiten, um der demokratischen Stimme der BNP freien Ausdruck zu garantieren.«

Govinda! Schlagartig wird Anjali klar, dass Govinda das Zentrum ist, von dem aus alles gelenkt wird. Sie müssen Govinda erreichen. Mit einer Drohung. Ihre Gedanken überschlagen sich. Govinda sitzt in einer Festung von Sicherheitsleuten, Parteiangehörigen, Bediensteten. Abgeschottet. Und plötzlich stellt sie ihr Teeglas mit einem Knall auf den Tresen.

Raju, die miese Ratte. Raju ist Govindas Mann. Von ihm in den *Messenger* eingeschleust, ist er ein Verräter mit hohen Verdiensten. Dicht an Govinda. Der Weg zu Govinda muss über Raju gehen. Sie sieht es regelrecht vor sich. Raju ist die direkte Verbindung. »Komm!«, sie fasst Rams Arm, zieht ihn in Richtung des Autos. »Die Lösung. Es gibt eine Lösung.«

* * *

Auf dem Platz, nahe den Palace Grounds, haben sich massenhaft Menschen für einen Demonstrationszug zur Versammlung der BNP zusammengefunden. Trommeln dröhnen, Rufe fliegen über den Platz, Mopeds umkreisen knatternd die Menschenmenge. Anjali steht auf dem Trittbrett des Autos, hält Ausschau nach Jai. Sie wartet ungeduldig auf ihn. Er hat die Hauptrolle in dem Plan, der die Übergabe Ishaans absichern soll. Anjali hat die Neuigkeiten am Telefon mit ihm besprochen – er ist bereit. Nachdem sie Ram ihre Idee eröffnet hat, wussten sie beide, dass dies die Lösung ist und funktionieren wird. Die Antwort auf die Erpressung – eine Erpressung. Unter den Augen von tausenden Beobachtern.

In der Mitte der Menschen, die sich zusammenballen, entdeckt Anjali die Trommler. *Thavils* vor sich, feuern sie Rhythmen ins abendliche Dunkel. So wie die Stadtverwaltung zuletzt Trommlerformationen vor den Häusern von Steuersäumigen hat aufmarschieren lassen, um ihre Forderung einzutreiben, werden heute die Trommler die Forderung der Demonstranten in die Ohren der Partei hämmern.

Unzählige Arme erheben sich und die jungen Menschen fallen in Tanzschritte, während sie skandieren: »*Corruption – no option!*« – »*We fight for nature – We are the future!*«

›Danke Shakti‹, denkt Anjali, ›es geht los.‹ Die Zukunft lässt sich nicht aufhalten. Sie blickt hinüber zu Ram, der über der Autotür lehnt und mit drei jungen Leuten spricht. Zwei Mädchen, ein Junge. Tücher um das Kinn geschlungen, zerrissene Jeans. Sie lächelt. Ram in seinem schimmernden dunkelgrauen Anzug, dem feinen, schwarzen Hemd. Ram eben. Immer korrekt. Das drahtige schwarze Haar ist sauber geschnitten und an den Schläfen zeigt sich ein Anflug von Grau. Sie fährt sich über die Wangen. Die Tränenspuren, der Staub – wie sieht sie bloß aus? Sie lässt die Hände sinken. So war es immer für sie. In Rams Nähe fühlte sie sich mangelhaft und hat sich oft gefragt, wie es kommen konnte, dass so ein attraktiver Mann sie gewählt hat. ›Bevor er später eine andere Wahl getroffen hat‹, denkt sie bitter. Nun hebt er die Hand und grüßt die Drei zum Abschied, winkt und lächelt. ›Wie Ishaan‹, durchfährt es Anjali. Der leichte Überbiss der Zähne und die Grübchen. Sie wendet den Blick ab.

Da sieht sie Jai, wie er mit seinem Roller langsam durch die Menge fährt.

»Dort ist er«, ruft sie Ram zu. Sie winkt. Jai hat sie entdeckt und hebt die Hand.

»Endlich!«, scheint er zu rufen. Vorsichtig umkurvt er die Gruppen der vorbeiströmenden Menschen. Anjali sieht, dass eine Person hinter ihm auf dem Roller sitzt. Ihre Augen verengen sich. Sie lässt die Hand sinken, stutzt, klammert sich mit beiden Händen an das Dach des Wagens. Tatsächlich. Schräg hinter Jai sitzt Amma. Den *pallu* ihres Saris tief ins Gesicht gezogen, hält sie ein *tiffin* auf ihrem Schoß. Anjali ist geschockt. Mit der flachen Hand schlägt sie auf das Autodach. Verdammt, Amma ist hier völlig fehl am Platz. Typisch! Eigenmächtig taucht sie hier auf, wo alles andere zählt als ihre augenblickliche Befindlichkeit. Anjali hätte es sich denken können, dass Jai machtlos gegenüber Ammas Tricks ist. Nun gefährdet Amma mit ihrem Erscheinen all ihre Pläne. Sie brauchen Jai. Ihr Plan fordert Jais vollen Einsatz. Wer soll sich nun um Amma kümmern? Anjali spürt die Wut, die in ihr aufsteigt. Mit einer ratlosen Geste zu Ram, der schon auf die beiden zugeht, steigt sie vom Trittbrett und schließt sich ihm an.

Als Jai vor ihnen hält, rutscht Amma vom Sitz und drückt ihm das *tiffin* in die Hand.

»*Maka!*«, sie wirft sich Anjali entgegen und schließt sie in die Arme. Anjali, überwältigt, lässt sich an Ammas Schulter sinken, schließt die Augen. Als sie die Weichheit des Saris an ihrer Wange spürt und das typische Duftgemisch aus Lux-Seife und Gewürzen wahrnimmt, steigen ihr die Tränen in die Augen. Im selben Augenblick stößt Amma sie von sich, hält sie an den Armen fest. Nach einem kurzen Blick aus geschwollenen, geröteten Augen auf Anjali wendet sie den Kopf zu Ram.

»Was hat sie mit meinem Kleinen gemacht?« Sie schüttelt Anjali, sodass ihr selbst der *pallu* vom Kopf rutscht. »Immer diese schmutzige Arbeit!« Anjali spürt Ammas Finger schmerzhaft in ihren Arm gekrallt. »Was hat sie angerichtet?« Sie beginnt zu schluchzen. »Wie oft habe ich ihr gesagt, das geht nicht gut aus. Wie oft!« Anjali reißt sich los, stolpert einen Schritt zurück und schaut ihre Mutter entsetzt an. Ram tritt zwischen die beiden, fasst Ammas Arm.

»*Maamiji*«, mit sanftem Druck dirigiert er sie in Richtung Auto. »Alles wird gut, glauben Sie mir, alles wird gut.« Anjali und Jai sehen, wie er die Autotür öffnet und auf Amma, die noch immer weint, einredet. Jai stupst Anjali mit dem *tiffin* an. »Wenigstens wird keiner verhungern«, sagt er und versucht ein Lächeln, das ihm nur halb gelingt.

Anjali legt ihre Hand auf das *tiffin,* spürt die Wärme unter ihren Fingern. Mit einer Kopfbewegung hinüber zum Auto sagt sie: »Und was machen wir jetzt mit ihr?« Sie runzelt die Stirn und schaut hinüber zu Ram, der ihnen Zeichen macht zu kommen. Plötzlich entschlossen, geht sie los. Sie geht direkt auf Amma zu und legt ihr die Hände auf die Schultern.

»Hör mir zu.«

Amma hebt abwehrend die Arme, wendet sich zu Ram. »Was will sie tun, sie hat ...«

Anjali zieht sie zu sich heran. »Es geht um Ishaan. Nur um Ishaan.« Sie spricht jedes Wort langsam und deutlich aus. »Ishaan ist in höchster Gefahr.«

»Ja, ja – und du bist schuld!« Amma schluchzt auf und versucht, sich aus Anjalis Griff zu winden, doch die sie hält eisern fest.

»Wir werden alles tun, damit ihm nichts geschieht.« Anjali nähert ihr Gesicht dem Ammas und blickt ihr fest in die Augen.

»Ich will, dass du das weißt und uns unterstützt. Mir ist das sehr, sehr ernst.«

»Was, in aller Welt ...«, Amma blickt hilfesuchend zu Ram. Der nickt.

»*Yes, Maamiji – please*«, sagt er. Anjali spürt die Schultern ihrer Mutter unter ihren Händen nachgeben. Amma senkt den Kopf.

* * *

Hat er sich's doch gedacht. Der Junge! Auf die Matte entwischt. Eine Hand hinter dem Rücken.

»Gib her!«, herrscht er ihn an, streckt die Hand aus. Doch der rutscht bloß weiter zur Wand. Schaut ihn wütend an. ›So klein‹, denkt Gosh, ›und so ein Blick.‹ Jetzt sagt er etwas. So leise, er versteht ihn kaum. »Was?«

»*Mummy* anrufen!«

»Was willst du?« Fast hätte er gelacht. Er kniet sich hin, stößt ihm den Zeigefinger vor die Brust – ›Täubchenbrust‹, denkt Gosh unwillkürlich und zuckt zurück, hebt den Finger. »Ich hab's dir doch gesagt, sie kommt. Hast du nicht gehört? Wie oft soll ich's noch sagen?«

»Du lügst!« Mit aller Kraft schleudert ihm der Kleine die Worte entgegen.

»*Chup!*«, Gosh fasst hinter ihn. Da rollt sich der Junge blitzartig zusammen, Hände unter dem Körper und tritt nach ihm. Als Gosh zufasst, will er ihn beißen. Gosh kann gerade noch die Hand wegziehen. Scheiße, ihm reicht's jetzt. Mit hartem Griff packt er Ishaan im Genick – ein Schreck durchzuckt ihn. Wie dünn der Hals ist, er könnte ihn ohne Mühe zerbrechen. Er löst die Hand und drückt den Jungen auf die Matte, reißt seinen Arm zu sich heran, biegt die Finger auf und entwendet ihm das Handy. Dann lässt er den Jungen los, richtet sich auf. Das Display ist dunkel. Unkontrolliert drückt er alle Knöpfe. Natürlich – der Akku. Er holt aus und schleudert das Gerät quer durch den Raum. Mit einem Krach landet es an der Wand neben der Tür, prasselt in Einzelteilen auf den Boden.

»Nein!«, Ishaan ist hochgeschossen, läuft zur Tür, kniet sich auf den Boden und beginnt, die Teile einzusammeln. Gosh atmet schwer und schaut ihm ohne Regung zu. Während Ishaan die Teile zusammenfügt, bewegt er unablässig seine Lippen – ein Wispern, das Gosh nicht versteht. Will er auch gar nicht. Er fasst sich mit beiden Händen in die Haare. Er ist machtlos, ausgeliefert auf Gedeih und Verderb. Und er wird der Dritte sein. Logisch. Der Junge, die Mutter, er. Das ist sicher. Stählern, kalt und hart, tödlich. Das Wissen sackt in seine Knochen. Da spürt er eine Berührung am Arm. Der Junge hält ihm das Handy hin.

»Mach es an. Und dann ruf *Mummy* an. Hier nimm.« Er stampft auf. »Ich sag dir die Nummer. Bestimmt findet sie uns nicht. Es ist dunkel und sie kennt doch den Dschungel nicht so gut wie ich. Du musst vorsichtig sein. Du darfst es nicht kaputt machen. Wir brauchen es, wenn wir weggehen. Zu *Mummy*. Bevor die *Rukshasas* wiederkommen. Es kann leuchten. Du weißt doch.« Er schaut aus glänzenden braunen Augen zu ihm hoch. Dann nimmt er Goshs Hand, legt das Handy hinein und drückt seine Finger fest darum.

Gosh setzt sich auf die Fersen in Augenhöhe mit dem Jungen.

* * *

Jai und Anjali gehen hinüber zum Roller, und während Jai den Umschlag mit den Kopien in den Händen hin und her dreht, setzt ihm Anjali noch einmal Punkt für Punkt den Plan auseinander, wie sie ihn schon im vorhergehenden Telefongespräch besprochen haben. Anjali spricht schnell und Jai hört ihr mit vorgeneigtem Kopf konzentriert zu. Dann nimmt sie seine Hände und drückt sie fest, wobei sie ihm in die Augen schaut. Jai nickt.

»Verlass dich auf mich. Ich schaffe das. Ishaan ...« Er räuspert sich und macht sich los, grüßt noch einmal hinüber zu Amma und Ram und startet seinen Scooter.

Als Anjali zum Wagen kommt, steigen alle schnell ein, und Ram fädelt sich in den zähflüssigen Verkehr ein. Sie haben nicht viel Zeit. Ihnen bleiben weniger als zwei Stunden bis zur Übergabe – Anjali schluckt. Nicht auszudenken, wenn sie aufgehalten würden. Während sie sich in einem stetigen Stopp und Go vorwärts bewegen, telefoniert Anjali auf dem Rücksitz. Sie spricht mit Raju. Sie spricht abgehackt, betont die Worte scharf.

»Verstanden? Ich will eine ganz und gar korrekte Durchführung. Keine Tricks. Wir haben die Kopien. Die Medienmeute ist auf unserer Seite. Sie werden sich darauf stürzen.« Sie hat Raju vor wenigen Minuten erreicht. Er war völlig perplex sie zu hören. Seinen Wortschwall hat sie einfach abgeschnitten. Unumwunden hat sie ihm klar gemacht, um was geht. Was sie von ihm will. Er hat sofort verstanden. Die Drohung ist bei ihm angekommen. Anjali hat es gehört, kurzatmig, als ob er vor einem Verfolger davonliefe, hat er reagiert. Die Kopien und der Plan wirken wie eine gezündete Handgranate. Wenn die hochgeht, wird sie Govinda und ihn zerreißen. So viel ist sicher. Ohne Diskussion hat er in ihre Bedingungen eingewilligt. Bis ins Kleinste würde er alles mit Govinda abklären.

»Was ist mit dem Kameramann?«, fragt Ram von vorn. »Klappt das?«

»Er wird zur Stelle sein, er hat sich geradezu auf meine Bitte gestürzt.« ›Ja‹, denkt Anjali, ›wie auch immer alles ausgeht, er wird eine Sensation im Kasten haben.‹ Sie versteht seine Begeisterung.

»Kannst du ihm vertrauen?«

»*Don't worry,* ich kenne ihn schon lange. Er ist ein aufrichtiger Kerl. Jai kann sich auf ihn verlassen.«

Da meldet sich Amma vom Beifahrersitz. »Es ist falsch, was ihr da vorhabt. Ins Wespennest zu stechen, heißt Gefahr heraufzubeschwören. Das wird nichts. Das kann nicht klappen.« Sie setzt sich im Sitz auf, reckt das Kinn. »Ich habe euch doch gesagt, er ist da draußen. Leute, Männer, eine Suchaktion, das ist alles, was wir brauchen.«

Anjali erspart sich die Antwort. Von Anfang an hat Amma tausend Einwände gegen den Plan und den Ablauf der Übergabe gehabt, wollte alles besser wissen. Anjali lässt sich auf kein Argumentieren ein und überlässt es Ram, Amma zu überzeugen, dass sie das Richtige tun. Sie hört Ammas Stimme, untermalt von Rams beruhigendem Gemurmel. Schließlich wird ihre Mutter klein beigegeben, vermutet Anjali. ›Natürlich‹, denkt sie, ›Ram ist ja ein Mann!‹ Amma wird im Dorf warten, bis alles vorüber ist, das hat sie mit Satiadev vereinbart. Menakshi wird sich um sie kümmern.

Anjalis Gedanken wandern zu Jai. Zu Jai auf seiner Mission. Zu Jai, der ein Spiel mit hohem Einsatz spielt. Für Ishaan. Ein Spiel buchstäblich um Leben und Tod. Ein Spiel, in dem die Öffentlichkeit der Sicherheitsanker ist, die Lebensversicherung. Ein Spiel direkt vor den allgegenwärtigen Augen der Medien und den Augen vieler Menschen.

Anjali schlingt die Arme um sich, hält sich an ihren Schultern fest.

* * *

Das Gebäude auf den Palace Grounds gleicht einer belagerten Festung. Tausende Protestierende rufen Slogans, schwenken Plakate. Polizisten vor gelben Barrieren postiert, sichern den Platz vor dem Haupteingang. Seitlich, am Rand der Menschenmenge, unter dem Lärm der Rufe und der Trommeln, steht neben einem Jeep eine Gruppe Polizisten. Der größte unter ihnen, dessen Streifen an der Mütze ihn als Offizier ausweisen, lehnt am Kühler des Wagens. Die Hüfte vorgeschoben, die Daumen lässig in den Gürtel eingehakt und den *lathi* in der Ellenbogenbeuge, lässt er den Blick über die Szene schweifen. Seine Augen verfolgen einen jungen Mann im orangeroten Hemd, der Farbe der Partei, der sich dem Seiteneingang für VIPs nähert. Langsam richtet sich der Offizier auf. Er nestelt an der Gürteltasche mit dem Walkie Talkie. Dann hebt er das Gerät an den Mund. Der junge Mann geht mit einer voluminösen Blütengirlande in beiden Händen direkt auf den von Polizisten abgesicherten Eingang zu.

Jai bleibt stehen, legt die Girlande über seinen Arm und sucht mit den Augen die Umgebung ab. Dann macht er dem Kameramann hinter sich ein Zeichen. Dieser schließt auf und der Polizist sieht, dass das rote Lämpchen am Gerät leuchtet. Die Kamera läuft. Er klemmt seinen *lathi* unter den Arm, und während er Anweisungen in den Apparat spricht, setzt er sich in Bewegung. Dann steckt er das Gerät zurück in den Gürtel und nähert sich den beiden Männern. Kurz bevor er sie erreicht, tritt ihm Raju in den Weg. Mit erhobenen Handflächen stoppt er den Polizisten. Als er eine Plakette zückt, salutiert der Uniformierte. Jai, der die Szene beobachtet hat, erkennt Raju an der orangeroten *kurta* mit dem weißen Schal. Sein Blick verhärtet sich. Er fixiert Raju mit finsterer Miene. Verräter, mieser Verräter. Am liebsten würde er ihn mit einem Schlag zu Boden befördern, doch er ist auf Raju angewiesen. Er braucht ihn für den Plan, der die Sicherheit Ishaans garantieren soll. Sein Begleiter reagiert schnell und richtet die Kamera auf die beiden Männer, als sie sich treffen. Raju, als Zeichen des Erkennens – oder wie um zu beweisen, dass er unbewaffnet gekommen ist –, hält die Hände seitlich vom Körper.

»Bereit?«, fragt er Jai und macht eine Geste zum Gebäude hin. Dann geht er mit kurzen schnellen Schritten auf den Eingang zu. Der Kameramann bewegt sich seitwärts vor ihm, sodass er Jai und Raju gemeinsam im Visier hat. Durch einen Korridor von Polizisten erreichen sie den Eingang. Neugierig starren die Wachhabenden sie an. Bevor Jai unter dem riesigen Banner der BJP mit dem Symbol der verschränkten Hände durch die Tür tritt, dreht er sich zu den Demonstranten um. Er überblickt ein Meer aus Köpfen, Armen, Schildern, wild bewegt. Fast sieht es aus, als könnte diese Brandung die Sperren niederreißen und die Polizisten überrollen. Bitterkeit lässt seine Lippen schmal werden. Tausendmal lieber wäre er dort auf der anderen Seite. Wenn der Plan funktioniert, wird er der meistgehasste Mensch unter den Rebellierenden sein, schlimmer als Govinda. Ein Verräter. Er tritt durch die Tür.

Die Luft in der Halle, wie in einer Zirkusarena, ist schwer von den Ausdünstungen der vielen Menschen. Die riesigen Ventilatoren, die an Eisenstreben von der Decke hängen und auf höchster Stufe schwirren, kommen nicht dagegen an.

In Wellen fluten Fahnen, von jungen Männern geschwenkt über die Menge.

»*Hail Govinda!* Es lebe Govinda!«, skandieren Hunderte von Stimmen. »*Hail Bharat!* Es lebe Indien!«

Von beiden Seiten drängen Menschen in den Mittelgang, den die kleine Gruppe aus Jai, Raju und dem Kameramann nun hinuntergeht. Sie weichen jedoch vor den schwarz gekleideten Guards zurück, die Raju und seine Begleiter hinter der Tür in Empfang genommen haben und die ihnen den Weg zur Bühne bahnen. Jai richtet seinen Blick starr nach vorn zum Podium, in dessen Hintergrund das zig-fach vergrößerte Portrait Govindas hängt. Auf Rajus Stirn glitzern Schweißtropfen. Seine Brillengläser sind beschlagen. Den Mund fest zusammengepresst, achtet er nicht auf Zurufe aus der Menge, die ihm gelten. Eine Hand hat er in Jais Rücken gelegt. Will er ihn leiten oder will er ihn am Vorpreschen hindern?

Der Kameramann bewegt sich mit tänzerischer Sicherheit rückwärts vor ihnen. Einige Male, als er gestolpert ist und zu stürzen drohte, wurde er von den seitlich herandrängenden

Zuschauern mit vielen Händen und mit Geschrei aufgefangen. Jai presst die Girlande, deren Jasminduft ihm durch den Dunst der Halle entgegenschlägt, in den schweißnassen Händen. Unter seinem Hemd, das ihm locker auf der Hüfte sitzt, schneidet die Kante des Umschlags mit den Kopien in seine Haut. Hitze breitet sich wie ein Brand von dieser Stelle aus.

Und dann haben sie ihren Platz erreicht, direkt vor der Bühne.

* * *

Stille. Nichts als das Rascheln und Knacken in den Bäumen. Von Ferne ein Schnarren. Er steht reglos hinter dem Stamm der Kokospalme. Über ihm greifen die Äste der Bäume ineinander, bilden ein schwarzes Dach. Vor ihm das Haus. Durch die Ritzen der mit Brettern vernagelten Fenster dringt öliger Lichtschein. Drinnen der Junge. Und hier wartet er auf sie. Manoj und Billou. Er wechselt den schweren Ast in die Linke, um sich den Schweiß im Genick abzuwischen. Das haben sie sich so vorgestellt. Den Jungen holen und ihn gleich mit zu erledigen. Wie blöd sind die denn, dass sie glauben, er weiß das nicht? Und, seine Schultern sacken nach vorn, wie blöd war er denn, dass er nicht gemerkt hat, dass er in eine Falle gelaufen ist? Er packt den Ast mit beiden Händen und richtet sich auf. Wenn er den Jungen zurückbringt, bekommt er mildernde Umstände. Und außerdem ist der viel zu klein, nichts als Knöchelchen und große Augen ... Jetzt wartet er drinnen. Streng hat er mit ihm geredet: »Willst du deine *Mummy* treffen? Dann warte. Rühr dich nicht. Bleib hier sitzen. Wenn ich die *Rakshasas* verjagt habe, gehen wir. Zu deiner *Mummy.* Die Tür bleibt zu, bis ich wiederkomme. Kein Mucks. Kein Mucks, hörst du. Zieh deine *chappalis* an. Die Schultasche bleibt hier. Geh nicht an die Tür.«

Er wartet auf sie. Eine wilde Aufregung erfüllt ihn. Er wird es ihnen heimzahlen. Bastarde. Fest packen seine Hände den Ast. Da hört er Schritte, der Schein von Taschenlampen zuckt über Büsche, Schatten eilen voraus. Er leckt sich über die trockenen Lippen. Sie sind da. Mit beiden Armen hebt er den Ast über seinen Kopf. Sie gehen direkt auf die Tür zu. Ein Schritt und er ist er hinter ihnen. Holt aus. Wirft sich nach vorn, legt seine ganze Kraft in den Schlag. Der Ast kracht auf Manoj herunter, verfehlt seinen Kopf, trifft ihn mit voller Wucht auf die Schulter. Er wird zur Seite gerissen, taumelt, fällt gegen Billou. Und ohne Zögern hebt Gosh mit einem Ächzen noch einmal den Prügel. Da dreht sich Billou um – die Waffe in seiner Hand. Gosh schleudert das Holz zwischen seine Beine. Noch bevor er den Schlag am Kopf spürt, hört er den Knall. Die Kugel. Er fällt. ›Aus‹, denkt er.

* * *

Eine Stunde ist vergangen, seit Raju und Jai in der vordersten Reihe, direkt unter dem Podium, auf schnell herbeigeschafften Plastikstühlen, Platz genommen haben. Links und rechts von ihnen, zu beiden Seiten der Bühne haben sich die Medienleute postiert. Das Rednerpult ist bestückt mit einem wuchernden Wald aus Mikrophonen.

Jai sitzt leicht vornüber geneigt fast ohne Regung da. Seine Gedanken wandern immer wieder zum Geschehen draußen im

Dschungel. Jetzt sind sie schon im *Valley* eingetroffen und bald werden sie am Übergabeort sein. Und dann kommt es darauf an, dass der Plan funktioniert. Wird er hier alles richtig machen, um den Plan erfüllen zu können? Ihm ist, als bekäme er keine Luft. Er beißt sich auf die Lippen. Die Masse hinter ihm skandiert Parolen. Immer wieder dreht Jai sich nervös um und sein eines Auge kneift sich automatisch zusammen, was ihm einen verächtlichen Ausdruck verleiht. Er vermeidet es, Raju neben ihm anzuschauen, und hat sich halb von ihm weggedreht. Der Kameramann, der Raju und Jai begleitet, nimmt seine Aufgabe als unbestechlicher Zeuge ernst. Seiner Kamera entgeht nichts. Nicht, wie Raju auf seinem Stuhl hin und her rutscht. Nicht, wie seine Hände immer wieder die *kurta* auf der Schulter zurechtrücken. Nicht die Schweißperlen auf seiner Stirn. Nicht, wie er mit der Schuhspitze auf den Boden klopft. Es ist klar, nichts, was Raju tun würde, nichts, was Jai geschähe, bliebe undokumentiert.

Plötzlich flammen Scheinwerfer über der Bühne auf. Govindas Auftritt. In einem schimmernden weißen *veshti,* über der Schulter ein seidenes Tuch mit einer Borte aus goldenen Stickereien, verbeugt er sich vor seinen Anhängern, legt die gefalteten Hände an die Stirn. Sofort bricht frenetischer Applaus aus. Mit gemessenen Schritten, die Arme erhoben, die Handflächen über dem Kopf aneinander gelegt, halb Geste der Ehrerbietung, halb Siegergeste, geht Govinda zum Rednerpult. Auf seiner braunen Stirn leuchtet das *tilak* – drei aschefarbene Streifen, der rote Punkt und darin das Gelb. Blitzlichter spiegeln sich in seinen Brillengläsern. Hochrangige Parteikader, die ihm gefolgt sind, bilden einen Halbkreis um ihn. Inmitten des Aufruhrs lässt Govinda seinen Blick lange auf Jai ruhen, nickt dann Raju zu, der beide Hände ausgestreckt, die Handflächen nach unten eine beruhigende Geste macht. Nur einen Augenblick hat dieser Austausch gedauert. Doch Jai ist klar, Govinda weiß, was auf dem Spiel steht, und kennt die Spielregeln.

»Mögen die Götter uns allen beistehen, dass er sie einhält«, hatte Anjali gesagt, als sie Jai den Plan eröffnet hatte. Jai wechselt die Girlande von einer Hand in die andere und streift mit dem Ärmel seines Hemds den Schweiß von der Stirn.

* * *

Erde. Er riecht Erde. Die Augen kann er nicht öffnen. Verklebt. Irgendetwas ist mit seinem Gesicht. Seine Hand tastet zur Schläfe. Nässe. Blut? Er hebt den Kopf. Weißglühend der Schmerz hinter der Stirn. Er fällt zurück. Atmet flach. Sie haben ihn erwischt. Und Ishaan? Was haben sie mit Ishaan gemacht? Aufstehen. Er muss aufstehen. Er beißt die Zähne zusammen. Auf den Knien, die Arme aufgestützt, mit hängendem Kopf. Speichel tropft aus seinem Mund. Er spuckt trockene Blätter und Erde aus. Wo sind sie? Langsam hebt er den Kopf, spannt die Gesichtsmuskeln gegen den Schmerz. Er lauscht. Die Tür steht offen. Drinnen der Schein der Petroleumlampe. Kein Laut. Ishaan? Am Türpfosten zieht er sich hoch. Ein Zischen dringt durch seine Zähne. Im Raum ist niemand. Er ringt nach Luft. Dann atmet er durch. Die Übergabe. Sie haben das Kind. Oben an der Straße. Er macht sich los. Schwankt. Geht. Geht weiter.

* * *

Es ist nach acht. Anjali starrt auf das Display ihres Handys. Um acht sollte die Übergabe sein. Wo sind sie? Hier ist die Stelle. Der Kilometerstein Malgudi 15,5 km. Kaum eine Viertelstunde entfernt vom Dorf. Hier soll die Übergabe stattfinden.

»Was ist los? Wo sind sie?« Rams Stimme klingt rau.

An ihnen vorbei, auf der Nationalstraße nach Mysore rattert und dröhnt der Verkehr. Die Straße, wie mit einem Messer durch den Dschungel geschnitten, leitet einen Fluss röhrender, donnernder Fahrzeuge durch die Dunkelheit. Unebenheiten lassen die Scheinwerfer auf- und abwippen wie Positionsleuchten von Schiffen, die auf Wellen treiben.

Anfangs hat sich Anjali nicht gerührt, hat ohne zu blinzeln in die Scheinwerfer gestarrt. Jetzt ergreift sie eine tiefe Unruhe. Immer noch kein Zeichen von den Entführern. Jenseits der Straße bildet der Dschungel eine dunkle Wand, feindselig und abweisend. Die Dunkelheit ist überall. Die auf- und abblendenden Lichter lösen bedrohliche Schatten heraus. Auch hinter ihr liegt die Schwärze des Dschungels. Sie kann sie fühlen, schwer wie eine Decke auf ihren Schultern. Sie hat nicht gewusst, bis jetzt, wie tief Dunkelheit sein kann. Ram hat einen Fuß auf den Kilometerstein gestellt. Den Arm auf sein Knie gestützt, verharrt er unbeweglich, den Blick auf die Straße gerichtet. Niemand ist zu sehen, weder hier noch drüben.

Anjali hält das Warten kaum aus. Die Ungewissheit drückt sie wie mit Gewichten zu Boden. Äußerlich erstarrt, fühlt sich ihr Inneres an, als ob sie mit rasender Geschwindigkeit herumgewirbelt würde. Beim Schrei eines Vogels, der wie eine Warnung durch den Motorenlärm dringt, schreckt Anjali auf. Sie geht ein paar Schritte entlang der Straße. Ihre Schritte werden schneller. Hin und her geht sie. Immer wieder hin und her. Sie umklammert das Buch. Ihre Finger graben sich in das weiche Leder des Einbands. Als sie aufschaut ist ihr, als wären die Bäume näher gerückt. Überall scheint Gefahr zu lauern. Warum kommen sie nicht? Ist Ishaan dort im Dunkeln? Wer ist bei ihm? Wo werden sie auftauchen? Wird Ishaan wirklich bei ihnen sein? Wo sind sie? Was tun diese Bestien?

Der Vogel schreit noch immer. Das Geräusch dringt wie ein bohrender Schmerz mitten in ihre Brust. Sie wehrt die Gedanken an das Schlimmste ab. Wie soll sie weiterleben, wenn Ishaan etwas geschieht? Sie tritt fester auf. Gedanken, rot vor Hass, überrollen sie. Durch die Hölle sollen sie gehen. Tritt um Tritt will sie sie in die Hölle treiben. Schlag um Schlag. Ein Messer in den Rücken. Einen Prügel auf den Schädel. Ihre Hände zucken.

Ram kommt auf Anjali zu. Er streckt eine Hand aus, um sie aufzuhalten.

Sie bleibt stehen. Und in diesem Augenblick klingelt das Nokia in Anjalis Tasche. Das Geräusch lässt sie zusammenzucken. Sie wirft das Buch auf die Erde und reißt sich die Tasche vom Arm. Ram ist mit einem Satz neben ihr. Als sie das Gerät aus der Tasche gefischt hat, lässt sie es vor Aufregung fast fallen. Ihre Finger gehorchen ihr nicht mehr, sie reicht es Ram. Er drückt sofort den Knopf und presst das Handy an sein Ohr. Anjali mustert ihn ängstlich. Er schüttelt den Kopf. Alles, was er hört, ist Rauschen und Knacken, eine unverständliche abgehackte Stimme. Dann Stille.

»Was? Was?«, ruft Anjali in Panik.

Ram hält das Telefon von sich. »Verdammt! Verbindung total gestört!«, er ächzt. »Was ist da los?«

Als nach einer Weile kein Anruf mehr kommt, hebt Anjali das Buch vom Boden auf. Sie schlägt mit der Faust drauf. »Sie werden es büßen, und wie sie es büßen werden«, presst sie hervor. Sie sieht Ram an: »Versprich mir, dass sie es büßen werden.«

Ram tritt neben sie.

»Anjali – Jai wird ...«, doch sie lässt ihn stehen, geht an ihm vorbei. Wieder laufen ihre Füße automatisch. Auf und ab. Hin und her. Ein steter Strom von Trucks, Bussen und hochbeladenen Transportern zieht an ihr vorüber. Sie nimmt sie kaum wahr. Sie zieht die Schultern zusammen, hält das Buch vor ihre Brust, faltet die Hände darüber, dann führt sie es an ihre Stirn. Nimm mich, rette mein Kind. Sie schaut zum Himmel auf. Über den Bäumen funkeln die Sterne. Sieht Ishaan sie auch?

»Twinkle, twinkle, little Star ...«

Und da, plötzlich, nimmt sie eine Bewegung auf der Seite gegenüber wahr. Eine helle Bewegung. Eine Gestalt. Ein Mann. Allein. Sie krampft ihre Hand um das Buch. Niemand sonst ist bei ihm. Ishaan? Wo ist Ishaan. Sie sieht den Mann taumeln. Jetzt verdeckt ein Bus ihn. Dann ein Truck. Als Anjalis Blick wieder frei ist, ist er verschwunden. Sie reckt sich. Dann sieht sie ihn im Scheinwerferkegel eines Motorrads. Auf dem Boden ausgestreckt, halb im Dickicht. Ohne zu überlegen tritt Anjali auf die Straße. Sie wird vom Dreiklang einer Bushupe an den Straßenrand zurückgefegt. Ram eilt auf sie zu. Ihre Beine zittern, doch sie nutzt die nächste Lücke und rennt los.

* * *

Govinda steht am Rednerpult und lässt seinen Blick über die Versammelten wandern. Mit den nach oben geöffneten Handflächen fängt er den Jubel auf, hebt ihn bis über seinen Kopf. Dann dreht er die Handflächen nach unten. Es wird still. In grelles Licht getaucht steht er dort oben. Seine Stimme tief, fast bedrohlich, dröhnt mit vibrierenden Bässen aus den Lautsprechern.

»Ich stehe hier als Diener des Volkes.« Mit der flachen Hand am ausgestrecktem Arm zeigt er auf die Menschen in der Halle. »Und kein Wille ist größer als des Volkes Wille. Das wird die Wahl zeigen.«

Schweigend sitzt Jai neben Raju, die Schultern angespannt. Seine Mundwinkel zucken. Er legt die Girlande über seine Knie und verschränkt die Arme vor der Brust, wie um sich selbst zurückzuhalten bei diesen Worten. Diener des Volkes! Er könnte aufspringen und schreien, wenn er diese Worte aus dem Mund dieses Verbrechers hört. Schweiß rinnt ihm über den Rücken, sein Hemd klebt an der Lehne des Plastikstuhls.

Noch kein Anruf.

Raju neben ihm setzt nervös seine Brille auf und ab, reibt die Gläser am Ärmel seiner *kurta* blank, dann holt er sein Handy aus der Tasche, kontrolliert das Display. Er blickt zur Kamera, die beständig auf ihn gerichtet ist, wie eine Waffe. Seine Finger trommeln auf seine Oberschenkel. Die Arme auf die Seitenlehne gestemmt, dreht er sich immer wieder um, blickt in den rückwärtigen Saal, als ob er jemanden erwarte.

Govinda richtet sich auf, fixiert die Menge, sein Blick streicht über die Köpfe hinweg. »Eines garantiere ich, so wahr ich hier stehe: Zum Wohle der Bürger in unserem Staate verfolgen wir unsere Ziele. Und auf unserem Weg ins Ziel rufe ich jeden auf, sich einzureihen, und ich warne jeden, sich gegen uns zu stellen.«

Jetzt sollte der Anruf kommen, dass Ishaan in Sicherheit ist.

Jetzt sollte der Plan aufgehen.

Ishaan im *Valley* für das Buch. Die Kopien für die Unversehrtheit von Ishaan und Anjali in die Hände Govindas.

Wenn Anjalis Anruf ihm bestätigt, dass sie in Sicherheit sind, würde Raju Jai auf die Bühne führen. Angekündigt als Vertreter von *Action Green.*

Er würde Govinda die Girlande über die Schulter legen. Die Kamera würde jede Sekunde der Begegnung aufnehmen, das Auge des Zeugen. Nichts könnte ihm geschehen. Zwischen seinen gefalteten Händen würde er mit einer Verneigung Govinda den Umschlag mit den Kopien überreichen.

Govinda würde den Umschlag entgegen nehmen, sich dem Publikum im Saal zuwenden, die Papiere herausnehmen und langsam die Seiten durchblättern. Er würde die Papiere demonstrativ hoch heben. Als Grußadresse würde er sie bezeichnen. »Der erste Schritt auf dem Weg, die rechtlosen Zustände draußen auf der Straße zu beenden.«

Jubel der Menge.

Patt.

So ist der Plan. Sollte Ishaan etwas geschehen und die Übergabe nicht erfolgen, dann würde Jai den Inhalt des Buchs hier vor allen Menschen den Medien präsentieren, im Schutz der ihn begleitenden Kamera. Eine massive Drohung. Das ist der Plan, den Raju Govinda übermittelt hat, dem Govinda zugestimmt hat. Was ist geschehen? Es ist schon weit nach acht Uhr. Die Übergabe muss erfolgt sein. Oder wird sie gleich erfolgen? Warum noch nicht?

»Was ist los?«, Jai dreht sich auf dem Stuhl herum zu Raju und sieht, wie dieser, das Handy am Ohr, wortlos lauscht. Mit gerunzelter Stirn antwortet er: »*Net is down.* Keine Verbindung. *Don't worry.* Die wissen da draußen, was sie tun müssen. Alles wird nach Plan abgewickelt. Es ist ein Befehl Govindas.« Dann strafft er die Schultern, klatscht automatisch und seine Lippen formen stimmlos den Slogan »*Hail Bharat!* Es lebe Indien!«, der von Hunderten Stimmen skandiert wird.

Die Unruhe lässt Jais Hände schwitzen. Immer wieder wischt er seitlich über seine *kurta.* Es war abgemacht, dass er nicht anrufen sollte, um den Ablauf der Übergabe nicht zu stören. Die Ungewissheit lässt ihn schwer atmen. Bilder bedrängen ihn. Er sieht leblose Körper. Blutüberströmte Gesichter. Verdrehte Glieder. Er legt die Hand vor die Augen. Das darf nicht geschehen, dafür ist er hier. Die Drohung mit den Kopien. Sie muss wirken.

Ist etwas schiefgelaufen?

Er sieht auf und sein Blick geht von Raju zu Govinda und zurück. Raju, der das Handy umklammert hält. Govinda, dessen Hand immer wieder die Kehle berührt. Das Warten auf den Anruf. Die Drohung. Doch der Anruf kommt nicht.

Jai tastet nach dem Umschlag, ballt die Faust. Sie werden bezahlen. Wenn Anjali und Ishaan und Ram etwas geschehen ist, werden sie bezahlen. Er schwört es. Bei Durga. Vor der bereitstehenden Medienmeute wird er die kopierten Dokumente präsentieren. Die ganze schmutzige Liste. Jeder Name, jede

Zahl würde in großen Lettern über die Bildschirme der TV-Stationen flimmern.

Oben auf der Bühne entsteht Unruhe. Jai richtet sich auf und sieht, wie Tandon in einer schimmernden silberfarbenen *kurta,* umringt von seinen Guards, die Bühne betritt. Govinda streckt ihm in einer Willkommensgeste die Arme entgegen.

»Begrüßen Sie mit mir den Mann, der wie diese Partei für Zukunft, Fortschritt und Entwicklung steht – S. L. Tandon!«

»*Hail! Hail!*«, brüllt die Menge. Tandon öffnet die Arme und empfängt den Applaus.

Jai windet sich auf seinem Sitz. Er beobachtet das auf der Bühne rituell vollzogene *Garlanding,* den Händedruck der beiden und ihm schaudert, wenn er sich vorstellt welche Macht sich dort zusammenballt. Hinter ihm steigen Rufe auf ISTO! ISTO! Er möchte sich die Ohren zuhalten.

Tandon und Govinda im Blitzlichtgewitter reichen sich immer wieder die Hände, damit das Signal ihrer Verbindung auf allen Kanälen festgehalten werden kann. Zwei Hände fest vereint wie auf dem Symbol der Partei. ›Zwei Hände, an denen Blut klebt‹, denkt Jai. Zwei Hände verbunden im Verbrechen.

Govinda und Tandon, Schulter an Schulter, winken den Jubelnden zu, sie umarmen sich. Dann lehnt sich Govinda nach vorn, spricht ganz dicht vor den Mikrofonen.

»Wir sind immer wieder angegriffen worden von Leuten und Gruppen, die uns mangelnde ethische Haltung vorwerfen.« Seine Faust kracht auf das Rednerpult. »Realitätsblinde Eiferer!« Er hebt den Zeigefinger. »Geht nicht in die Falle von Gerechtigkeit und Moral. In der Politik gibt es keine richtigen oder falschen Entscheidungen. Das Ziel von Politik ist es, ein erwünschtes Resultat zu erreichen.« Er ballt die Faust. »In der Politik ist der Sieg alles, was zählt.« Da tritt Tandon neben ihn, er packt Govindas Hand und reißt seinen Arm in die Höhe.

»Und wir werden siegen!«, ruft er der Menge zu. In das anbrandende Jubelgeschrei hinein, dröhnt seine Stimme: »Fühlt die Kraft eines neuen Indiens!«

* * *

Dort! Der Mann! Er scheint verletzt zu sein. Mit einem Schritt ist Anjali bei ihm. Auf Knie und Hände gestützt, versucht er sich zu erheben. Er schwankt auf allen Vieren. Seine Beine knicken ein. Als sie sich zu ihm hinunterbeugt, hört sie seinen keuchenden Atem. Seine Wangen sind dunkel, fleckig. Als ein Scheinwerfer über ihn hinwegstreicht, erkennt sie – Blut. Aus einem blutverschmierten Gesicht blicken sie aufgerissene Augen an. Geschockt schaut sie auf den Mann hinunter. Sie verengt die Augen, beugt sich weiter zu ihm hinab. Etwas in dem Gesicht erinnert sie an ...

»Gosh!« Ihre Hand fährt zum Mund. »Hier! Was ...« Ihre Gedanken bleiben stecken. Ohne zu begreifen starrt sie Gosh an. Warum Gosh? Kalkutta. Er ist doch in Kalkutta. Warum hier? Was tut er hier? Und das Blut. Während sie auf die Gestalt zu ihren Füßen starrt, fügen sich langsam in ihrem Kopf die Scherben des Kaleidoskops zusammen. Alles fällt an seine Stelle. Ein Bild zeichnet sich ab. Ishaan. Gosh. Ishaan, der Gosh vertraut. Ishaan, der Gosh folgt. Mitgegangen. Ishaan ist mit

Gosh mitgegangen. Ruckartig richtet sie sich auf, streckt wie in Abwehr der Wahrheit die Hände mit gespreizten Fingern vor sich aus. Sie weicht zurück. Gosh stemmt sich mit den Händen auf den Boden, erhebt sich mühsam auf die Füße. Seine Arme rudern durch die Luft, seine Beine geben nach und im Fallen greift er nach Anjali. Er reißt sie halb mit sich zu Boden. Auf den Knien streckt er eine Hand zum Dickicht des Dschungels aus.

»Ishaan. Dort.« Seine Stimme ein Krächzen. Anjali schreit auf.

»Was ist mit Ishaan?« Sie packt ihn an den Schultern, schüttelt ihn, dass sein Kopf hin und her schlenkert: »Was ist mit Ishaan?«

»Er ist ... er ist weg. Er muss da draußen sein.« Gosh atmet stoßweise, schwankt, fasst Anjalis Arm noch fester. »Die Anderen. Sie haben ihn ... dort!« Anjali schnappt nach Luft, ein Gurgeln dringt aus ihrem Mund.

»Du Teufel! Was hast du mit Ishaan gemacht?« Sie reißt sich los von ihm und holt aus. Der Schlag mit der Faust trifft Gosh auf die Brust. Er hebt die Arme vors Gesicht, versucht sich wegzuducken, strauchelt und sinkt über die Seite zu Boden. Anjali ist sofort über ihm und tritt zu. »Bastard!« Sie ächzt. Tritt wieder zu. Und wieder. Gosh rollt zur Seite, hebt abwehrend die Hände.

»Ich habe nichts getan. Es sollte ...« Anjali tritt noch einmal zu, reißt dann ihren Arm hoch und holt zum Schlag aus, mit dem Buch in ihrer Hand. Sie trifft Gosh im Gesicht, trifft ihn am Kopf, holt wieder aus und lässt das Buch auf Goshs Schulter niedersausen. Gosh wimmert.

»Bastard! Teufel! *Kutta!*«, schreit sie. Immer wieder holt sie aus und lässt das Buch mit voller Wucht auf Gosh niedersausen. Plötzlich wird ihr Arm zurückgerissen. Das Buch fällt ihr aus der Hand.

»Stopp!« Ram steht hinter ihr. »Lass ihn! Stopp!« Sie zerrt an ihrem Arm, schlägt nach Ram.

»Mörder, Mörder, Mörder!«, schreit sie. Sie bäumt sich auf, doch Ram hält sie fest, umschlingt sie unnachgiebig. Sie stößt mit den Ellenbogen nach ihm, tritt ihm gegen das Schienbein, doch er hält sie so fest, dass sie wie in einer Zwangsjacke nach Luft schnappt.

»Ruhig, ganz ruhig.« Ram hält ihre Handgelenke umklammert. Anjali wirft sich nach vorn auf Gosh zu, der zusammengesackt vor ihren Füßen liegt, als eine Bewegung vor dem Dunkel des Dickichts sie plötzlich innehalten lässt. Sie hebt den Kopf. Auch Ram hat es gesehen, sein Griff lockert sich. Anjalis Augen werden schmal, als sie versucht die Schatten zu durchdringen. Und da erkennt sie eine Gestalt. Gegen die schwarze Wand des Dschungels zeichnet sich der Schatten eines vierschrötigen Mannes ab.

Mit einem Blick hat Anjali die Situation erfasst.

»Allein?« Sie fährt zu Ram herum, der sie losgelassen hat. »Nein! Nein!«, bricht es aus ihr heraus. Der Mann ist allein. Ohne Ishaan. Ishaan sollte dort sein. Dort bei dem Mann. Er muss ihr Ishaan bringen. Er muss! Ishaan gegen das Buch. Das Buch gegen Ishaan. So ist der Deal. So soll es sein. Genau so. »Ishaan? Wo ist Ishaan?«, schreit sie. Sie macht einen Schritt auf den Mann zu und da sieht sie es – in der Hand hält er eine Pistole. Er hebt die Waffe.

* * *

Tandon, flankiert von einer ganzen Armee von Bodyguards, hat die Bühne verlassen. Gerade als Govinda zum Sprechen ansetzt, zerreißt ein Krachen die Stille. Jais Kopf fährt herum. Er sieht, dass die große Saaltür aufgestoßen wurde. Polizisten mit Gewehren postieren sich auf jeder Seite. Raju neben Jai ist aufgesprungen. In den Saal dringt Gebrüll, abgehackte Durchsagen sind zu hören. Im Saal stehen Menschen von ihren Plätzen auf. Polizisten drängen herein, stellen sich an der Wand entlang auf. Ein Offizier mit einem Megafon fordert die Menge auf, Ruhe zu bewahren, es handle sich nur um eine vorbeugende Sicherheitsmaßnahme. Doch immer mehr Menschen erheben sich, drängen auf die Seitenausgänge zu. Geschrei, Gebrüll, Kreischen dringt von draußen herein. Jai sieht fassungslos, was sich abspielt. ›Govinda‹, denkt er. ›Das ist Govindas Antwort auf die Kopien. Govinda gewinnt.‹ Er sieht, wie Govinda, umringt von Security, die Bühne verlässt.

Jai springt auf. Er wirft die Girlande zu Boden und mit einem Satz ist er am Rand der Bühne, und noch ehe Raju ihn packen kann, zieht er sich hoch. Mit zwei Schritten steht er hinter dem Rednerpult. Er greift unter sein Hemd und im nächsten Augenblick hebt er den Umschlag hoch über seinen Kopf.

»Die Wahrheit …«, schreit er gegen den Lärm im Saal an und seine Stimme, vielfach verstärkt, lässt die Menschen aufhorchen. Viele bleiben stehen, wenden sich zur Bühne. Kameras richten sich auf ihn. Raju, der sich rücksichtslos durch die Masse der Medienleute die Treppe auf die Bühne hinaufgekämpft hat, schreit den Technikern zu: »Dreht die Mikrofone ab!« und stürzt sich auf Jai.

* * *

Dunkelheit liegt über Thataguni, dem Dorf am *Valley*. Amma steht am Weg vor Satiadevs Haus. Sie blickt einem Trupp Männer nach, die einer Hündin folgen. Wie von einer unsichtbaren Schnur gezogen, läuft sie den Weg hinunter. Amma ist ihnen gefolgt, bis dorthin, wo der Weg zum Trampelpfad wird und die Büsche nach den Vorübergehenden greifen. Frauen aus dem Dorf, die sich um sie geschart haben, reden auf sie ein. Sie fassen sie an den Armen und führen sie den Weg hinauf, zurück ins Dorf. Als Amma sich noch einmal umdreht, sind die Männer und der Hund bereits im Dunkel des Dschungels untergetaucht. Schwer atmend macht sie sich an den Aufstieg. Ihr Herz klopft wie verrück. ›Ishaan, sie kommen!‹, möchte sie rufen. Sie presst das Ende ihres Saris vor den Mund.

Sie hat nicht locker gelassen. Holzköpfe! Die wollten es besser wissen. Das Kind könnte überall sein, haben die gesagt. Sture alte Frau werden sie gedacht haben. Bestimmt. Das ist ihr völlig egal. Sie ist verrückt geworden vor Sorge, in dem fremden Haus. Sie spürt doch, dass Ishaan dort draußen ist, irgendwo ganz nah im Dschungel. Sie spürt es. Ganz deutlich. Sie hat immer gespürt wie er sich fühlt, immer gewusst, was er braucht.

Und da hat sie sich an die Hündin erinnert. Rani. Wie oft hat Ishaan ihr von dem Tier erzählt. Wie sie ihn begleitet hat, wenn er das Gelände erkundet hat. Und immer wenn er ausgeschimpft wurde, weil er sich eigenmächtig entfernt hatte, lautete seine Ausrede: »Aber Rani ist doch bei mir. Sie kennt sich aus. Was soll mir denn passieren?«

Die Männer sind zum Küchenhaus auf dem Schulgelände gegangen. Dort, nahe der Tür, haben sie Rani gefunden, in der Mitte der anderen Pariahunde. Mit dem schwarzen Fleck über dem Auge im gelbbraunen Fell war sie leicht auszumachen. Den Kopf schief gelegt, schien sie zu lauschen und ist den Männern schwanzwedelnd gefolgt. Am Zaun, dort wo die Elefanten ihn niedergetrampelt haben, hat Amma gewartet, ihr Ishaans Pullover hingehalten und Rani hat ihre Schnauze hinein gedrückt. Und jetzt sind sie unterwegs.

»*Aum Bhuh Bhuvah Svah ...*«, Ammas Lippen bewegen sich, flüstern die Bitte um Beistand.

Rani legt ein Tempo vor, das die Männer, die gegen das Dickicht ankämpfen müssen, nur mühsam halten können. Ab und an bleibt sie stehen und im Kegel des Taschenlampenlichts funkeln ihre Augen. Den Schwanz wie einen Richtungsweiser erhoben, die Ohren aufgestellt, hebt sie witternd die Schnauze. Dann fällt sie wieder in Trab, die Nase dicht über dem Boden.

* * *

Jai senkt den Kopf. Von einer Wunde über seinem Auge tropft Blut. Er drückt seinen Arm dagegen, der Ärmel des Hemds ist bereits dunkel durchfeuchtet. Eingeklemmt zwischen Männern sitzt er auf der schmalen Bank hinter vergitterten Fenstern. Er hört Stöhnen und Flüche. Wie er wurden auch sie alle unter Stockschlägen hier hineingeschleudert. Als die Tür noch einmal aufgeht, wird ein Junge hereingestoßen. Mit den Händen vor dem Gesicht fällt er zwischen die Füße der Sitzenden. Sein grünes T-Shirt mit der weißen Aufschrift »FUTURE« ist über der Schulter eingerissen.

»Salim?«, Jai lässt den Arm sinken. Der Junge auf dem Boden hebt seine Hände vom Gesicht, schaut ihn an. Die Nase steht merkwürdig schief.

»*Bloody bastards!*«, stößt er aus und streckt seine Hand Jai entgegen. Der umfasst sie vorsichtig. Wie ein Startschuss löst der Fluch des Jungen einen Tumult im Wageninneren aus. Parolen werden gebrüllt, Fäuste schlagen im Rhythmus der Worte an die Wagenwände. Von draußen donnern Schläge mit den Stöcken gegen das Blech des Transporters und lassen das Gefährt erzittern. Immer lauter werden die Stimmen der Männer, bis sie schließlich übertönt werden vom Motor, der krachend startet. Die Kiste macht einen Satz nach vorn und legt sich im Anfahren sogleich scharf in eine Linkskurve. Drinnen werden die Männer gegeneinander geschleudert, rutschen von der Bank und fallen übereinander. Dann nimmt der Wagen Geschwindigkeit auf, fährt die Bellary Road hinunter.

Jai hat sich wieder auf die Bank gehievt. Salim sitzt zwischen seinen Knien, den Kopf zurückgebogen. Jai lehnt sich an die Wand. Das war Govindas Handschrift, brutal und gerissen. Dieser Polizeieinsatz war inszeniert. So leicht gibt Govinda nicht auf. Seine Kooperation war Lüge. Es war naiv zu glauben, dass sie Govinda in die Enge getrieben hätten. Hat er richtig gehandelt? Vielleicht hätte er viel früher eingreifen müssen? Jai richtet sich auf. Er schaut durch die vergitterten Fenster hinaus.

»Wo bringen sie uns hin?«, fragt er.

»Bezirksgefängnis«, antwortet der Mann neben ihm. Jai lässt sich zurücksinken. Er schließt die Augen. Er sieht Ishaan vor sich. Ishaan, der durchs Zimmer tanzt, Ishaan juchzend zwischen ihm und Salim auf dem Motorroller, Ishaans leuchtende Augen unter dem Basecap und seine Zahnlücken beim Lachen. Die Sorge um ihn und Anjali drückt ihm die Luft ab. Was ist ihnen geschehen? Wird der Kameramann sie draußen im *Valley* erreichen? Was wird er vorfinden? Er tastet nach seinem Handy. Es ist weg. Ihm wird klar, dass er ohnmächtig ist und nichts, gar nichts tun kann. Seine Hilflosigkeit macht sich in einem Grollen Luft, das aus seiner Kehle dringt. Er will nachdenken, doch sein Kopf fühlt sich an wie ein Druckkessel. Er presst den Arm fester dagegen.

Der Schlag hat ihn getroffen, als er schon glaubte, es geschafft zu haben. Nachdem Raju ihn zu Boden geworfen und ihm die Kopien entwendet hatte, kamen die drei schwarzen Guards auf ihn zugestürzt. Da wusste er, dass er keine Chance hatte. Mit einem Satz ist er über den Rand der Bühne geflankt, direkt vor die Kamera von Anjalis Kollegen.

»Raus! Raus hier! Ins *Valley!* Wir müssen ins *Valley!*«, hatte er ihm zugerufen. Er ist über die umgefallenen Stühle gesprungen und hat sich durch die Menschen zum Ausgang gepresst. Wie ein Weitspringer ist er hinaus ins Freie geschossen – mitten in ein Schlachtfeld. Polizisten mit *lathis* prügelten sich durch die Menge der Demonstranten. Die Stöcke sausten nieder, auf Köpfe, auf Rücken, auf Arme. Sie mähten sich mit weit ausholenden Schlägen durch die Menschenmenge, die von noch mehr Polizei zusammengetrieben wurde, schlugen blindlings auf die zusammengedrängten Menschen ein, traten nach Liegenden, zu zweit zu dritt. Mit solcher Wucht überfiel Jai das, was er sah, dass er im Lauf zögerte. Als er sich nach dem Kameramann umwandte, kam der Schlag. Alles ging im Nebel unter. Nur verschwommen bekam er mit, wohin sie ihn schleppten.

Hierhin. Gefangen. Er schaut sich um. Sie sind wahrhaftig geschlagen. Ins Gesicht geschlagen. Seine Mission niedergeschlagen. Sein Auftrag fehlgeschlagen. Sein Herzschlag holpert. Er wagt nicht zu denken, was das für Ishaan bedeutet.

Er vergräbt sein Gesicht in den Händen.

* * *

Pssst. Er legt den Zeigefinger an die Lippen. Psst. Kein Piep, sagt Rahul immer, wenn sie sich verstecken. Und nicht der leiseste Piep ist zu hören, sie halten sich nämlich den Mund zu. Da kann Usha lange suchen.

Schritte. Er hört Blätter rascheln, Zweige knacken. Und Stimmen. Böse Stimmen. Wütende Stimmen. Unheimliche Stimmen. *Rakshasa*-Stimmen. Er hält die Hände vor die Augen. Ganz dunkel. So dunkel ist es, die können ihn nicht sehen. Und Usha hat sie auch nicht gefunden, weil sie ganz still waren. Seine Hände sind Blätter. Seine Füße Wurzeln. Seine Arme Stängel. Sein Kopf eine Knospe. Er spreizt die Finger vor den Augen. Das Licht geht vorüber. ›Eine Blume, ich bin eine Blume‹, denkt er. Mummy wäre stolz auf ihn. Wo ist Mummy? Nicht weinen. Still sein. Die finden ihn nicht, weil er eine Blume ist und viel klüger. Die Wurzeln vom Banyanbaum bilden eine Höhle für die Blume. Weil ein heiliger Baum die Blumen beschützt. Und er hat Kraft. So viel Kraft, dass er die *Rakshasas* einfach weghauen kann. So weit wie Sachin

Tendulkar den Ball. Und dann krachen sie runter. *Wrackkkk!* Und sie brauchen ein Pflaster, aber Mummy gibt ihnen keins. Weil sie böse sind. Diese dummen *Rakshasas.* Sie haben es nicht gemerkt, wie er raus ist. Er ist schnell gelaufen. Natürlich. Er ist doch der Schnellste in seiner Klasse. Als Erster hat er den Wimpel geholt. Psst. Sie suchen ihn. Jetzt hört er keine Stimmen mehr.

* * *

Stimmen branden um Ammas Kopf. Sie drängen, sie fragen, sie überschlagen sich. Amma hört nicht hin. Frauen umringen sie. Immer mehr sind es geworden. Die Nachricht ist durchs Dorf gelaufen: Dort draußen im Dschungel suchen sie ein Kind. In den Häusern sind die Lichter angegangen. Frauen mit Tüchern über ihrem Nachtsari sind herausgekommen, die gelösten Haare über ihrem Rücken. Männer mit Laternen und Taschenlampen haben sie begleitet. Kinder springen auf dem Weg umher. Die Männer stehen drüben auf der anderen Seite des Wegs in Gruppen. Amma beachtet sie nicht. Sie sitzt auf den Stufen zu Satiadevs Haus, den Blick auf den Weg gerichtet, den die Männer mit dem Hund gegangen sind. Sie wiegt sich fast unmerklich vor und zurück, während ihre Hände im Schoß sich öffnen und schließen, im Rhythmus des Mantras, das sie vor sich hin murmelt. Immer wieder sucht ihr Blick den Weg ab.

* * *

Die Schritte. Einer kommt zurück. Direkt zum Baum. Er faltet die Fäuste vor den Augen auf. Die Finger wie gespreizte Fächer. Durch die Spalten sieht er das Licht. Ein Lichtwiesel. Hin und her, nah und weg. Dort blitzt Rot auf. Der *Rakshasa*-Mann hat rote Schuhe. Rot wie Blut. Sein Herz trommelt. Blutschuhe stoppen. Spitzen zeigen zur Höhle. Ishaan zieht die Schultern zusammen. Das Licht kriecht immer näher, will zur Höhle herein. Schnuppert über grüne Blätter, gelbe Blätter, braune Blätter am Boden. Er drückt sich in die Ausbuchtung, schlüpft in den Baum, ganz dicht. Nicht atmen! Nicht. Nicht. Und herum drehen sich die Schuhe. Das Licht wandert hinter die Bäume. Luft! Er reißt den Mund auf. Luft zieht hoch in seine Nase, Spucke läuft mit und ein Husten platzt hinaus. Das Licht zuckt hoch. Es hat ihn gehört. Lauf! Lauf! Mummys Stimme. Er wirft sich aus der Höhle, springt auf die Füße, stürzt in das Dickicht, in die Büsche, in die kopfhohen Halme. Seine Arme sind Schwerter, brechen Zweige, schlagen Blätter, mähen Halme. Sein Atem ein Motor. Füße laufen voraus. Ducken, laufen, springen. Weg von dem Krachen und Getrampel hinter ihm. Weg von dem Gebrüll aus *Rakshasa*-Rachen. Weg von dem Schnauben, weg von Feuerstrahl und Geheul. Und plötzlich, sein Fuß! Lianengeflecht packt ihn mit Schlangenfingern, hält ihn fest. Er stürzt aus vollem Lauf, die Hände voraus. Stürzt. Seine Hände greifen in Luft. Der Boden tut sich auf. Hinein fällt er, die Schulter voraus. Hinunter. In seinen Ohren explodiert ein Schrei. Ein Schlag in seine Seite, ein Stoß und Blätterwirbel. Blätter knistern, stieben um ihn auf. Bedecken ihn. Dunkel. Unten. Tief unten. So dunkel.

* * *

Anjali kauert auf dem Boden. Sie zittert. Der Schrei in ihrem Kopf drückt auf ihre Schädeldecke, drückt auf ihre Ohren, drückt auf ihren Kiefer. Ein Schrei, den sie mit ihren Händen zurückhält. Mit beiden Händen vor dem Mund starrt sie auf den leblosen Mann vor ihr auf dem Boden. Der Schuss hat ihn nach hinten gerissen. Dann ist er aufgeschlagen. Nun liegt er da. Wenn sie die Hand ausstreckte, könnte sie ihn berühren. Sie presst ihre Hände fester auf den Mund. Ihr Blick brennt sich in ihn ein. Er rührt sich nicht. Sein Kopf ist zur Seite gedreht, die Arme weit geöffnet, seine Beine sind übereinander geworfen.

Ihr Körper vibriert noch immer von dem Schuss. Erst der Schuss, der die Nacht explodieren ließ, und jetzt die Stille. Undurchdringliche, dunkle Stille in ihr. Voller Bilder. Eine Flut Bilder, die sie mitreißen will. Hinunterreißen in eine tonlose Nacht.

Plötzlich hatte der Mann vor ihr gestanden, ein schwarzer Schatten. Die Pistole in seiner Hand, ein mattes Glänzen. Der Lauf der Pistole, der auf sie gerichtet war. Das Gefühl auf der Stirn, als ob sich die Haut spannt. Der Atem, der das Herz zusammenpresst.

Sie löst die Hände vom Mund und legt sie auf Wangen und Augen.

Ram, der neben ihr gestanden hat. Sein Einatmen wie ein Fauchen. Ram, der die Hand mit dem Buch in die Höhe gerissen hat, der es hoch über seinen Kopf geschleudert hat. Die Waffe, die – von dem Buch getroffen – durch die Luft geflogen ist.

Der Schrei zwängt sich in ihre Kehle hinunter. Ihre Hände umklammern ihren Hals.

Gosh, der sich zur Seite geworfen hat. Gosh, der die Waffe gepackt hat, sie erhoben hat. Gosh, der sie abgefeuert hat.

Sie ringt nach Luft.

Tot. Der Mann, der vor ihr liegt. Tot.

»Ishaan!« Der Schrei wirft sie auf die Knie. Ihre Stirn berührt die Erde. Kühl und trocken. Der Schrei zerbirst in tausend Splitter, schüttelt ihren Körper, geht unter in einem Schluchzen.

»Steh auf« Die Stimme von Ram. Er packt ihre Schultern. »Wir brauchen Hilfe. Wir müssen zum Dorf zurück.« Er bückt sich, nimmt das Buch vom Boden auf und fasst Anjali unter den Armen Er zieht sie hoch, stellt sie auf die Füße, wie ein Kind, das hingefallen ist. »Dort draußen ist Ishaan. Wir finden ihn.« Seine Stimme ist fest und klar. Anjali lässt alles geschehen. Sie lässt sich an seine Schulter lehnen. Sie lässt sich um die Mitte fassen. Lässt ihn ihren Arm um seine Schulter legen. Ihr Blick fällt auf Gosh am Boden, dann sieht sie Ram an.

»Später.« Ram nimmt ihre Hand, drückt sie. Er schaut sie prüfend von der Seite an.

»Los!«

* * *

Gosh sieht den Mann und die Frau. Ihre Schatten am Straßenrand. Etwas wie Freude erfüllt ihn. Sie haben es geschafft. Und Manoj ist erledigt. Manoj ist weg. Endgültig weg. Richtig weg. Gosh verzieht den Mund. Das Grinsen bleibt ihm stecken vor Schmerz. Er stöhnt. Es ist dunkel in seinem Kopf. So dunkel, dass ihm die Augen zufallen. Er ist verdammt müde. Schlafen.

Sein Kopf ist leer. Nur noch ein Gedanke ist darin: Billou. Der ist noch da draußen. Manoj und Billou. Sie haben das Kind gekillt. Ishaan. Wie Feuer brennt es in seiner Brust. Er stöhnt. Manoj hat gekriegt, was er verdient. Auch Billou wird dafür bezahlen. Gosh tastet nach der Pistole, die er nach dem Schuss auf Manoj hat fallen lassen. Seine Finger greifen ins Leere. Er muss sie finden. Gemeinsame Sache, gemeinsame Rechnung. Sie haben ihn gelinkt. Und dann das Kind ... Er würgt. Diese Hunde. *Choutiyas.* Elende *choutiyas.* Die Pistole, er muss sie kriegen, bevor Billou auftaucht. Einfach nur den Kopf heben. Das ist doch zum Teufel kein Kunststück. Bevor er etwas tun kann, dringt trotz des Rauschens auf der Straße ein unverkennbarer Laut zu ihm. Er weiß, jetzt kommt er. Billou. Er kann ihn hören. Hinter sich. Seinen keuchenden Atem. Zweige, Blätter, die er aus dem Weg tritt. Die Pistole! Er zwingt sich die Augen zu öffnen. Und da sieht er sie – die roten Sneakers. Sie leuchten im Dunkeln. Gehen an ihm vorüber. Ab zur Straße. Gosh legt die Hand über die Augen. Sand rieselt über sein Gesicht. Der Dreckskerl. Hat nicht mal angehalten. Hat seinen Kumpel einfach liegen lassen. Wie einen Hund. Dreckige Hunde, alle beide. Die Hand fällt neben seine Schulter. Sein Kopf rollt auf die Seite.

* * *

»Jetzt!« In der unendlichen Welle der rollenden Trucks, schlingernden Busse, Motorräder und Autos ist eine Lücke aufgetreten. Ram, der Anjali fest an der Hand hält, läuft los, zieht sie mit zur anderen Straßenseite.

»Siehst du den Wagen?« Er deutet die Straße hinunter, dorthin, wo auf dem schmalen Randstreifen ihr Wagen steht. »Halte durch, gleich sind wir da. Ins Dorf. Wir werden alle alarmieren. Wir finden Ishaan.«

Er spricht unablässig zu ihr. Sagt ihr, dass die Männer im Dorf ihnen helfen werden. Sagt ihr, dass alles gut wird. Sie wissen doch jetzt, wo sie suchen müssen. Die Männer kennen sich aus. Sie haben Lampen. Sie haben Waffen. Sie sind wütend. Sie werden Ishaan finden.

Anjali hört seine Worte. Und sie versteht sie nicht. Ein dumpfes Rauschen hüllt sie ein. Oder ist es ihr Blut in den Ohren? Sie spürt ihre Beine nicht mehr. Sie stolpert über Grasbüschel, taumelt. Ram fängt sie auf, seine Stimme ist immer noch da. Sie läuft weiter.

»Achtung!« Ehe sie versteht, wird sie von Ram zu Boden gestoßen, und hört den Schuss. Gleich darauf kracht es wieder und wieder. Vor ihr, hinter ihr, neben ihr spritzt Erde auf, fliegt ihr ins Gesicht. Kiesel treffen sie auf den Armen, am Kopf. Ram legt den Arm über sie, presst sie gegen den Boden. Das Dröhnen der Fahrzeuge auf der Straße geht über sie hinweg. Sie drückt ihr Gesicht in die Erde und merkt, dass die Schüsse aufgehört haben. Ram springt auf die Füße. Hektisch blickt er um sich. Ein Konvoi von Transportern verdeckt die gegenüberliegende Seite, dort, wo die Schüsse hergekommen sind. Er zieht Anjali hoch. Sie will etwas sagen, doch Ram zerrt sie weiter.

»Lauf!«, schreit er. Nach ein paar Schritten entgleitet ihre Hand Rams Griff. Sie stürzt. Er beugt sich zu ihr hinunter, will ihr sagen, dass sie aufstehen muss, schnell, als eine Kugel in den Baum hinter ihm einschlägt. Holz splittert, regnet herunter. Er wirft sich neben Anjali. Er hat den Schützen gegenüber entdeckt. Im Licht der Fahrzeuge hat er ihn kurz gesehen. Jetzt ist er wieder in den Schatten verschwunden. Ram ist klar, sie müssen den Baum erreichen. Nur der Baum kann sie schützen. Er beginnt nach hinten zu robben, will Anjali mit sich ziehen. Doch sie liegt wie ohnmächtig da, ohne zu reagieren. Und jetzt sieht Ram den Mann auf der Fahrbahn. Die Lücken zwischen den Fahrzeugen nutzend, hat er die Mitte erreicht. Die Pistole hält er an der Seite. Gleich wird er da sein, nur ein paar Schritte noch. Ram keucht. Da plötzlich, vor dem Mann ein dunkler Schatten, ein Motorrad, unbeleuchtet. Das Quietschen von Bremsen, ein dumpfer Schlag.

Der Mann taumelt ins Licht eines entgegenkommenden Trucks. Ein langer Heulton der Hupe und ohne Halt dröhnt der Truck weiter. Ram sieht den Mann, hingeschleudert am Straßenrand. Sein Blick wird zuerst von den roten Sneakern an seinen Füßen angezogen, die im Licht der Scheinwerfer aufleuchten. Er braucht einen langen Augenblick, bevor er begreift, dass dort ihr Verfolger liegt – erledigt. Er beugt sich zu Anjali hinunter, die das Gesicht in der Armbeuge vergraben reglos daliegt. Er fasst sie um die Schultern.

»*Vaa! Poo!* Ins Dorf!« Sie richtet sich auf seine Arme gestützt auf und lehnt sich an den Stamm einer Kokospalme. Ram dreht sich noch einmal zu dem am Boden liegenden Mann um, und da sieht er, dass dieser den Kopf bewegt. Erst verharrt er alarmiert, dann drückt er Anjali das Buch, das er festgehalten hat, in die Hand und läuft los.

»Er weiß es. Er weiß, wo Ishaan ist. Er weiß es ...«, ruft er Anjali zu, die apathisch am Baum lehnt, die Augen geschlossen.

Ein Bus, der vorbeiheult, scheucht mit seiner Dreiklanghupe ein Motorrad zur Seite. Vor Schreck hebt Anjali den Kopf. Verschwommen sieht sie Ram, der neben dem Liegenden kniet. Sie kneift ihre Augen zu Schlitzen zusammen, um besser sehen zu können. Langsam, während sie hinüberstarrt, dringen Rams Worte in ihr Bewusstsein. Die Spur, hat er gesagt! Der dort drüben weiß, wo Ishaan ist! Mit einem plötzlich aufflammenden Gefühl der Hoffnung stößt sie sich vom Baum ab. Als sie Ram erreicht, streckt sie die Hand aus, als wollte sie seine Schulter ergreifen, dann lässt sie sie fallen. Sie sieht die geschlossenen Augen, den eingefallenen Mund des Verletzten und schluckt trocken. ›Aus‹, denkt sie, ›aus. Der wird nichts mehr sagen.‹

Ram beugt sich über den Liegenden. Als er sich neben ihm aufstützt, ächzt der Mann, öffnet die Augen. Ram hat seinen Arm berührt, der seltsam verdreht neben seinem Körper liegt.

»Wo ist das Kind?«, Ram stößt die Worte hart aus. Sein Speichel fliegt dem Mann ins Gesicht. Dessen Blick geht ins Leere. Er bewegt die Lippen. Ram beugt sich hinunter. »Was? Was? Wo?« Er rüttelt an den Schultern des Mannes. »Das Kind, das Kind!«, schreit er. Seine Stimme geht unter im Gepolter eines Transporters, der mit den Rädern über die Kante der Straße schlingert.

Anjali erschrickt, als sie sieht, wie der Mann Ram am Hemd packt und ihn weiter zu sich hinunterzieht, dicht vor sein Gesicht. Ram will zurückweichen, doch mit ungeahnter Kraft hält der Verletzte ihn fest. Seine Augen, die er auf Ram richtet, sind nicht ängstlich oder verschwommen, es ist der Blick einer zutiefst empfundenen Wut. Ein Grinsen schiebt seine Lippen zurück und entblößt die Zähne.

»Das Kind?«, zischt er. »Was denkst du wohl?« Sein Brustkorb hebt und senkt sich wie in einem Krampf. Er hustet. Blut rinnt aus seinem Mundwinkel. »Das Kind …«, presst er hervor, hebt die Hand und fährt mit der Handkante über seinen Hals, dort, wo sich sein Kehlkopf durch die Haut drückt.

Anjali schlägt die Hände vor den Mund. Ram wirft sich auf den Mann, packt ihn, reißt ihn hoch.

»*Bloody Bastard!* Wo? Wo? Das Kind!« Doch der Mann sackt nach hinten. Sein Körper entgleitet Rams Händen, sein Kopf schlägt auf die Erde, sein starrer Blick geht über Rams Schulter in die Nacht.

* * *

Ganz unten. Ganz still ist es. Das Trampeln hat aufgehört. Das Schnauben. Schon lange. Nur noch das Rascheln in den Blättern. Das Zirpen, das Glucksen und Schnarren. Weit weg. Ishaan zwinkert. »*Mummy?*«, ruft er. Keine Antwort. Seine Lippe zittert. Alles schwarz. Seine Hände ertasten Blätter. Er dreht den Kopf, richtet den Blick nach oben. Keine Sterne, nur Dunkelheit. Mummy hat gesagt, die Sterne sind immer da, auch wenn er sie nicht sehen kann. Schließ die Augen. Siehst du. Ganz fest schließt er die Augen. Drückt seine Finger gegen die Lider. Und da sind sie, kleine Lichter in der Dunkelheit. Sternenschatten. Funkeln. Sternentanz. »*Twinkle, twinkle …*«, flüstert er. Und da ist Mummy, er spürt sie, so weich, ganz warm und – er schnuppert, sie riecht so gut. »*Twinkle, twinkle …*« Seine Worte werden weggeschwemmt von Tränen, die aus seinen Augenwinkeln laufen. Die in seine Ohren laufen, herausströmen zwischen seinen Fingern. Seine Schultern schütteln ihn, lassen die Blätter unter ihm knistern. Er zieht die Beine an den Körper, umfasst die Knie, hält sich ganz fest. So weit fort ist er gefallen. Im Dunkeln verlorengegangen. »*Mummy*«, ruft er noch einmal, viel lauter. »*Mummy!*« Er rappelt sich auf. Er will noch lauter rufen. Hinauf. Ganz weit hinauf will er rufen. Hanuman will er rufen. Der wohnt doch im Dschungel. Er und seine Affenbande. Wenn er ganz laut ruft, hört er ihn bestimmt. Er streckt die Arme aus, macht kleine-kleine Schritte dorthin, wohin seine Schreibhand zeigt. Die Finger stoßen an. Etwas bröckelt. Mit allen Fingern tastet er sich in die Höhe. Erde krümelt ihm ins Gesicht. Er stellt sich auf die Zehenspitzen, reicht hoch, ganz hoch, über seinen Kopf. Noch mehr Erde. Er wackelt und kippt. Mit offenem Mund bleibt er sitzen. Der Atem tut weh in seiner Brust und birst dann aus ihm heraus. Gefangen in seinem Weinen ist sein Kopf voll mit dem Schluchzen, sind seine Ohren eingehüllt davon. Und da, dazwischen, er hört etwas. Etwas ... Er springt auf die Füße. Rani! Das Gebell ist ganz nah. Das raue *Wuff-Wuff* und am Ende ein hohes Knurren. Rani! Und jetzt Stimmen. Ist das Hanuman mit seiner Bande? Haben sie ihn gefunden? Er hört seinen Namen. Männer sind das. »Rani!«, ruft er. »Rani!« Und plötzlich ist alles voller Licht. Und Stimmen über ihm. »Keine Angst, Kleiner! Nimm meine Hand«, sagt der Mann, der von oben herunterhängt wie eine Fledermaus. Ishaan packt zu. Dann schweben seine Füße nach oben, zieht der Mann ihn hinauf. Hände ergreifen ihn, stellen ihn aufrecht hin. Und – *zack!* – kaum steht er, fällt er auch schon wieder hintenüber. Rani hat ihn mit einem Winseln angesprungen, steht über ihm. Ihre Zunge fährt über sein Gesicht, es kitzelt. Ishaan kichert. »Rani, liebe Rani«, sagt er – und schließt die Arme um ihren Hals, drückt seine Nase in ihr Fell.

MONTAG

Der Ruf des Muezzin ist verklungen. Die Krähen haben die Hähne abgelöst und von der Straße am Ende der Gasse hört Anjali das *Putt-Putt* der Autorikschas. Mit einem Klacken schließt sie das Gartentor. Sie deponiert die kleine Schale Reismehl auf der Gartenmauer und verteilt das Wasser aus dem blauen Eimer aus der Wölbung ihrer Hand über die glatte Fläche auf dem Weg. Ein erdiger Geruch steigt vom feuchten Boden auf. Nun fegt sie mit dem kurzen Palmfaserbesen in schnellen Strichen von links nach rechts den Platz vor dem Tor bis zur Gasse. Ein Echo, vom Ende der Gasse her, beantwortet das *Wusch-Wusch* ihres Besens. Dann nimmt sie das silbern glänzende Schälchen in die Hand, beugt sich in der Taille gerade nach vorn, die Füße fest auf dem Boden. Sie greift in das Mehl, spürt die körnige Stumpfheit zwischen ihren Fingerspitzen.

Bilder gleiten durch ihren Kopf.

Die schwarze Nacht, als der Himmel über ihr eingestürzt ist. Ishaan verloren. Der Weg zurück ins Dorf, wie im Nebel.

Sie senkt den Kopf tiefer. Mit dem harten Druck ihres Daumens auf Zeigefinger und Mittelfinger reibt sie das Mehl, sodass es in einem feinen Strahl zu Boden rieselt. Ihre Hand setzt mit präzisen, schnellen Gesten Punkte, winzige Erhebungen, in regelmäßigen Abständen. Reihen entstehen, bis die Fläche mit einem Punktegitter bedeckt ist. Die Hand über das Schälchen gelegt, richtet sie sich auf.

Zuerst hat sie nur die Menschen vor Satiadevs Haus wahrgenommen. Ganz verschwommen. So viele Menschen. Einen Mann mit einer Kamera. Den Kopf in ihren Armen verborgen, ist sie abgetaucht in eine dunkle Tiefe.

Sie fasst wieder in das Schälchen, beugt sich erneut hinunter. Ihre Hand mit dem Mehl umfährt die Punkte in rhythmischen Schwüngen mit auf- und absteigenden Linien.

So weit weg ist sie gewesen, dass Rams Stimme, dicht an ihrem Ohr, sie zuerst nicht erreicht hat. Einmal, zweimal hat er ihren Namen gesagt, bevor sie aufgesehen hat.

Sie schließt die Linie und richtet sich auf. Weiß leuchtet das Ornament auf dem dunklen Boden, strahlt in vollkommener Harmonie. Anjali schüttelt das Mehl von den Fingern und wirft den *pallu* ihres Saris über die Schulter. Ruhe breitet sich in ihr aus.

Ram hatte ihr die Hand unter das Kinn gelegt, ihr Gesicht angehoben. »Schau«, hatte er gesagt, »schau!« Sie hatte ihre Augen zusammengekniffen, und dort war Ishaan. Auf Satiadevs Schultern ragte er über die Menge. Ishaan. Wirklich, er war es! Ishaan, der sich in Satiadevs Haaren festklammerte wie ein Äffchen. Ishaan, der lachte. Ishaan, der winkte. Nach einer Sekunde ungläubigen Zögerns hatte sie nach Rams Hand gegriffen und sie festgehalten. »Siehst du, siehst du auch, was ich gerade sehe?«, hatte sie ihn gefragt. Dieser Satz, diese Frage aus längst vergangener Zeit, dieses Spiel zwischen ihnen. Damals als Anjali schwanger gewesen war und sie sich unterwegs übertrumpft hatten im Babys aufspüren: Babys auf den Armen ihrer Mütter oder Väter, Babys in Körbchen neben dem Gemüsestand, Babys in Stoffschlaufen gewiegt, die von Ästen baumelten – Babys überall. Ram hatte ihre Hand gedrückt, gelacht und geantwortet: »Ich sehe, ich sehe …« Da hatte sie die Tür des Wagens aufgestoßen, und Ishaan war ihr entgegen geflogen.

»*Mummy! Mummy!*« Sie hatte ihn hoch gehoben, so leicht, so leicht, ihn fest umschlungen. Seine Beine um ihre Hüften, seine Arme um ihren Hals, seinen Kopf an ihrer Schulter. »Wo warst du bloß so lange?«, hatte er geschluchzt. Und so sind sie stehen geblieben – eine Ewigkeit. Dann ist Amma neben sie getreten und Ishaan hat sie unter Tränen angelächelt, hat eine Hand nach ihr ausgestreckt. Amma hat Ishaans kleine Hand ergriffen und die Innenfläche geküsst, dann hat sie den Arm um Anjali und Ishaan gelegt. Applaus ist aufgebrandet. Die Leute um sie herum haben gerufen, gelacht und Rani ist hin und her gesaust, ihr Gebell hat alle übertönt. Amma, den Kopf hoch erhoben, hat voller Triumph in die Runde geblickt. Hatte sie es doch gewusst!

Kaum hatte Anjali Ishaan abgesetzt, war er zu Ram gelaufen. »*Appa!*« Wie ein Hündchen war er an ihm hochgesprungen und Ram hatte ihn gepackt, ihn hoch über seinen Kopf geschwenkt und beider Lachen war bis zu den Sternen geflogen.

Anjali sammelt alle Gegenstände ein und öffnet das Gartentor. Bald geht die Sonne auf. Hellwach sieht sie dem neuen Tag entgegen. Heute werden sie Jai auf Kaution aus dem Gefängnis holen. Jai, dessen Name Sieg bedeutet und der sich geschlagen geben musste. Anjali seufzt.

Unter dem Gulmoharbaum hält sie an. Sie legt ihre Gerätschaften ins Gras und bückt sich zu den vom Tau feuchten, im Dämmer glühenden Blüten. Am Fuß der Veranda bleibt sie vor der Statue Ganeshas stehen. Die Hände voller Blüten vor der Brust senkt sie den Kopf. Die Kraft Ganeshas, dem Überwinder von Hindernissen, ist ihr zugeflossen. Ishaan lebt. Dankbarkeit den Göttern, dem Schicksal, dem Leben gegenüber erfüllt ihr Herz. Sie hebt den Blick und bemerkt eine purpurrote Hibiskusblüte über dem gebrochenen Stoßzahn der Statue. Ihr ist, als ob dieser kleine, dicke Kerl mit den verschmitzten Elefantenaugen ihr zulächelt. Und ehe sie sich versieht, hat sie ein Auge zugekniffen und das Lächeln erwidert. Sie öffnet die Hände und lässt die Blüten in die Schale vor ihm rieseln.

Zusammen mit der Freude und der Erleichterung steigt ein Staunen in ihr auf. Ein Staunen darüber, dass es tatsächlich wahr geworden ist, wofür sie gekämpft hat. Wofür sie gemeinsam mit Shakti und *Action Green* gekämpft hat: Die Wahrheit über den Betrug im *Valley* ist aufgedeckt.

Noch in der Nacht, im *Valley* hatte sie vor der Kamera ihres Kollegen ein kurzes Statement über die Existenz des Buchs und die Gewalttaten abgegeben. Der Bericht am Sonntagmorgen in den Nachrichten hat eine Lawine der Empörung unter den Menschen in der Stadt ausgelöst. Sobald die Staatsanwaltschaft das Buch in den Händen hielt, wurden Govinda und Khan verhaftet. Als sie abgeführt wurden, musste ein starkes Polizeiaufgebot sie vor einer aufgebrachten Menge schützen. Aus der ISTO-Chefetage, die von den Medien rund um die Uhr belagert wird, kein Kommentar. Tandon ist nicht zu erreichen.

Wie weit wird sich seine Beteiligung an den Verbrechen nachweisen lassen? Wird das je geschehen? Anjali weiß es nicht. Doch sie wird die Chance, eine Serie im *Messenger* zum Fall »*Valley*« zu schreiben nutzen. Die Menschen in der Stadt müssen die Vorgänge beobachten, wenn sich etwas ändern soll, und sei es auch in ganz kleinen Schritten. Sie wird Tandon auf den Fersen bleiben. Sie wird all ihre Kraft dafür einsetzen, das Bewusstsein der Leser für die unheilige Verbindung von Großkapital, Politik und Verbrechen zu erhellen und wach zu halten. Sie wird das *Valley* im Fokus behalten. Dieses Versprechen sendet sie Shakti.

Der Gedanke an die Aufgabe erfüllt sie mit Befriedigung. Sie lächelt. Mit einem Klaps auf Ganeshas Rüssel wendet sie sich zum Haus. Leise tritt sie durch die Haustür. Leichtfüßig, auf nackten Sohlen, bewegt sie sich über die Fliesen. Sie durchquert den Wohnraum, nimmt den süß-herben Geruch von Ammas *argabattis* wahr, der aus dem *puja*-Raum strömt. Später, wenn Amma ihr Reinigungsritual beendet hat, wird Anjali mit ihr zusammen das *aarti* zelebrieren. Verbunden in der Freude auf den neuen Tag.

An der Treppe bleibt sie stehen, lauscht hinauf. Oben ist es still. Kein Laut von Ishaan. Sicher träumt er von dem Mynah, den sie morgen mit Mohanlal abholen werden. Endlich kann sie ihm seinen Wunsch erfüllen und ihr Versprechen einlösen.

In Jais Zimmer schläft Ram. Neben seinem Bett auf zwei Kissen thront Singham, der kleine Löwe.

»Sonst ist *appa* so alleine.«

Anjali geht in die Küche und setzt den Kessel für den Tee auf.

Bald werden alle wach sein.

"INDISCH" SPRECHEN

In Indien existiert keine spezielle und einheitlich gültige indische Sprache.

Es werden über 1.600 Einzelsprachen und Dialekte gesprochen. Neben der offiziellen Sprache des Landes, Hindi, und der zweiten offiziellen Sprache, Englisch, hat die indische Verfassung weitere 21 regionale Amtssprachen festgelegt. Hindi, eine indo-europäische Sprache, die verbreitet im Norden gesprochen wird, hat nicht die geringste Ähnlichkeit mit den Sprachen dravidischen Ursprungs im Süden. Erschwerend kommt hinzu, dass die meisten Sprachen völlig unterschiedliche Schriftsysteme aufweisen.

Die immense Sprachenvielfalt hat zur Folge, dass sich Inder untereinander oft nicht verständigen können. Aufgrund der gemeinsamen kolonialen Geschichte ist daher Englisch das Mittel der nationalen Verständigung, das die Inder eint.

Gerade in Bangalore, das mit seinen guten wirtschaftlichen Bedingungen viele Menschen aus ganz Indien anzieht, kann es passieren, dass bei der Zusammenkunft von fünf Personen auch fünf verschiedene Sprachen gesprochen werden. Dann ist

Englisch die einzige Möglichkeit für eine reibungslose Kommunikation.

Durch die Verwendung verschiedener Sprachen im Roman möchte ich die Realität der Sprachenvielfalt in Indien erfahrbar machen.

Ganz konkret sieht es im Hause der Protagonistin Anjali folgendermaßen aus:

Da die Familie aus dem südlichen Staat Tamil Nadu stammt, wird zuhause Tamil gesprochen, und da die Familie der Mittelschicht angehört, wird auch häufig in Englisch kommuniziert.

In Bangalore, der Hauptstadt des Bundesstaates Karnataka, wird Kannada gesprochen.

Ishaan wächst also mit Tamil auf, spricht beim Spielen draußen Kannada und in der Schule Englisch, wo er auch Hindi lernt.

Gosh stammt aus Kalkutta und spricht Bengali, das Gemeinsamkeiten mit Hindi hat, sowie Kannada.

Ram, der aus New Delhi stammt, spricht Hindi und als höherer Angestellter natürlich Englisch. Er hat Tamil gelernt, da er in Chennai, der Landeshauptstadt von Tamil Nadu, arbeitet.

Im religiös-kulturellen Bereich finden sich im Norden wie auch im Süden dieselben Begriffe aus dem Sanskrit, der dem Latein vergleichbaren »Alt-Indischen« Sprache.

Wenn Englisch auch die Sprache ist, die den Subkontinent eint, so sprechen doch nur vier bis fünf Prozent der Bevölkerung Englisch auf relativ hohem Niveau. Englisch stellt für die Armen im Land nach wie vor eine gesellschaftliche Barriere dar, die sie von Jobs und Wohlstand trennt, zumal die Analphabetenrate im Land noch immer mehr als 35 Prozent beträgt.

GLOSSAR

aarti Hinduistisches Ritual, das eine Begegnung mit dem Göttlichen ermöglichen soll

AC Aircondition

adakke? Also?

agarbatti Räucherstäbchen

aiiyyoo! Ausruf des Erstaunens oder Erschreckens

allava? Nicht wahr?

alli Dort drüben

All India Radio Nationaler, öffentlich rechtlicher Radiosender

Ambassador Rundliche Limousine von Hindustan Motors, die seit über 50 Jahren nahezu unverändert gebaut wird, häufig als Taxi eingesetzt.

amma Mutter

andhre? Wie bitte?

appa Vater

appuraam! Tschüss!

araam se Immer mit der Ruhe

arree! He!

aunty Tante, aber auch Anrede für ältere Frauen

auto Anderes Wort für Motorrikscha

baarat Hochzeitszug zur Ankunft des Bräutigams zum Haus der Braut, im Süden auch, um das Brautpaar der Öffentlichkeit vorzustellen

Bajaj Indische Zweiradmarke

bangal Armreif

Bangalore Hauptstadt des Bundesstaates Karnataka, seit 2006 umbenannt in Bengaluru, ein Name, der in der Bevölkerung wenig populär und von der indischen Zentralregierung noch nicht anerkannt ist

bazaar Markt

beedi Dünne Zigarette, deren Tabak in ein Blatt gehüllt ist

bhai Bruder; Bezeichnung für Mitglieder/Führer einer Gang

Bharat National Party = BNP Indische National Partei

bhenchod Heftiges Schimpfwort, wörtlich: Schwesternficker

bilkul Auf alle Fälle/unbedingt

Bisleri Beliebte, handelsübliche Wassersorte

Blessing Threads Geweihte Bändchen

bro Kumpel, »Alter«

cella Raum im Tempel, das Allerheiligste

chai Gesüßter schwarzer Tee mit Gewürzen und Milch

chaqe de! Anfeuerungsruf

chapati Fladenbrot, oft aus einer Mischung aus Gersten-, Weizen- und Hirsemehl hergestellt

chappali Offene Sandalen

CM = Chief Minister Ministerpräsident eines Bundesstaates

chocolates Eingewickelte Bonbons

chowkidar Wächter

chutiya Dreckskerl, Wichser

chutney Von *chatni:* etwas in kleinen Mengen essen, scharf-pikante Soßen und wichtiger Bestandteil des indischen Essens. Den meisten Chutneys gemeinsam sind folgende Zutaten: Säure, Gewürze und ein Süßmittel

curry Eintopfgericht, auf der Basis einer sämigen Sauce, zu der in der Regel viele verschiedene Gewürze gehören und die Zugabe von Fleisch, Fisch und/oder Gemüse

dhaba Garküche an der Straße

Diwali Indisches Lichterfest Ende Oktober/Anfang Dezember

diya Öllämpchen aus Ton

do-gooder Gutmensch

dosa Südindischer Reismehlpfannkuchen, in der Regel mit ▶ *sambar* und ▶ *chutney* serviert

dupatta Schal zum ▶ *salvar kameeze*

ek minute Eine Minute

enna? Was ist los?

Express, The Indian Auflagenstarke, linksgerichtete Tageszeitung

filmi Film betreffend

Gandhi Mohandas Karamchand Gandhi, 1869–1948, geistiger Führer der indischen Unabhängigkeitsbewegung, die 1947 das Ende der britischen Kolonialherrschaft über Indien gewaltfrei herbeiführte.

garlanding Ehrbezeugung durch Umlegen einer Girlande aus Blüten

ghee Geklärte Butter

goonda Verbrecher, Gangster

guard Wächter

guru Titel für einen Lehrer

Hadsch-Käppchen Muslimische Kopfbedeckung für Männer

Hai Baghvaan! Oh, mein Gott!
hero/heroine Filmstar
Hindu, The Auflagenstarke, liberale Tageszeitung
hotel Einfaches Restaurant
Howra Kalkutta Hauptbahnhof
idli Südindisches Reismehl-Linsenküchlein
indianize Verindischen (verballhorntes Englisch)
ISTO Indian Science and Technic Organisation
Ivaru Dies ist
jalebi Sirupgebäck
-ji Angehängte Höflichkeitsformel
kameez Loses, knielanges Hemd für Frauen, an der Seite geschlitzt
karuppu Schwarz
Kitty-Club Teepartys, bei denen eingezahlte Beiträge verlost werden
kolam Aus Maismehl gestreute traditionelle Schwellenzeichnung, wird in Südindien täglich von Frauen ausgeführt
Krishnamurti, Jiddu Indischer Religionsphilosph, 1895–1986
kulfi Cremige Eisspeise
kumkum Rote Paste aus der Kurkuma-Wurzel
kurta Knielanges, kragenloses Hemd für Männer, an den Seiten geschlitzt
kutta Hund
lakh, one Hunderttausend Rupien
lathi Bambusstock, Waffe der Polizei
lingam Phallusförmiges Symbol des Gottes Shiva
lungi Langes Tuch, das von Männern um die Hüften geschlungen getragen wird
maa Mutter

maamaa Onkel (Mutters älterer Bruder)
maami Schwiegermutter
magale Anrede: Tochter
magan Anrede: Sohn
Main Hun Naa Titel eines Bollywood Blockbuster-Films, deutscher Titel: *Ich bin immer für dich da*
makka Tochter
mala (Gebets-)Kette
mali Gärtner
manipu Entschuldigen Sie bitte
mantra Formelhafte Wortfolge während eines Gebets
Maruti Indische Automarke
masala Intensive, scharfe Gewürzmischung
Meeraa juhtaa hai japani ... phir bhi dil hai hindustani! Meine Schuhe kommen aus Japan ... doch mein Herz schlägt indisch; Evergreen eines Films aus den vierziger Jahren mit dem Schauspieler Raj Kapoor
MLA Mitglied der gesetzgebenden Versammlung eines Bundesstaates
Monsun Regenzeit
mukhwas Mischung aus Körnern und Süßem für frischen Atem
Mynah Vogel aus der Familie der Stare
nalladu Gut/in Ordnung/aha/und?
NGO-wallah Angehöriger einer *Non Government Organisation*
namaste/namaskar Grußformeln
Nilgiris Höhenzug in den ▶ *Western Ghats*
nillu! Stopp!
nimbu pani Erfrischendes Getränk aus Limette/Zitrone, Zucker und Wasser

Oye dude! Mensch, Alter!
oyoo! Ausruf des Erstaunens
oyyooyoo! Ach herrje!
paan Stimulierende Mischung zum Kauen; in Betelblätter gerollte Anteile der Arcea Nuss und/oder Tabak
pallu Loses Ende des Saris
pandit Religiöser Gelehrter oder Priester, auch Meister in der Musik
panir Rahmkäse
parotha Weizenpfannkuchen
patti Großmutter
peon Bürodiener
Ph. D. Doktorarbeit
phir bhi dil hai hindustani ▶ *Meeraa juhtaa hai japani*
pickles Süß-sauer eingelegte Früchte
prasad Geweihte Speise, die am Ende einer ▶ *puja* an die Teilnehmer verteilt wird
polam? Nicht wahr?
poo! Geh!
puja Religiöse Feier
pukka Ordentlich, korrekt, rein
podum Genug
Power Cut Stromausfall
Raavan Dämonenkönig der ▶ *Rakshasas* aus dem Hinduepos Ramayana; entführt Sita, die Frau des Prinzen Rama nach (Sri) Lanka, die erst mit Hilfe des Affenkönigs Hanuman befreit werden kann
rajkumar Prinz
rakhi Hinduistischer Feiertag, an dem Mädchen und Frauen

ihren Bruder oder brüderlichen Freund mit einem ums Handgelenk geknüpften Bändchen zum Schutz verpflichten

Rakshasas Dämonen der indischen Mythologie

Rudraksha-Perlen Samenkapseln des Rudrakshabaums, auch Tränen Shivas genannt

Sachin Tendulkar Cricketlegende *Batsman* der indischen Nationalmannschaft

salvar kameez Klassische Bekleidung für Frauen, pludrige Hose und loses Hemd

sambar Südindische Soße auf Linsenbasis

samosa Gefüllte, dreieckige Teigtasche

Scooter Motorroller

Scorpio SUV des indischen Autoherstellers Mahindra

seri In Ordnung, okay

shabash! Bravo!

shennai Indisches Blasinstrument, ähnelt einer Klarinette

shop-wallah Ladenbesitzer

sindoor Roter Puder, der von Frauen als Zeichen des Ehestatus auf den Scheitel aufgetragen wird

singham Löwe

Sita ▶ *Raavan*

Speed Money Schmiergeld

thali Goldene Kette mit Anhänger, weist Frauen als Ehefrauen aus

thambi Junge (kleiner Bruder)

thavil Südindische Trommel

tiffin Stapelbare Edelstahldosen für Essen, Lunchbox

tilak Punktförmiges Segenszeichen auf der Stirn

timepass Zeitvertreib (verballhorntes English)
topi Käppchen
traffic Verkehr im Sinne von Verkehrsstörung
tulsi Indisches Basilikum, heilige Pflanze
uncle Onkel: Anrede für ältere Männer
underworld Indische Mafia
vaa! Los komm!
vaareen! Ich komme!
vegam-vegam! Schnell!
veshti Südindischer, festlicher ▶ *lungi*
vibuti Heilige Asche
Western Ghats Gebirgshänge im Südwesten Indiens zum Arabischen Meer hin
yaar Kumpel
yaru? Wer?
yenu? Was?
zamindar Großgrundbesitzer

DANKE

Ich danke allen Menschen, die mir Mut gemacht haben, meine Indien-Erfahrungen in einen Roman zu fassen.

Im Prozess der Entstehung des Buchs bin ich besonders dankbar für die beständige Unterstützung des Conbook-Teams, die lebendige Kommunikation mit meiner Lektorin Imke Sörensen, die Hilfe bei der Umsetzung der indischen Sprachen durch Dr. Vijaiendra Munikoti, die kompetente und fördernde Beratung durch Ingrid Kaech, die liebevolle Begleitung durch Lisa Zimmermann und für die erhellenden Einblicke in die Psychologie der »Bösen« durch Dr. Dieter Hombach.

Karin Kaisers unterhaltsamer Streifzug durch das Land der Gegensätze: Der Fettnäpfchenführer Indien

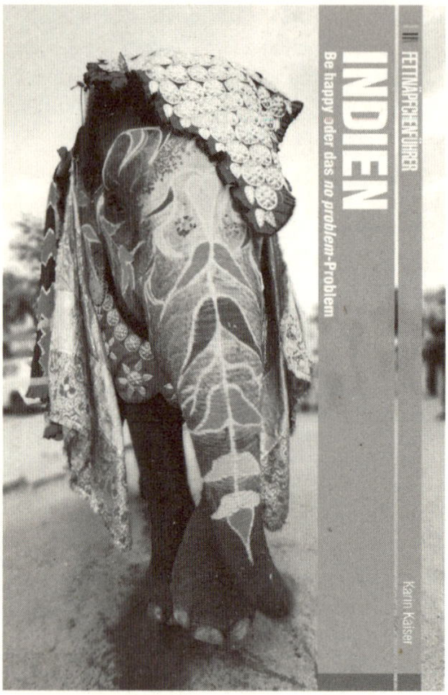

Karin Kaiser

Fettnäpfchenführer Indien
Be happy oder das *no problem*-Problem

Softcover, mit Indien-Glossar und Übersichtskarte

ISBN 978-3-934918-85-6

Namaste! Willkommen in den Untiefen der indischen Kultur, zwischen Mantras und Mumbai, Curry und Chaos, Bollywood und Buddha.

Lebenskünstlerin Alma, durch und durch Berliner Schnauze, begegnet Indien auf ihrem Trip vom Norden bis tief in den Süden mit Abenteuerlust und Ungeduld. Doch Mother India hält völlig gelassen dagegen. Beharrlich torpediert der indische Alltag Almas deutschen Ordnungssinn mit irrwitziger und zur Weißglut treibender sogenannter Normalität, mit Lärm und Monströsem. Und schon bald wird sonnenklar: Das Einzige, was Alma wirklich von Indien erwarten kann, ist das Unerwartete.

»Man muss gestehen, dass man bei der Lektüre dieses Fettnäpfchenführers sehr viel über Indien erfährt. Vielleicht mag man sogar nachvollziehen, warum Alma nach ihrer Rückkehr nach Berlin bald schon Heimweh nach Indien hat.«
(Neue Zürcher Zeitung)

»Ein guter Einstieg und Überblick, handlich und für wenig Geld. Kaufen!«
(fachbuchjournal)

»Was passiert, wenn Berliner Schnauze auf 6.000 Jahre indischer Kultur trifft, können Sie in Karin Kaisers ungewöhnlichem Reiseführer für Indien nachlesen. Für Unterhaltung bei der Reiseplanung ist dann schon bestens gesorgt.« *(literaturtipps.de)*

»So unterhaltsam geschrieben wie ein Roman und so lehrreich wie ein Sachbuch. Eine perfekte Vorbereitung, um eine Reise durch Indien zu einer unvergesslichen und vergnüglichen Erfahrung zu machen.«
(Indien Aktuell)

CONBOOK
www.conbook-verlag.de